Silicona 5.0

Jorge Majfud

SAN DIEGO-ACAPULCO

Silicona 5.0

Primera Edición: Baile del Sol, España, 2021
ISBN: 978-1-956760-15-6
humanus.info
E-Mail: editor@humanus.info

A ti te mataron allá del otro lado, vaya a saber cuándo, y ahora crees que persigues algo y, en realidad, huyes de tu propio cadáver. Eres un fugitivo que se cree el detective.

Del otro lado

Hasta que su cuerpo dijo basta

CUANDO EL SÁBADO 17 DE MARZO le dio el infarto, Facundo Walsh Ocampo se encontraba en el apartamento de la 1420 Atlantic Avenue de Daytona Beach, muy cerca de las diez de la noche, intentando abrir la puerta de entrada para que alguien lo viese tirado en el pasillo y llamase al 911. Para colmo de males, alguien escuchaba alguna de las Selena cantando Bidi Bidi Bom Bom a todo volumen, por lo que supo que nadie lo escucharía caer en el piso del pasillo, brillante como una piscina petrificada. Ni Silvanna, por supuesto, que en ese momento estaba en la cocina, en una caja, en posición fetal, inmóvil y con los ojos abiertos, como si fueran sus ojos, pero sin poder escuchar.

Todo había ocurrido como lo imaginó a los veintidós años cuando todavía era un estudiante solitario que caminaba por el puerto de Buenos Aires y se entretenía mirando o entresoñando las banderitas de países lejanos, flameando en un cielo extraño del extremo sur. Recordó una tarde de verano en una playa del otro lado, en Uruguay, cuando había escrito al margen del libro Historia del análisis económico, de Joseph Schumpeter: hoy una maestría en Oxford, mañana otra en Berkeley; hoy un millón, mañana dos, y si no, patatús en el corazón y al carajo tanta acumulación. No era un pensamiento muy profundo, pensó, casi cuarenta años después. Sólo una verdad —simple, sin importancia, más bien decepcionante, como suelen ser las verdades cuando uno ha resuelto casi todos los problemas que lo mantuvieron ocupado por un largo tiempo, cuando uno ha quemado todas las grandes expectativas en la vida y no sabe cómo ser feliz porque se entrenó toda una vida para otra cosa.

Se había mudado el día anterior y, tal vez, el esfuerzo físico, el agotamiento emocional del divorcio, el descubrimiento o la sospecha de que le habían robado la identidad en México, habían contribuido a poner su salud al límite. Había estado un largo rato sentado en silencio, acompañado sólo de un vaso de whisky sin hielo, mirando la profundidad oscura del océano, imaginando explicaciones para los colegas en la compañía, explicaciones sobre algo que no debía importarles. Había estado aún más tiempo tratando de explicarse a sí mismo por qué todo lo que había creído importante en la vida, en su vida de hombre productivo, de repente, había dejado de importarle. Por casi treinta años había seguido en el Wall Street Journal, día a día, la evolución del Dow Jones, del Nasdaq (sufriendo, como un italiano hincha de Boca Juniors para que las benditas bolsas no dejaran de subir mientras el Merval y el Ibovespa se derrumbaban, por pura y mezquina revancha contra cuatro o cinco individuos despreciables que conocía en Buenos Aires y en San Pablo) y, de repente, sólo quería que el Dow Jones, el Nikkei y todas las demás se hundiesen, con todas sus propias inversiones y sus fantasías nacionales de vivir en la primera potencia económica del mundo, donde la gente sí sabe cómo hacer las cosas, donde estaban los ganadores.

Treinta años…, se había dicho, como si pronunciase las palabras mágicas que le revelarían las respuestas a tanta confusión. Las respuestas nunca aparecieron. La oscuridad del mar permanecía frene a sus ojos, ya ni siquiera podía distinguir esa línea difusa que separa el cielo de las aguas. Aquella noche había apurado su segundo whisky, justo cuando comenzaba a sentir un dolor extraño en la mano izquierda. Se había quitado el reloj. Había intentado ignorar la incomodidad, pero el mismo miedo a estar por caer en un abismo lo había hecho sentir aún peor. Se frotó la mano que no respondía, como cuando uno se despierta en la noche con un brazo muerto y le cuesta entender que la sangre no había estado circulando correctamente.

No era raro que la red se rompiese por el lado de las cuerdas más débiles, pensó un día después, en el hospital. Su padre también había terminado sus días con problemas de corazón. Los Walsh eran débiles del corazón. El Tata José, como lo llamaban sus sobrinas cuando apenas habían aprendido a balbucear algunas palabras, había muerto un año después de su primer infarto. Facundo calculó: su padre tenía 77 años. Dieciocho años más que él, aunque con 59 la diferencia es mucho menor de lo que uno quiere maginar. Tal vez la medicina había avanzado mucho desde entonces, pero su padre había llevado una vida con menos estrés. Su madre…

Ahora que lo pensaba, no estaba seguro de qué se había muerto su madre. Había escuchado algo de insuficiencia respiratoria, algo de una pulmonía, pero nunca se había preguntado por qué su madre, aquel día, había estado caminando en la playa en pleno invierno, bajo la lluvia. ¿Había discutido con su padre? ¿Qué historia había detrás de aquel momento dramático que él, su hijo, no había interrogado hasta ese mismo momento, cuando la muerte vino a visitarlo y ya no quedaban testigos vivos, aparte de fragmentos sueltos de una realidad que de apoco seguía hundiéndose en la profundidad del pasado? Por entonces, la noticia de la muerte de su madre lo había dejado tan groggy que ni siquiera había llorado y cualquier explicación le hubiese parecido natural y suficiente, como un niño acepta que le digan que a los hermanos los traen las cigüeñas de París, que los ratones dejan dinero debajo de la almohada cada vez que uno pierde un diente, o cualquier otra de las tantas mentiras asquerosas a las que estamos acostumbrados y a las que no queremos renunciar a ningún precio hasta que la realidad se encarga, ella solita, por alguna decepción o por simple maduración involuntaria, de resignarnos a la verdad, a una nueva verdad o a la pérdida de las únicas que nos quedaban de pie.

Apenas recordaba a su madre de vuelta a la casa, casi obligada por su esposo, enojado, secándole la cabeza con una toalla (esa cabeza indefensa, ese rostro dolorido que él amaba tanto), cubriéndole con un acolchado azul en su cama, llevándole un té caliente a la cama, y unos pocos días después la ambulancia llevándola al hospital de donde salió en una camilla cubierta por una sábana blanca rumbo a la sala velatoria. ¿Su madre sufría de depresión? ¿La desaparición de su hermano, unos meses antes, tenía algo que ver con aquella noche en la playa? ¿Había descubierto que su esposo había tenido un desliz con una joven actriz del teatro experimental? (¿De dónde le venía esta idea tan persistente, seguramente falsa?)

En 1977 el Tata José había intentado, sin suerte, volver a la actuación, su vocación de juventud, frustrada por las necesidades materiales, como las llamaba él con exagerada ironía. No resultó y probablemente todo terminó con las discusiones sobre la francesita. Pero ese mismo año había desaparecido el tío Roberto (¿cuándo exactamente? ¿cómo?), así que Facundo no podía aclarar las verdaderas razones para que su madre se haya perdido una tarde y una noche de invierno en la costanera Martínez, caminando o sentada sobre una piedra fría, bajo la llovizna. ¿Había ido al río como todos vamos al agua buscando nuestra propia alma? ¿Había intentado suicidarse, como dicen que había hecho Alfonsina? Nunca lo sabría. De cualquier forma, lo hizo como todos lo hacemos de una forma menos contundente, abandonándonos a ciertos hábitos irresponsables, como beber demasiado o caminar en invierno bajo la lluvia. Del hospital sólo recordaba una sala donde la gente tomaba café y miraba en un televisor en blanco y negro. Argentina jugaba con Hungría. Nunca olvidó el resultado (5 a 1) y los festejos de la gente. Recordaba nombres como el de Leopoldo Jacinto Luque como si fuesen Maradona. El penal lento, lentísimo de Osvaldo Ardiles que ataja el arquero húngaro y un hombre de bigotes que grita ¡Pajero de mierda! Diego Maradona entrando a la cancha mientras una joven muy bonita pregunta quién es y un señor gordo levanta las manos al cielo, como si fingiese ofenderse por la pregunta. Los nervios de Facundo al comienzo del partido se habían cambiado por una cierta euforia que compartían los hombres que estaban en la sala. Luego de terminado el partido, de repente, como quien despierta en la noche y recuerda una mala experiencia anterior, recordó que su madre agonizaba en una de las salas del cuatro piso. Murió esa misma noche, tal vez antes de que Argentina convirtiese el cuarto gol y Facundo se pusiera de pie para festejar con los brazos casi en alto.

De vuelta a su cuerpo, sacudió la cabeza como si espantase una mosca. Miró el monitor con los golpes de su corazón dibujados en verde. Estaba solo en la sala oscura del Memorial Medical Center. Con dificultad, estiró la mano y alcanzó su teléfono. Buscó en YouTube ese partido de Argentina contra Hungría. Encontró unos fragmentos. No reconoció ninguna de las imágenes, pero supo que todo había sido el 27 de febrero de 1977. Por alguna razón siempre había confundido esa fecha con el 29 de febrero, que en realidad era el cumpleaños de su madre. Pero ese año no hubo 29 de febrero. Ni hubo cumpleaños.

I. Del otro lado

De vuelta al apartamento de Daytona

DE REGRESO A LA SOLEDAD del apartamento no se puso a investigar lo del robo de identidad. No sacó a Silvanna de su caja. Sabía que si lo hacía debía cortarle cada uno de sus miembros y repartirla una noche en distintos contenedores de basura de la ciudad.

No pudo evitar la depresión. El doctor Menéndez le había advertido que la tristeza era un efecto esperable durante el plazo de convalecencia. Esas cosas nunca cambian y se controlan con una pastilla. Al fin y al cabo, pensó, mientras se tiraba la primera en la boca, no dejamos de ser máquinas inteligentes.

Facundo no dejó de tomar la nitroglicerina ni otra pastilla amarilla, o rosada, pero eso que el doctor había llamado, tan poéticamente, tristeza, para él no era menos que una depresión. Si somos máquinas previsibles, su tristeza no se debía únicamente a la debilidad muscular de su corazón herido. La casi ausencia de Elena no lo había dejado dormir por varios días. Nadie mejor que una mujer para hacerte sentir culpable de algo, sea que tiraste las dos bombas atómicas sobre Hiroshima y Nagasaki o que te comiste el último pedacito de chocolate.

Al menos en los hechos, Elena ya no era su esposa, seguramente ya no lo quería (seguramente no; seguro), pero cualquiera hubiese visitado a un amigo más de una vez y por más de diez minutos. Tampoco los amigos habían concurrido desesperados, se dijo, irónico. El último día estuvo Henrry Rodríguez, Jeff Al Ferro y Roxane, la secretaria de Robertson. Para cada uno, tal vez a excepción de Roxane, se había tratado de un trámite. Las sonrisas, las bromas optimistas, eran las mismas que Facundo conocía como vendedor de primera división. El que más tiempo había estado fue Ernesto, el insoportable Ernesto, pero eso probablemente se debió a que su cuñado tenía un horario flexible en el College y a que disfrutaba más conversando gratis que en sus clases.

Alexa, la jovencita que Elena había adoptado como una mascota, sin papeles y sin otros compromisos, no fue a verlo. ¿Por qué habría de sorprenderle? Desde mucho antes, Facundo sospechaba que alguien le había dicho a la chica que nunca se quedase en la casa cuando no estaba Elena, como si todo hombre fuese un depravado en potencia. Si fue su madre, podía entenderlo. Si fue Elena... Alexa no le caía mal, pero evidentemente la chica le tenía terror y Facundo nunca se ocupó de aclarar el asunto. Nunca le importó, aunque tal vez fue demasiado inconsciente, porque, por su profesión, sabía que no pocas jovencitas como ella apenas fracasaban en sus intentos de tocar la gloria del modelaje, se agarraban de cualquier cosa que pudiese ser interpretado como abuso por un buen abogado. Material y viejos babosos no faltaban tampoco.

Elena sentía la falta de una hija mucho más que él (al menos él nunca tuvo tiempo de pensar en eso, hasta ese momento) y Alexa había le caído del cielo en un momento delicado. Era una niña en su primera juventud, traída por su madre de Venezuela a los siete años. Elena la había conocido en un casting para una publicidad de Publix, cadena de productos alimenticios de buena calidad donde eligen rubiecitas tipo Barbie para poner las compras en las bolsas y ofrecerse a acompañar a los clientes hasta el automóvil. Pero Alexa no había sido elegida para el anuncio por su inglés defectuoso. Para hablar mal inglés o inglés con acento español tenían a una modelito more latina, con cara de mexicana de Oaxaca. Unos meses después la volvió a encontrar en el concurso de Nuestra belleza Latina de Univisión, y no clasificó por esos misterios que tienen los concursos de belleza y que sólo los jueces o los organizadores saben. Por entonces tenía catorce años y Elena la adoptó como su protegida. A los diecisiete, la niña se encontraba en un momento de exploración de sus atractivos de mujer. Tal vez Elena la estaba preparando para ser modelo y, también por razones obvias, no quería recibir ninguna ayuda de Facundo. Alexa era una joven con un tipo que calzaba perfectamente en el canon de la industria de la belleza (alta, delgada, ojos claros, labios gruesos, cuerpo sensual, rostro inexpresivo), pero era indocumentada, por lo que Facundo no le veía a Elena ninguna posibilidad de explotar aquel diamante en bruto.

Volvió a hundirse en el sillón y en el whisky proscripto que ya comenzaba a perder todo gusto. Volvió a recordar aquel 27 de febrero de 1977 que lo había ido a visitar en el hospital. Luego derivó en el 25 de noviembre de 2005, otro momento de agonía familiar. Las fechas pertenecían a mundos totalmente diferentes. Imaginó la suya: 22 de abril de

2019. Bebió la última gota de whisky y se dio unos años más: 16 de agosto de 2021. Su tío Ernesto, el hermano de José, también había muerto de un infarto, aunque había sobrevivido casi tres años a una serie de cirugías, bypass, y varias internaciones en el CTI del Hospital Ramos Mejía. Así que, aparte de su vida de mierda, tan llena de éxitos, el problema le venía por un invisible espermatozoide de su padre.

Luego se acercó un poco más a sí mismo. Cuando empezó a sentirse mal, la pasada noche del 17 de marzo, escuchó como si la misma Elena estuviese allí diciéndole que Los hombres son muy guapos hasta que una los abandona y entonces lloran y agonizan como una está acostumbrada a llorar por años, sin que su hombre la entienda, porque los hombres dejan de entender a sus mujeres a los pocos años de casados. O por lo menos no se conmueven como antes, cuando estaban enamorados, cuando enamoraban a su mujer con solo conmoverse por sus problemas, tratando de escucharlas, como un hombre de verdad sabe escuchar.

Esa noche, nueve días después de su infarto, después de recuperar alguna fuerza y de permitirse el exceso de dos whiskies, abrió una de las cajas de cartón que se acumulaban en un rincón del apartamento, buscó el libro de economía de Schumpeter y, finalmente, dio con la página 271, donde todavía estaba aquella nota al margen, escrita un verano, probablemente el verano del 86, uno de esos veranos en donde no cabe tanta juventud y se parece tanto a la eternidad de los poetas.

I. Del otro lado

Recordaba el momento exacto cuando escribió esas palabras. En realidad, habían sido la expresión de un fuerte momento de escepticismo, aunque no de tristeza. Recordaba un velero con la bandera de Australia, con una nitidez exagerada, más considerando que no recordaba mucho más de esa tarde. Ni qué día ni qué año era ni cómo había llegado hasta allí. Seguramente era una playa cercana a la casa del tío Alberto cerca de la Rambla de los Argentinos, en Piriápolis.

Las lagunas en su memoria, había dicho el doctor Menéndez, eran la consecuencia de haber estado con su corazón detenido por un tiempo excesivo. La falta de oxígeno, inevitablemente, había causado cierto daño en su cerebro, muy probablemente reversible, ya que el cerebro, se sabía ahora, es un órgano muy plástico y se regenera. Claro que eso de la memoria es un misterio. Si bien las habilidades, como la de moverse, pensar, hablar o recordar pueden ser recuperadas gracias a nuevos enlaces, incluso por nuevas neuronas, sería imposible que se pueda recuperar alguna información de las neuronas que murieron. Un derrame cerebral borra años enteros, verdaderos trozos de vida, como un tsunami arrasa con una antigua ciudad en la costa. Pero también era posible que el olvido sólo sea consecuencia de una desconexión. De otra forma, no se entendería cómo la gente normalmente recupera recuerdos después de muchas décadas, sobre todo cuando se están muriendo. Cuando Elena lo visitó en el hospital parecía apurada. Tal vez esa había sido la primera vez que Facundo había recordado el partido de Argentina contra

Hungría, en 1977, después de cuarenta años de no visitar ese rincón tan importante de su existencia.

Lo cierto era que el primer signo de preocupación había llegado antes del infarto. Una tarde había vuelto a la casa de Ponte Vedra antes d elo habitual y no pudo recordar la clave de la alarma, aquellos cuatro simples números que apretaba cada día para ir al trabajo y de nuevo al volver. 0211. Lo había tipeado Elena, el día que el técnico de ADT había programado la alarma. ¿Por qué elegiste esos números?, le había preguntado Facundo una noche cuando llegaron a la casa. No sé, había dicho ella, se me ocurrieron cuatro números cualquiera, al azar. Pero Facundo sabía que las claves y los PIN rara vez son elegidos al azar. Mucho menos cuando un maldito técnico, siempre apurado, te urge a elegir uno. Siempre se refieren a algo que existe en el presente o persiste en el pasado. No era la fecha en que se conocieron, ni cuando tuvieron su primera relación, ni cuando se casaron. Podía ser alguna otra fecha de su intimidad no compartida con él, una de esas cosas que, sabía, nunca llegaría a saber y que, tal vez, tampoco tenía derecho a saberlas. 11 de febrero, en español, o 2 de noviembre, en inglés. Imposible adivinar qué ocultaba ese numerito que debió aprenderse de memoria y que una tarde olvidó, de repente. Razón por la cual comenzó a sonar la alarma, primero, y el teléfono, después. Una agente de ADT le preguntó si había algún problema, a lo cual Facundo, todavía atónito por el olvido y el ruido insoportable de la alarma, dijo, dudando, que no había ningún problema. La mujer le preguntó por el PIN y Facundo no supo contestar.

0221, dijo. Luego se corrigió, mientras intentaba tipear con el dedo índice un tablero imaginario en el aire: No, disculpas: 0122... La mujer colgó y a los cinco minutos llegó el patrullero que comenzó a hacer preguntas incómodas. ¿Me puede decir su nombre? ¿Puede mostrarme su identificación? Luego de ver su tarjeta de conductor, el policía parecía tener menos dudas que él. Le dijo que tuviese un buen descanso y se fue. Las cosas en este país sí que funcionan, se dijo Facundo. Sí que funcionan... Siempre y cuando se tenga el dinero para pagarlas.

El médico le restó importancia. No era Alzheimer ni nada parecido, sino estrés. Después del infarto, lo mismo. Le pareció que el doctor no recordaba el incidente anterior con la alarma de su casa y la policía, pese a que tenía todo guardado en su memoria digital que a cada minuto aumentaba desde su tablet con cada detalle irrelevante que le declaraba su paciente. Facundo no quiso recordarle lo de la alarma. Estaba cansado o, como todos, prefería simplificar las cosas, negar la realidad o evitarse le conocido via crusis por distintos laboratorios médicos, más por precaución legal del médico ante la asistencia del paciente que por verdadera necesidad. Así que no dijo nada. Sólo quería escuchar que estaba bien y largarse de allí lo antes posible.

No debía sorprenderse, le dijo el doctor, si no recordaba las cosas más elementales que cualquier persona debía recordar para tener una vida normal, como la dirección de su casa, el número de su teléfono y tantas otras cosas. El doctor Menéndez había atendido algunos casos de gente con la edad de

Facundo que habían desarrollado el síndrome de Capgras, por el cual el individuo se convence de que sus seres queridos han sido reemplazados por impostores. Es tan terrible como el Alzheimer, sino más, había dicho el doctor Menéndez, maneando la cabeza, como dejando entrever que no había curado a ninguno.

Sin embargo, después de una semana de reposo y soledad, Facundo Walsh Ocampo parecía haberse reestablecido. Parecía ser el mismo de antes del infarto. Entonces, se impuso tres semanas de descanso, sin consultar y sin evaluar las responsabilidades que todavía tenía en la empresa.

Sólo se ocupó de resolver el asunto del robo de identidad y de deshacerse de Silvanna lo antes posible.

Robo de identidad

LA PRIMERA VEZ QUE LEYÓ EL NOMBRE Patio del Virrey fue el domingo 14 de enero, casi dos meses antes del infarto. Lo recordaba porque el lunes siguiente era el feriado de Martin Luther King. La compra de 144 dólares, probablemente compra y retiro, había sido hecha con una de sus tarjetas alternativas, una semana antes, el 6 de enero. No recordaba por qué no le había dado importancia. Tal vez porque Tijuana y el supermercado le resultaron familiares, porque la cifra era poca cosa, porque por entonces estaba metido hasta el cogote con el nuevo proyecto de Jeff (darle prestigio a la industria del modelaje otorgando becas universitarias a las candidatas), o por cualquier otra razón que ahora se le escapaba.

Volvió a revisar los estados de cuenta de sus tarjetas. Por un momento se puso furioso. No por la cantidad sustraída sino por la sola idea del robo. Si había algo en este mundo que le hacía subir la presión era pensar que alguien se había aprovechado de él. No soportaba la menor idea ni la menor sospecha de haber sido engañado, manipulado, a pesar de que Ernesto siempre le decía que esas eran tonterías, porque todos somos sistemáticamente engañados y manipulados por fuerzas mayores, sólo que llamamos engaño cuando alguien de abajo nos demuestra que somos unos tontos, no cuando cumplimos nuestra función de esclavos asalariados, porque lo hacemos con resignación, cuando no con orgullo.

Facundo se ventiló la cara con una mano para espantar la imagen de Ernesto en el Starbucks de Princeton. No soportaba cuando se ponía así de intelectualoide, hablando complicado. Aquella vez iba a preguntarle por qué no se iba a vivir a Cuba, pero esta pregunta ya se la había hecho años atrás y él ya le había contestado, así que prefirió la opción americana: dejarlo hablar, que las palabras se olvidan. Por lo menos aquellas que no nos gustan. Si lo toleraba era porque, aparte de ser su cuñado, el renegado de la familia y vergüenza de Elena, Facundo sabía, o pensaba, que Ernesto era un perdedor nato y su único consuelo era sentirse orgulloso de su condición de perdedor, mezcla imposible (decía él mismo) de Sócrates, Jesucristo y Che Guevara, tres criminales ejecutados por la justicia del poder del momento.

—Al primero lo ejecutó una democracia (con esclavos) que era un imperio —había dicho Ernesto, con esa preferencia por encontrar patrones—, al segundo un imperio que estaba orgulloso de serlo, y al tercero otra democracia con esclavos que ha luchado toda la vida para que no lo llamen imperio.

Trató de recordar. Había estado en Tijuana el año pasado, pero que alguien hiciese una compra en enero de ese año era para preocuparse. ¿Había perdido allí mismo esa tarjeta? No podía ser simplemente eso, porque no se trataba de una tarjeta de crédito sino de una de débito, es decir, el ladrón debía tener su PIN para poder usarla. Pero ¿cuál era el PIN? No recordaba. El peor escenario era que fuese el mismo número que usaba para la mayoría de sus tarjetas. Por otra parte, también resultaba un misterio que la suma fuese tan modesta, y que en los siguientes dos meses el ladrón no hubiese realizado ningún otro retiro hasta el 16 de marzo.

Acabó con el resto del whisky y se dijo No, no soy tan estúpido. No iba a usar el mismo PIN justo para la tarjeta alternativa. Entonces ¿cuál era? Imposible recordarlo. Se esforzó, pero se dio cuenta que estaba lejos. A la altura del segundo whisky nunca recordaba los nombres secundarios. Menos los códigos alternativos. Tal vez por la mañana, con la cabeza más clara. De cualquier forma, usaba alguna de esas tarjetas cuando andaba en países complicados porque tenían un límite de gasto mensual muy bajo, de sobrevivencia, apenas mil o dos dólares, si mal no recordaba, nada que se pudiese lamentar en caso de robo.

Pero el 26 de marzo volvió a detectar una nueva compra por 75,06 dólares debitada por el mismo supermercado Patio del Virrey. Buscó en internet. El comercio no tenía ni siquiera una página oficial. Después de una hora, encontró un teléfono. Minimercado Patio del Rey. Llamó, les explicó el problema a tres personas diferentes antes que lo dejasen esperando en línea un tiempo absurdo. Colgó, volvió a llamar varias veces. Finalmente, una joven le informó que habían estado mirando su caso y no habían encontrado ninguna irregularidad. Cortó, maldijo a los mexicanos, corruptos desde Moctezuma hasta Peña Nieto, y arrojó el teléfono sobre una pila de correspondencia que lo esperaba sobre la mesa.

Miró la taza de café sin probar, probablemente frio a esa altura. El médico le había prohibido el café y cualquier ingesta de alcohol, sin siquiera saber que desde hacía algún tiempo Facundo mezclaba los dos, para relajarse y para no dormirse. En realidad, pensó, los médicos no pueden prohibir nada. Son demasiado inofensivos como para prohibir algo. En el mejor de los casos, son como los curas en sus tiempos de gloria, cuando todos los reverenciaban, pero tanto ellos como sus feligreses hacían otra cosa.

Tanía la mesa llena de cartas, muchas de las cuales, sabía, nunca abriría. La mayoría era publicidad intentando pasar por cartas personalizadas, algunas escritas a mano o que parecían haber sido escritas a mano. El esfuerzo de la tecnología por hacer algo imperfecto era admirable. No podía enojarse, porque sabía lo que era esa sutil agresión, esa desesperada estrategia se seducir a miles de desconocidos, y había sentido, desde siempre, una especie de solidaridad o empatía. Entre bueyes no hay corneadas, decía le tío Alberto. Que cada uno se rasque con las uñas que tiene, decía su suegro. Mejor dicho, su exsuegro, aunque todavía no lo sabía. Pero por un momento pensó, y sólo por un momento, en el esfuerzo de todos aquellos que trabajaban en las agencias de publicidad, como si fuesen refinados violinistas tocando para un sordo, y hasta pensó en la cantidad de árboles, de papeleras, de impresoras, de camiones, de energía que se había invertido en ese despilfarro absurdo que había, finalmente, chocado con un muro indiferente llamado FACUNDO. Apenas un año atrás había argumentado, en un café, que gracias a todo eso la gente todavía hacía negocios y los pobres todavía tenían trabajo en los rincones más insospechados del mundo. Gracias a todo ese despilfarro en los países ricos, miles de pobres tenían algo para llevarse a la boca. Buen argumento. Nada más que hipócrita, como todo argumento de vendedor, de publicidad, de propaganda.

¿Qué había pasado desde entonces? Ernesto decía que no impostaba qué hechos ocurriesen alrededor de un creyente. El creyente nunca cambiaría ni su religión ni su ideología ni su equipo de fútbol por ningún hecho objetivo, por ningún indisputable resultado. No importaba si un barco se estaba hundiendo y con él su tripulación. Todos somos capitanes de nuestro propio barco y nos hundimos con él, sin aceptar jamás que nos equivocamos al dirigirlo derecho sobre las filosas rocas en medio de la noche. Al menos que ocurra algún cambio antes, y los cambios, los verdaderos cambios en un individuo, provenían siempre de adentro. Un misterio más difícil de resolver que la naturaleza de la sagrada trinidad o el sexo de los ángeles, pero que, por lo normal, la gente no quiere enfrentar, como si en la resolución del enigma no fuese salvación alguna.

— Yo encuentro menos conflicto entre Dios y un humanista radical —había dicho Ernesto— que entre Dios y los religiosos. ¿Has visto esos videos ridículos de sermones de autoproclamados pastores elegidos de Dios, exorcizando gente que se revuelca histérica en el piso? Bueno, nunca, jamás aparecen en las noticias de los grandes medios, pero son los que van a definir las elecciones y la suerte de las sociedades en muchas partes el mundo en los años por venir. ¿Seguro que nunca lo has visto? ¿De verdad no? Me cuesta creerlo. Bueno, debe ser que estás muy ocupado con negocios importantes y yo no tengo un trabajo normal. Un día que no tengas nada que hacer, como yo, puedes mirarlos en YouTube. Siempre aparece algún pastor denunciando el Jazz o alguna música dodecafónica como instrumento del Diablo. Algunos, incluso, lo prueban con enredadas teorías pentagrámicas. Otros lo ven en el diseño alegórico del billete de un dólar. Iluminati y todas esas teorías para retardados. Insisten en que el Diablo está en un símbolo aquí, en otro allá. En el nombre de una cerveza o en la forma de un preservativo. En algún que otro símbolo insignificante, como el medio fundamental que emplea el Diablo para dominar el mundo.

—El Diablo está en la letra chica…

—Eso. Siempre se dice que el Diablo está en los detalles... Oh, no, no. El Diablo, si existe realmente, claro, si no se trata de un pobre diablo, está en las grandes cosas. El Diablo está en el odio de un correcto religioso porque su vecino o el periodista del canal X es gay o el activista Z es pobre. El diablo está en una nación apoyando una invasión que produce la matanza de un millón de inocentes en nombre de la libertad, de la democracia y luego a nadie le importa, porque están ocupados en demonizar a los pobres que llegan aquí a trabajar de forma ilegal. Se llenan la boca con la Ley y son los primeros en violar las leyes más básicas. Y todo lo hacen, con orgullo y fanatismo (eso que ellos llaman moderación) en nombre de Dios, porque si hay algo popular y repetitivo hasta el hastío en este mundo de mierda, desde hace unos pocos miles de años, es odiar y humillar, odiar y matar, en nombre de Dios.

—Cuñado —había dicho Facundo, algo irónico—. Debes buscar ayuda profesional. Estás perdiendo la proporción de las cosas...

—Claro, los críticos somos siempre los radicales, quienes no tenemos contacto con la realidad y todo eso. En el mundo de los grandes negocios no es así. Es el mundo donde reina el realismo, la mesura, la cordura, la moderación, el pragmatismo... Si matas a alguien de un tiro en la cabeza, eso es un crimen horrendo. Si matas a miles de personas, lentamente en un lapso de algunos años, eso es un gran negocio. ¿Supiste la última de Bayer? ¿Y la de Monsanto? Esos sí que saben cómo hacerlo. Nunca nadie va a recomendarles ayuda profesional. Ni la cárcel.

Aquella vez se despidió de Ernesto con una sonrisa. Tal vez, en silencio, para sus adentros (¿para sus adentros más superficiales?) lo llamó, como tantas otras veces, como sólo se puede decir desde las alturas del Éxito y es tan propio de esa cultura, pobre perdedor.

Ahora, más lejos en el tiempo y en la geografía, había algo que le incomodaba. No quería decir algo que le angustiaba, porque detestaba el dramatismo de Elena y de su hermano Ernesto. Seguía pensando igual, pero algo había cambiado. O el barco se había estrellado en las rocas o había resuelto un cambio de rumbo por razones que no tenía claras. Algo, que no podía determinar, se había agotado. Ningún misterio, si consideraba el momento que estaba atravesando. Miraba las cartas con promesas de grandes ofertas y soluciones a problemas inexistentes y sentía que eran como las semillas de cierta parábola bíblica, aquellas que habían caído sobre la piedra y se habían secado. O algo así. Facundo el escéptico (pensó, con voz de Ernesto), el otrora hombre de fe en todas esas mismas cosas.

¿Qué hacer con esa montaña de cartas y sobres, aparte de picarlas con cuidado para no echar sus datos personales a la basura, para que no terminen en manos de algún ladrón de identidad? ¿También debería hacerle un juicio a cada empresa que cada día le robaba varios minutos de su vida abriendo y leyendo publicidad que parecía incluir alguna notificación relevante sobre su casa, su crédito o sobre su última declaración de impuestos? Incluso en la más irrelevante publicidad venían incluidos sus datos personales: nombre completo, domicilio, fecha de nacimiento (¡Happy Birthday, Mr. Walsh!), y una serie insospechada sobre sus propios intereses y aficiones. La última vez que había estado mirando cruceros en internet, comenzó a recibir folletos con ofertas de cruceros en el Caribe. No sabía cómo ni quién recogía esos datos, pero funcionaba muy bien. Aparentemente... No, aparentemente no: sin duda, conocían sus debilidades (tal vez mejor que Elena) y, obviamente, sabían dónde vivía y a dónde solía viajar. A veces exageraban un poco, como cuando había estado leyendo un artículo de la universidad de North Carolina sobre los efectos del alcohol en la salud y a los dos días recibió una oferta del 30 por ciento de descuento para un tratamiento de desintoxicación, una invitación de Alcohólicos Anónimos junto con un voucher para recibir una muestra de 450cc de coñac con la compra de dos botellas de Ballantine's. Las otras ofertas de zapatos, masajes y condones con aromas frutales podían deberse a antiguas búsquedas en la red de Elena. Cada día, tenía que vaciar su buzón de esas interminables publicidades de dentistas, pizzas en la puerta de su casa, y ¡raspe el cupón para ver si ha sido beneficiado con una invitación a ver los nuevos autos de Toyota Dealer!

Por esas misteriosas conexiones algorítmicas (misteriosas sólo para aquellos que no son ingenieros en Google, claro), había intentado buscar algo sobre publicidad, robo de datos y robo de identidad y, probablemente por una combinación con sus búsquedas anteriores sobre su problema de salud, terminó en un párrafo del amigo de Ernesto, otro de esos sujetos despreciables, un profesor que vive en Jacksonville: "Uno de mis personajes ha sufrido un infarto, por lo cual he estado buscando información en internet sobre síntomas y hospitales donde vive. Ahora recibo todo tipo de publicidad sobre seguros de salud y tratamientos. Espero que esto no me suba la cuota del seguro de salud y que a ninguno de los otros personajes se les ocurra cometer un crimen (algo muy probable en una novela) porque la cosa se me va a complicar".

—Ojalá te mueras antes— dijo Facundo, cerrando la laptop con fuerza, de forma que hizo un ruido como si se hubiese roto por alguna parte.

Con infinito cansancio, volvió a tomar el teléfono para hacer el reclamo en el banco. Sólo pudo confirmar que, después de llenar el correspondiente formulario online, debía esperar unas semanas hasta que su caso fuese procesado y se emita una resolución, la que sería enviada por correo tradicional directamente a su domicilio. Generalmente, prefería perder el dinero que perder una sola hora enredado en estos reclamos típicos de las tarjetas de crédito y de las compañías aseguradoras. Ellos ganan siempre por cansancio y confían en que uno tiene un trabajo lo suficientemente interesante o asfixiante como para no dedicarle tanto tiempo a reclamos y peleas que siempre terminan con un sarcasmo o, directamente, con un insulto por parte del cliente frustrado y un no menos insultante Gracias-por-preferirnos-ha-sido-un-gusto-hacer-negocios-con-usted por parte del empleado-cyborg de la implacable maquinaria burocrática de las grandes empresas privadas.

Buscó el correo generado por H&R Block cuando hizo su última declaración de impuestos en febrero y pagó extra, como cada año, por un Peace of Mind. El tal servicio, pomposamente llamado… ¿cómo se diría en otras palabras que no sea ese Frankenstein de Paz de la Mente…? ¿Tranquilidad? ¿Seguro Psicológico? ¿Duerma tranquilo? ¿Alivio Existencial…? ¿Negocio del miedo? ¿La concha de la lora? Bueno, como sea, encontró en un email el tal Peace of Mind que le informaba que antes de activar su PROTECCIÓN DE ROBO DE IDENTIDAD debía abrir una cuenta y hacer un proceso de mierda que él suponía ya había hecho hacía años, pero que de cualquier forma, para que funcione correctamente, debía actualizarlo cada año y, aun así, no le garantizaba que alguien, al final, le robase la identidad; ítem que había reconocido al hacer clic en ACEPTAR CONDICIONES al pie de un contrato de 12.234 palabras pequeñitas que, obviamente, no había terminado de leer ni en el primer ni en el último párrafo.

Quince años atrás, cuando todavía era joven y no tenía tanto dinero, se había enfermado de estrés tratando de demostrarle a la aseguradora de salud Aetna, que estaba en perfecto estado de salud, y si había solicitado un cambio de aseguradora era sólo porque debía mudarse de Estado, de Nueva York a Florida, y la nueva compañía no trabajaba con la aseguradora anterior, su competidora Blue Cross and Blue Shields. Recordó aquella noche, casi con indiferencia. ¡Las aseguradoras se llaman así, así, se llaman así, ASEGURADORAS, seguros, porque siempre se aseguran de que no van a perder dinero, y para eso deben confirmar que el futuro cliente no los necesita! había gritado esa noche, mientras las hijas de Ernesto, niñas todavía, jugaban en el piso y Elena le decía que no le diese un mal ejemplo a las sobrinas, que las niñas iban a absolver todo su estrés y mal humor y que, por eso, no iban a ser adultas felices. Pero él, sólo él, o aquel que fue veinte años atrás, tenía razón, pensó. Como un banco cualquiera, esas malditas aseguradoras sólo le prestan dinero a alguien que puede demostrar que no lo necesita. Al fin y al cabo, son negocios, y negocios son negocios, actividad sagrada e incuestionable, si las hay. Sólo los malditos Estados se dan el lujo de no pensar en los beneficios… Al final, su caso fue aceptado tres semanas después, después de un paquete entero de Tylenol, varias noches puteando sin poder dormir y cinco mil dólares para que un médico privado demostrase que nunca había sido operado de un testículo sino de un inofensivo ganglio en la mano, que a los efectos era lo mismo de inútil, el que reapareció como arte de magia al mes de la cuidadosa y muy profesional cirugía del doctor Kaplan y que él mismo resolvió un mes después en su oficina, como en la Edad Media, reventándolo, no con una Biblia sino con dos ejemplares juntos de Rich Dad Poor Dad de Kiyosaki. Así resolvió, definitivamente, el problema del ganglio, por lo cual no constaba en ningún registro médico. Pero ¿a quién se le puede ocurrir semejante estupidez de reventar un ganglio de la mano, un quiste bíblico, como en tiempos de Almanzor y de Alfonso el Sabio, de un librazo, sin intervención de un profesional y sin un registro médico? La culpa era de él. Se había operado primero y reventado después un ganglio, no un testículo. Para cuando la nueva compañía aseguradora finalmente se aseguró de que era un ganglio, no un huevo, y aceptó su solicitud para poder comenzar a pagar mensualmente, él ya tenía los dos huevos hinchados y un principio de arritmia cardíaca del que nunca se recuperó, dijo, en una cena de camaradería en Miami, cando se había retirado la última compañera mujer. Al menos eso es lo que pensó por mucho tiempo sin atreverse a ir al médico para descartar la posibilidad de la arritmia, para no dejar registro de alguna posible o real enfermedad que le dificultara las cosas más tarde. Sabía que lo iban a pasear por diferentes clínicas y por todo tipo análisis (cuantos más mejor, porque eso lo pagaban las malditas aseguradoras) hasta que al final del proceso le recomendarían que se tome unas vacaciones, en el mejor de los casos, o le prescribirían una droga (también pagada en mayor parte por las aseguradoras) que él, como de costumbre, no tomaría para no tener que volver al mismo médico como consecuencia de los efectos secundaros. La última vez, en un chequeo anual, no había contestado con un rotundo No a la pregunta de si a veces se sentía triste y, luego de que la nurse abandonase la salita, apareció el famoso médico con la receta de algo llamado Happytilaunesterona que resolvería el problema. O casi. El único inconveniente eran los efectos secundarios que leyó luego de comprar el frasquito en la farmacia: posible aparición de eventos de bipolaridad e intentos de suicidio.

La maravillosa idea de los seis millones de Jeff

UNO DE LOS SOBRES IBA DIRIGIDO realmente a él. El remitente, Jey Hay, seudónimo de Jeff Al Ferro, le permitía adivinar el contenido. Jeff lo felicitaba por la última reunión en Kuala Lumpur donde se había firmado el preacuerdo sobre las androides AR21. Debía felicitarlo por el logro y, sobre todo, por no haberse rendido ante la primera negativa, algo así como haber marcado un gol en los descuentos, le pareció escuchar su voz, siempre recurriendo a las metáforas del fútbol.

Más que persuadirlo, Jeff lo había presionado para que vendiese la idea a Bolton Co. De hecho, como siempre, ya tenía la estrategia planeada mucho antes de que Facundo aceptase. El principio de acción de Jeff provenía, había reconocido una vez en una reunión de fin de año, de sus primeros estudios de algebra en Stony Brook University. Como los genios de Apple y Facebook, también él había descubierto su gallina de los huevos de oro, un día cualquiera en un salón de clase. Como aquellos genios, él también había abandonado sus estudios para dedicarse de lleno a lo que realmente importa. Por eso nunca alcanzó ni siquiera a graduarse de BS, pero había sido mil veces más exitoso que los nerds de la clase que ahora tenían maestrías en ciencias y daban clases en la secundaria por cuarenta mil dólares al año. Nunca tuvo habilidades para las matemáticas, pero de esa breve experiencia iluminadora había aprendido algo que le serviría para toda la vida. Como en una ecuación con una incógnita, decía, uno debe plantear la situación como si conociese el resultado. x2+3x=0. Antes de comenzar sabemos que el resultado es cero. Sólo falta despejar la incógnita x, en este caso con dos resultados, es decir, algo, un escollo que está entre el inicio de un gran negocio y el resultado final, que ya conocemos, o prevemos. La diferencia es que no se trata de una realidad inevitable, como el clima, sino una que vamos a crear. Si la ecuación vale la pena, sólo queda despejar la incógnita. Se la convierte en realidad. Si no, se la debe abandonar antes de cualquier esfuerzo. Se la hace desaparecer. Nunca existió ni existirá. Así es nuestro mundo, y sus creadores somos nosotros, los businessmen, los hombres ocupados.

Aquella tarde en el Starbucks de un Barnes & Noble (de Manhattan o de Filadelfia, no recordaba) Jeff le había mostrado un artículo de una publicación de Silicon Valley sobre Inteligencia Artificial y traducción automática. Un profesor escéptico sostenía que esas maravillas de la tecnología digital eran falibles porque no alcanzaban a comprender el contexto general de una cultura. Para el tal doctor Majfud había ideas y sentimientos que solo los humanos podían entender and sometimes not even we, humans, understand other humans, había dicho este corruptor de mentes inocentes.

Jeff había hecho un silencio para mirarlo un segundo, como un cazador mira la presa por el telescopio de su rifle.

Esa última frase, dijo, lo había inspirado: y a veces ni los humanos pueden entender a otros humanos, repitió. Por las razones que el autor de la frasecita nunca hubiese podido imaginar, ahí estaba la clave de un negocio que no sólo podía hacer llover dinero sobre la compañía, sino que iba a cambiar la historia de la humanidad.

Facundo se rio. Después de otro silencio, bebió un sorbo de café y preguntó.

—¿A qué te refieres, concretamente?

Jeff se movió nervioso en su silla. Iba a decir algo y, finalmente, contestó con otra pregunta:

—¿Qué tal si un día se logra un algoritmo que logre descifrar los sentimientos humanos mejor que los humanos mismos? Sí, ya veo. Parece ridículo. Tal vez ese día esté lejos aún, pero lo importante es vender la idea para que otros logren desarrollarla. Así funciona todo. ¿No fue eso mismo lo que hizo Kennedy con su visión de llegar a la Luna? Eso es algo que sabemos tú y yo mejor que nadie: si no se apunta a la Luna, no se llega a saltar ni la cerca con el vecino.

—¿Máquinas psicoanalíticas? —preguntó Facundo.

—¿Por qué no? O al menos robots que nos den una pista de nuestros propios sentimientos. A ver, pensemos en serio. Cuando a uno le duele el estómago o la espalda, ¿a dónde va? Al médico. ¿Y quién es responsable de la solución? El médico, que para eso estudió y para eso le pagamos. Pero cuando vas al psicólogo, ahí la cosa se complica bastante. ¿Quién es el responsable de que te cures de un trauma, por chiquito que sea, uno de esos que todos tenemos de colección y que, gracias a los cuales uno es un hombre creativo y productivo? Pues tú, claro, no el psicólogo. El profesional no, el paciente. Lo único seguro es que te va a cobrar, y de hecho te pide la tarjeta de crédito antes que entres al consultorio. No sea que después de cuarenta minutos de charla el paciente no tenga los trecientos dólares. Y estoy hablando de un psicólogo barato, de esos que no inspiran mucha confianza, no tanto por las tonterías que dice sino por lo poco que cobra. Hace un año tuve que ceder a una de esas agotadoras discusiones doméstica (que terminó a las dos de la madrugada con el clásico Sí, querida, iremos a buscar ayuda profesional porque me vencía el sueño y ese día tenía reunión de socios a las 8:00 am) y terminé yendo a terapia de pareja por un capricho de Silvanna. ¿Resultado? Después de tres meses de terapia y 10.800 dólares (plus taxes), no nos curamos por mi culpa. Yo tenía la culpa antes y al final seguía con ese tumor colgándome de las bolas. ¿Viste que las mujeres no son malas ni tienen la culpa de nada?

Facundo lanzó una risa que llamó la atención de un anciano con cara de Benny Hill triste, sentado a dos mesas de distancia.

—En parte es así —continuó Jeff—. Seguramente la culpa era y es mía. Soy demasiado cínico para creer en cuentos de hadas y esa es una de mis limitaciones, debo reconocerlo, no sólo como persona sino como profesional. Hace un tiempo leí, en uno de esos vuelos largos y aburridos como la muerte, un artículo sobre los neandertales. Me impresionó la idea de que nuestros antepasados los exterminaron porque los hombrecitos narigones eran demasiado realistas y pragmáticos. Una vez desaparecidos, los hombrecitos del forest, los foreigners, los extranjeros, pasaron a ser los gnomos de las historias de los cuentos de hadas. ¿No es una ironía cabrona? Nosotros, en cambio, creíamos en todo tipo de mitos y por eso fue que sobrevivimos. ¿Por qué me impresionó esta teoría? me pregunté muchas veces hasta que llegué a una conclusión crucial: mientras leía el asunto me sentí, como hombre de negocios, identificado con aquello del realismo y el pragmatismo de los neandertales, y me costó aceptar que habían desaparecido por esas mismas razones que siempre fueron las banderas de nuestra profesión, de nuestra esencia. Pero había un detalle, un error, advertí mucho tiempo después. Nosotros no somos como los extinguidos neandertales sino como los sobrevivientes, como los vencedores cromañones. ¿Por qué? Porque los hombres de negocios no somos ni pragmáticos ni realistas sino todo lo contrario. Soñamos y así vamos creando el mundo…

—Ya me parecía que había algo que me recordaba a mi cuñado —dijo Facundo.

—¿El loquito del college? —preguntó Jeff.

—Olvídalo.

—Bueno —continuó Jeff—, al final lo único que entendí de todos aquellos ataques y reproches de Silvanna, con el heroico apoyo profesional del terapeuta, es que una mujer no quiere que le resuelvan los problemas, sino que la escuchen. Pero no de cualquier forma. No. Yo la escuchaba, pero, de vez en cuando, en mi rostro se revelaba cierta distracción o, peor, cierto cansancio. No es fácil tener la resistencia de una mujer a las dos de la madrugada hablando de cosas que no entiendes. Cuando la escuchaba debía poner cara de comprensión. ¿Entiendes lo que te digo?

—Creo que no —se quejó Facundo, cansado—. No olvides que vengo de Berlín y para mí son las dos de la madrugada.

—Te lo resumo —dijo Jeff, sin poder dominar su nuevo tic: un guiño fuerte con el ojo derecho seguido de una especie de sonrisa que duraba fracciones de segundos—. Las mujeres son diferentes a los hombres, pero las soluciones pueden ser muy similares. Si yo fuese un muñeco bien programado, no habríamos tenido nunca ningún problema. Eso según ella y según nuestro terapeuta. Todavía estoy tratando de entender qué era lo que yo no entendía de poner cara de entender. Cosa que cualquier muñeco o robot capaz de escuchar y aprender podía haber resuelto mucho mejor y mucho antes que yo. Claro, el robot no tendría que levantarse a las seis menos cuarto de la mañana para estar listo y de buen humor en la junta de accionistas a las ocho. Ni siquiera tendría que dormir dos horas. Eso tiene ser un hombre real. O como se llame esto que ves aquí.

Jeff respiró cansado, tomó aire, guiñó de nuevo y continuó, esta vez sin la sonrisa de tres centésimas de segundo, probablemente ahogada en gesto más antiguo, una especie de beso a ninguna parte, una de esas expresiones que la gente normal hace cuando piensa en un error del pasado:

—En otras palabras, tanto las mujeres como los hombres necesitamos sustitutos que no sean ni mujeres ni hombres sino abstracciones de cada uno, versiones mejoradas, con sus virtudes y sin sus defectos, como las vitaminas que no son ni manzanas que provocan diarrea, ni zanahorias que provocan estreñimiento, sino sólo eso, vitaminas que necesita nuestro cuerpo.

—En pocas palabras —lo interrumpió Facundo—, lo del terapeuta no les funcionó...

—No nos curamos, al menos. Digo al menos porque no sé si a Silvanna le reportó alguna ganancia, como algún tipo de legitimación existencial o un nuevo romance imaginario con el doctorcito, porque ese sí que era bueno escuchando. Al fin y al cabo, en eso consiste su profesión. En saber escuchar. No resolvimos El problema, pero yo pagué una fortuna, mucho más que por la operación del corazón. Le cuentas toda tu vida privada a un tipo con cara de sabio bueno, tipo cura católico sin sotana y sin crucifijo paro rodeado de estatuitas africanas y budistas, y al final la culpa es del esposo, que es el que normalmente se resiste a creer en el curandero por prejuicios machistas.

En este punto, Jeff movió la mano como si espantase un insecto volando frente a su rostro y dijo:

—Dejemos eso ya. A lo que voy es que con las muñecas terapeutas (viste que dije terapeutas, no terapéuticas, para no cosificarlas) la gente no sólo tendrá soluciones más rápidas y más confiables, sino que bastará con apretar un botoncito para que la memoria se borre por completo. Así que eso de contarle la vida privada a un pajero con sotana o con título de doctor ya no será un problema. Y si no se borra dará igual, porque a la robotita no le importará mucho tampoco ni te denunciará en la CNN por haberle dado un beso treinta años atrás. Es más, dudo que alguna versión de esas dure tanto.

—No sé —insistió Facundo, mirando el reloj y tratando de dar por finalizada la conversación—. Tal vez el profesor tiene algo de razón, sobre eso de que ni las personas nos entendemos…

—¡Ese es el punto! —dijo Jeff, como alguien que se da cuenta que estuvo una hora tratando de explicarle algo a un niño, sin ningún resultado—. Ahí está el problema, pero no la solución. No nos entendemos ni a nosotros mismos. ¿Cuántos tienen alguna idea de sus propios traumas? Peor aún, ¿cuántos tienen una idea de lo que piensa y siente alguien que tenemos en frente, como estamos tú y yo ahora? Sobre todo, si quien tenemos en frente es una mujer, o alguien que no comparte nuestra cultura. ¿O no me dirás que tú conoces las fantasías de tu mujer?

—No entremos en eso —dijo molesto Facundo—. Sabes que no me gusta mezclar lo personal…

—Bueno, piensa entonces en cualquier otro ejemplo. En mi esposa Silvanna, si quieres. No me digas que nunca le miraste los pechos porque no te voy a creer. Nadie puede no mirarle los pechos a Silvanna porque los tiene firmes, arriba de una cintura de avispa, y eso es inevitable. Diría que es justo lo opuesto a una india maya. ¿Viste esos labios carnosos? Silvanna es una verdadera Barbie y yo no soy tan estúpido como para pensar que otros hombres, incluso colegas como tú, jamás le han mirado ni los pechos ni los labios y quién sabe qué más. Sí, ya sé, tiene un BA de Princeton, pero eso no se ve y a pocos le llama la atención. No sólo por nuestra profesión que tiene muchas conexiones en la industria de la moda y la belleza, sino por sentido común, cualquiera sabe que mil veces más importante que un doctorado de Harvard es un culo agraciado por la naturaleza y bien cuidado por el hombre. Pero nuestra sociedad es tan hipócrita que condena lo que desea. A ver si lo digo más claro: condena lo que desea. ¿Me fastidia que le miren el culo a Silvanna? ¿Qué hasta mis colegas se la imaginen besándole esos labios perfectos? ¿Qué ella le corresponda, en secreto, a toda esa fantasía pajera? Claro que sí. ¿Pero qué puede hacer un hombre razonable? ¿Seguirla a todas partes con una cámara y amenazar a cada hombre que la mira? ¿O acaso nosotros no miramos otras variaciones de la misma belleza? Tu esposa es bonita también (lo digo con respeto, objetivamente), pero no me digas que te desagradaría que un día Silvanna se parezca por tu oficina y te estampe un beso en la boca. A mí me podría furioso, pero no a ti, seamos honestos. Si dices no, eres un maldito hipócrita hijo de puta. Lo mismo ellas, Silvanna, la secretaria, la estudiante nueva de Minnesota que está haciendo su pasantía, tu mujer…

—Te dije que dejemos eso —dijo Facundo—. Lo privado es privado. Todos sabemos que cada tanto vamos al baño para orinar y lo hacemos con nuestras partes íntimas, pero no por eso, no porque sea algo natural vamos a empezar a hacerlo en los pasillos. Para eso están los baños.

—No sé —dijo Jeff—. Espera que surja algún movimiento en pro DE MEAR EN LA CALLE SIN LAS CADENAS DEL PATRIARCADO o algo así… Dios me de vida para disfrutarlo.

Facundo lo miró a los ojos, pero no encontró su mirada. Estaba perdida en una especie de euforia a punto de parir una gran idea llamada Medio Millón. De repente, recordó las palabras casi murmurantes de Tina, la secretaria de Jeff, según la cual su jefe era adicto a la cafeína y que después de su cuarto Starbucks de las cuatro de la tarde, el efecto en él era el mismo que el de Mr. Robertson después de su cuarta Corona Premier a las nueve.

—No hay problema —concluyó Jeff, interpretando el silencio y la mirada de Facundo como una respuesta—. No necesitas responder a ninguna de mis preguntas. Todos saben que eres un tipo correcto. Es decir, un reprimido. Un correcto reprimido. Algo bastante inusual para un argentino. Tal vez te americanizaste demasiado, te creíste toda la mierda que sermoneamos aquí como manual del Buen Americano, del correcto puritano que no piropea a una mujer bonita en una obra en construcción pero que después de ver dos horas de porno en internet se viola a la hija del vecino y hasta al gato y luego estrangula a los dos; el señorito inglés que va a la iglesia los domingos y los lunes flamea una bandera de la confederación, no porque odie a los negros y a mexicanos, que los odia, sino porque es parte de la tradición, de su esencia limpia, diferente a esos violadores feos del otro lado de la frontera, y da gracias de vivir en un país elegido por God, en medio de miles y millones de maniáticos sexuales y asesinos en serie, y te volviste más papista que el papa. No te voy a preguntar si te has imaginado tocándole las tetas a Silvanna. No me lo vas a decir nunca y no me importa y no quisiera escucharlo. Uno no es responsable de sus asquerosos deseos y tiene derecho a la libertad de imaginación, protegida por la Primera Enmienda, que viene a ser la única libertad que todavía no se ha regulado completamente. De cualquier forma, yo lo sé, sé que por lo menos le has mirado las tetas a Silvanna, y porque conozco la naturaleza humana es que nadie en la empresa me ha ganado nunca. Como dice el cliché, lo esencial es invisible a los ojos. Gran verdad, pero por las razones equivocadas. ¿Te acuerdas cuando aquel negocio con NORDSTROM ESTABA MUERTO? NORDSTROM DOESN'T JUST BELIEVE IN DIVERSITY, IT VIEWS IT AS GOOD BUSINESS. Ni Robert ni Nath pudieron revivirlo. Unos ineptos con buena fama, con apariencias contra cualquier resistencia femenina, es decir, dos elementos decorativos para la empresa, y nada más. Cuando aquel barco se hundía, ¿a quién llamaron? ¿A quién? ¿Recuerdas? Claro que sí., Llamaron a El tiburón Jeff. Todos creen que yo no sé que me dicen tiburón, pero no me molesta. Al contrario. Llamaron al tiburón Jeff, y Jeff se los comió a todos.

—Hasta que apareció la Ivanka Trump y te dejó como una mojarrita.

—Esa es otra historia. Al fin y al cabo, nadie es invencible y menos cuando se te cruza la hija del presidente. Pero a nuestro nivel, en nuestra liga, ¿por qué ponen siempre a El tiburón Jeff cuando el partido está complicado? ¿Por qué? ¿Porque Jeff es malo? No, todo lo contrario. Porque Jeff es bueno, muy bueno. Al menos en lo suyo. Sé lo que hago y lo hago bien. ¿Por qué? Por una simple, simplísima razón. Porque no me miento. Yo no soy un hipócrita que asesina a medio pueblo y luego se arrodilla en la iglesia convencido de que Dios lo va a perdonar y le va a abrir las puertas del Cielo. Puedo mentirle a mucha gente, pero nunca a mí mismo. A mí lo que más me molesta es la hipocresía. Como el idealismo romántico, que no lleva a otra cosa que a mentira tras mentira. ¿Qué sé yo si a Silvanna no la excita un colega que ni siquiera conozco? Imagínate, después de diez años de casados, la pobre debe estar tan aburrida del mismo meta y ponga, besos previsibles, caricias conocidas, la misma hamburguesa con papas fritas, el mismo McDonald's, por más variaciones que le intente hacer al menú, la natural falta de emociones intensas como yo, ese tipo que, cuando camina, es siempre el mismo de atrás y de adelante. Qué se yo. No digo que Silvanna no me quiera, como esposo, pero de ahí a que tenga sueños eróticos conmigo debe haber una distancia de aquí a Marte.

—Ya deja eso —se quejó Facundo—. No me interesa. Más bien, me desagrada cuando me agarras de psicoanalista.

—¿Ves? —observó Jeff—. Ya ni los amigos sirven de confesores. Una vez le conté la mitad a Jaime y me dijo que era un machista. ¿Viste que hoy en día los machistas somos los comunistas de antes? No puedes decir nada en serio que te tiran con la censura social de lo políticamente correcto. Un robot, en cambio, que pudiese aprender de la convivencia con alguno de nosotros ya habría detectado un problema en tu resistencia a escuchar la verdad. ¿Entiendes la idea central que intento explicar?

—Tengo derecho a mis propios traumas —contestó Facundo, visiblemente molesto—. Además, tengo que irme.

—Sí, ya se. Eso del derecho a los traumas no está en cuestión. Aquí no estamos para compadecernos unos de otros sino para hacer negocios. Pero si no comprendemos cómo funciona el mundo no podemos vender ni una jarra de agua en el desierto.

—OK —dijo Facundo—. Tomo nota y luego hablamos de tu proyecto. De verdad, estoy agotado y no alcanzo a sacar nada en limpio de lo que propones. Pero me encargaré de eso. Van a ser las ocho aquí. Las dos de la madrugada en Berlín. Mi reloj biológico sigue allá.

—Casi olvido que eres un ser humano…

—Todavía…

—Una robot que tuviese intimidad con su dueño, alguien que fuese capaz de aprender y procesar miles de sentimientos por segundo, ya tendría una respuesta efectiva. La mejor respuesta. En un futuro no muy lejano, ellos serán más confiables que nosotros mismos.

—Un horror.

—Un horror para el narcisismo humano, que quinientos años después de Copérnico todavía se cree el centro del Universo. Mírale el lado positivo: la industria militar, como siempre, ya está muy avanzada en robots asesinos. ¿Qué son, si no, los drones que matan a distancia? Nadie habla de las familias que han desaparecido bajo los bombardeos nocturnos de estos pajaritos metálicos allá em Medio Oriente. Desaparecidos en todo sentido posible. No sabemos si eran gente mala o niños no tan malos que, por casualidad, pasaban por ahí jugando a la guerra con un palo. Los palos son más peligrosos que las AK15 que se venden en WalMart, ¿sabías? Pronto habrá drones insectos capaces de elegir al chico malo y eliminarlo en cualquier rincón del mundo que se encuentre. O drones bacterias, más probable.

—Siempre quedará el problema de definir quién es el chico malo.

—No, no, para nada. Para la lógica militar (es decir, hoy en día, para la democracia) los malos son siempre los otros y no le des más vuelta al asunto. La definición de qué es bueno o qué es malo no tiene la menor importancia. Lo único que importa es quién tiene el poder y quién no lo tiene. Los primeros siempre fueron y serán los buenos. Es la mejor y la única forma objetiva de resolver el dilema. Todo lo demás son discusiones.

—Te conozco, vendedor de peinetas —se rio Facundo—. Ahora, ¿cuál es el lado positivo de tu producto?

—El lado positivo es que, en mi proyecto (mi obra maestra antes de retirarme, Dios quiera) no vamos a invertir en desarrollar nuevas ideas de exterminio sino lo contrario. No vamos a invertir en la guerra sino en el amor.

—Me derrito... Mi cuñado dice que la protesta de los ingenieros de Google contra la inteligencia artificial aplicada a los drones de guerra se debe a que todos provenían de las universidades estadounidenses, bastiones antibélicos y antipatrióticos en medio de un país belicista y chauvinista.

—Le creo. En las universidades no enseñan solo algoritmos. Pero eso no va a ser siempre así.

—Al final lograron que Google no renovase el contrato con el Departamento de Defensa. Cuando lo supe, no supe si eso es algo bueno, justo cuando pensaba que podía ser algo bueno.

—A la mierda todo. Los marxistas me chupan el cerebro. Déjalos que se entretengan entre libros viejos, con sus salarios de miseria. Deja esa puñetera de lado y vayamos a la realidad. Más, a la realidad que está por venir. ¿Invertir en el amor no te parece un argumento respetable? Podíamos llegar a un acuerdo con los vagos de los sesenta, aquellos peludos anti Vietnam que andaban desnudos y fumando marihuana mientras otros morían en países lejanos luchando por proteger sus libertades. Ahora que los comunistas ya no son una amenaza, ¿qué mejor que hacerle el amor a una androide que, por primera vez en la historia, será terapéutica en todo los sentidos? Sexo, psicoanálisis e higiene, por primera vez en la historia de la humanidad.

—Sí, probablemente —reconoció Facundo, algo incómodo por descubrir que el insoportable de Jeff estaba a punto de convencerlo otra vez—. No está mal. Casi que me convenciste. De lo mejorcito que has dicho desde que empezaste tu café. Será lo mejor que habremos hecho en veinte años. Aunque nosotros no estaremos para verlo.

—No, tal vez no lo veamos. Pero habremos sido los primeros en imaginarlo y los primeros en promoverlo. Las ganancias tampoco serán un detalle, como podrás imaginarte.

—Lo mismo me dijiste del proyecto de las becas para modelos —dijo Facundo.

—¿No fue esa una idea tuya? —preguntó Jeff.

—No creo. Yo no tengo buenas ideas, y si las tengo debo acreditártelas a vos, que sos el jefe.

—Al final sólo pudimos dar seis o siete becas —dijo Jeff, fingiendo derrota—. Pero al menos hicimos felices a siete jovencitas que se creyeron que se las habían ganado por sus potenciales intelectuales.

—Creo que fueron más. Casi veinte, a un costo de sesenta mil dólares por año cada una, hasta cuatro años. Casi cinco millones, que al veinte por ciento nos deja menos de un millón para la división.

—Para toda la división, como siempre... No quiero minimizar el logro, pero, como ya sabes, es caja chica. No hicimos historia con eso. ¿Sabes qué tienen en común estos dos últimos proyectos? Que las modelitos tienen que fingir ser robots para ser apetitosas y los robots deberán fingir ser seres humanos para ser exitosas. De eso hablamos muchas veces. ¿O no? ¿Te acuerdas que siempre me decías que la ironía de nuestros productos era que cuánto más frígidas parecían las modelos más atractivas se veían? No sé si soy yo, pero cuando eras más cínicos tenías mejores ideas. Un poco más agresivas, diría. ¿O me equivoco?

—Me estoy poniendo viejo.

—Me decías que las mejores muchachitas siempre desfilan como si les diera asco lo que hacen o como si estuvieran mal cogidas. Bueno, da igual si ahora te arrepientes de tu pasado machista, lo que importa o lo que consuela es que veinte de las becadas están ahora disfrutando en alguno de los campus de las maravillosas universidades que tiene este país (no con menos mérito que los basquetbolistas que se sientan a su lado en el salón de clase) y que alguna, al menos una, o dos, pueden llegar a ser abogadas, ingenieras en fluidos o doctoras forense.

—Alguna llegará... —dijo Facundo—. Eso es lo que me decía en cada entrevista, como para no sentirme mal. Hay tanto macho idiota que llega sólo por creer que tienen dos cabezas y la de abajo también piensa.

—Decímelo a mí, que voté a Trump. Quería ver hasta dónde llega uno de los nuestros y tal vez se me fue a mano. De cualquier forma, el de las becas fue un buen proyecto y de paso le hicimos el bien a alguien. Pero, como te decía, ese era un proyecto muy menor, para salir del paso de la inexplicable baja actividad del año pasado. Este otro es un megaproyecto que no sólo nos va a traer un tsunami de dólares sino que, además, vamos a ser partícipes de la gran Revolución del siglo, con capital letter.

—Me preocupa —dijo Facundo—. Hablas como el presidente.

—A mí me preocupas tú. Hace algún tiempo que estás un poco rarito.

Facundo se levantó. Eran las ocho y cuarto. Estaba agotado. Jeff, seguro de haber inoculado su idea en uno de sus colaboradores más cercanos y efectivos, le palmeó la espalda y le dijo que se fuese a dormir temprano. Por la mañana, Jeff iba a hacer el mismo trabajo con Richard, en ese mismo Starbucks, y Facundo no lo sabía. Para Jeff, Richard era un jugador menos habilidoso, de banquillo, pero él debía asegurarse su participación entusiasta, en caso de que Facundo desistiera de tomar la iniciativa en Malasia.

Después de tres semanas de estudiar el último proyecto de Jeff, Facundo aceptó participar. Jeff era desagradable en muchas formas, pero muy bueno en lo suyo. Era capaz de convencer a cualquiera de que la tierra es plana y, de paso, sumar fervientes seguidores capaces de ir puerta por puerta anunciando la nueva buena de un proyecto para expandir su área.

Dos semanas después, Facundo se había reunido en Los Angeles con el directorio de Bolton Co. No fue un buen inicio. Al directorio no le convenció la propuesta y Facundo, experiencia en mano, voló a Kuala Lumpur un mes más tarde, donde le resultó más fácil de lo esperado. Los asiáticos, acostumbrados a la nada, al eterno margen, y sorprendidos por la imparable racha de negocios millonarios, se sumaban a cualquier quijotada, a cualquier propuesta. Facundo pensaba que si tuviese que vender agua de Marte, el primer lugar donde debía ir era a esa parte del mundo.

Finalmente había logrado vender la idea de Jeff en Malasia y ese sobre manila, sin duda, confirmaba el éxito de sus gestiones.

Lo puso aparte, pero no lo abrió.

Así había vendido Facundo la idea de Jeff en Seúl

OTRO SOBRE QUE IBA DIRIGIDO a él. El remitente era de XiNotch Co., un sustituto de Xin Co., una de las empresas de Mr. Xi, quien probablemente no se llamaba Xi pero, a los efectos, era lo mismo porque pocos sabían que Mr. Xi era el mayor accionista de la compañía productora de las RealPerson y pocos, como él, Facundo, habían tenido la oportunidad de conocerlo en persona.

—Esta carta es para vos, Silvanna —dijo, como si ella pudiese escucharlo.

Abrió el sobre de papel rugoso, cuidadosamente desalineado como si hubiese sido enviado por Keops desde el antiguo Egipto. En un mundo perfecto, la imperfección y hasta la pobreza son signos de distinción y, por supuesto, cuestan mucho más. La primera palabra que, por instinto, buscó y leyó fue la más importante: congratulations... Abajo, la firma de Mr. C. Lopes, el filipino que firmaba todas las cartas de la compañía y que (sospechaba Facundo) no tenía ni una bicicleta a su nombre. Un hombre de unos cuarenta años, pelo duro y todavía negro por unanimidad, aunque con algunas arrugas delatándolo alrededor de sus ojos, cuyo trabajo era hacerse responsable de cualquier cosa que fuese dicha en nombre de la empresa y que, por alguna razón en algún país, resultase inconveniente, ilegal o un simple error de cálculo. Un empleado con uno de esos salarios desorbitantes que se adivinan por su Rolex, por su siempre nuevo saco azul-beige de mil dólares (bastante más feo que el traje Saddlebred de pana marrón de cincuenta dólares que usaba Ernesto desde que tenía uso de memoria), por sus gustos culinarios, por sus escapadas de tres días a Inglaterra o a España para ver un partido del Barcelona contra el Liverpool, y por otros caprichos más privados cuando no estaba al servicio de la Empresa. Una especie de mercenario moderno (por no decir prostituta) que se hacía de varios lujos pero no tenía derecho ni siquiera a llamarse por el nombre que le dieron sus padres al nacer. Un personaje inventado, rodeado de un mundo falso con el solo objetivo de mantener a la empresa dentro de los límites estrictos y secretos de la legalidad. Alguien a prueba de cualquier demanda, de cualquier atisbo de dignidad. Lo mismo servía para hacerse cargo de la opinión errada de Mr. Xi sobre una nueva ley en Catar o en Estados Unidos como para atribuirse una noche de sexo con una brasileña despechada que había dado, nunca nadie sabe cómo, con el correo electrónico de la esposa de Mr. Xi.

Facundo leyó el resto de la carta. Estaba a pocos días de lograr el mayor contrato de su carrera. O, por lo menos, un precontrato que le otorgase la exclusividad del uso del EP (Procesador de Emociones) de las muñecas RealPerson. Un año atrás, dos como mucho, hubiese saltado de euforia. Por mucho menos había celebrado, aunque en absoluto silencio, como celebraba Maradona uno de sus goles, saltando y golpeando el aire con un puño. Ahora, la gran noticia le llegaba como un periódico de papel que, aún antes de levantarlo del piso, sabemos que no tiene nada importante para informar.

El nombre, RealPerson, había sido decidido después de una larga disputa de dos horas en Seúl, alrededor de una enorme mesa de madera brillante, en una sala sin los típicos ventanales de los edificios ejecutivos de Corea o de Kuala Lumpur, como si se tratase de una reunión secreta de un comando militar de la Guerra Fría. Alguien había observado que el nombre podía leerse algo pretencioso, pero Sir David, el especialista en psicología mercantil, desestimó esta posibilidad asegurando que las percepciones son moldeables por la publicidad y el prestigio del mismo producto; que no se debía olvidar que el consumidor, ante todo, era un animal, humano, pero animal al fin, con un cuerpo y una psicología profunda muy semejante a la de cualquier otro primate, que todo lo que nos diferenciaba de nuestros primos en la carrera evolutiva era, precisamente, lo más superficial, como el maquillaje en las mujeres, y que lo único que no se podía cambiar, sino explotar, eran los cuatro o cinco instintos básicos, como lo son el sexo, el hambre, el poder y la venganza, en ese estricto orden. El éxito, según Sir David, se expresa a través de estos elementos básicos y comunes del animal consumidor.

Tanto RealWoman como RealGirl (cuanto más fake algo, más Real le ponen por delante) fueron descartadas por las posibles demandas de los grupos feministas, más que por el inconveniente de que la empresa también producía muñecos masculinos.

—Feminazis —había aclarado el representante del directorio de Houston—. Esas mujeres que dejaron de ser mujeres… Se quejan de que las cosifican, que les tocan las tetas pero son las primeras en hacer topless en público. A eso le llaman protesta contra el patriarcado.

—Se puede ver al revés —dijo el de Chicago—: los hombres se ofenden con esas protestas de tetas al viento pero aplauden cuando hacen un concurso de culos.

—No sé, no es lo mismo.

—No, claro que no es lo mismo. Unas son peligrosas. Las otras, las del concurso, están bajo control. No son lo mismo las once Pussy Riots de Rusia que los treinta millones de obedient and very conservative pussys, todos esos correctos coños de iglesia y reuniones de beneficencia que cuando menstrúan dicen que es lápiz de labio y que votaron por el presidente pussy grabber de nuestro país, bendecido por Dios.

—Por el Señor, dejemos eso.

—¿Qué diferencia a la actriz porno, la Stormy Daniels, de la señora Melania Trump? Una está retirada y no habla bien inglés.

Alguien se quejó con un suspiro tímido y solicitó no se hablara de política y mucho menos de las rusas, que además habían cometido blasfemia, pero otro a su lado, como ocurre siempre en ese tipo de reuniones, reforzó el aparente exabrupto antes de que alguna oposición contraria ganara terreno.

—Feminazis —insistió el de Houston.

—Gracias a las cuales —dijo el representante de Singapur, un brasileño dueño de una nariz invasiva que pudo haber corregido fácilmente años atrás— existen nuestros productos y gracias a las cuales las RealPerson harán la Revolución del siglo.

—Así es —confirmó otro—. Si no existiese la demanda, ni nos preocuparíamos en pensarle una solución.

—Si al menos las mujeres fuesen más femeninas... Pero no, ahora se las tiran de feministas. No sé las estadísticas, pero casi todas son lesbianas, me atrevería a decir...

—Eso no lo dices en la reunión de padres de la escuela de tu hija.

—Genio no soy, pero lo otro tampoco.

—Ayer estuve en una muestra de moda. La ropa me aburre, no es para mí si no está en mi lista de acciones. Pero lo que va dentro...

—Bueno, eso al menos sí que se puede llamar mujer...

—Claro, son mejores que las amargas feminazis, pero incluso en ese caso habría que preguntarse ¿qué tiene de Real una de esas hermosas (repito, hermosas, hermosísimas) chicas que desfilan en las pasarelas de modas como si fuesen robots ciegos a punto de tropezarse.

—Al menos nuestros productos pueden sonreír.

—¡Eso!

—Luego, millones de otras jovencitas las copian y, como si fuese poco, se llaman “auténticas”, “únicas”, “mi mayor mérito es ser yo misma”.

—Por eso mismo —aclaró el especialista en psicología mercantil—. Porque la gente cree lo que necesita creer, es decir, lo opuesto a lo que en realidad es, exactamente como cuando alguien compra una botella de agua porque está sediento. Si quisiera otro tipo de placer tal vez compraba una Coca Cola o una cerveza. No por otra razón alguien compra una botella de agua, porque tiene sed.

—¡Qué verdad!

—Nada más real que nuestras RealPerson.

—Si es por mí, ya tienen mi voto.

Para Facundo, lo único claro era eso de Real, porque en un mundo donde todo es fake, o casi todo, vender la idea de Real es la mayor obsesión y, por lo tanto, el mejor negocio. Como la botella de agua de Sir David. Real food, Realpolitik, Real facts... El tío Alberto ya había sospechado nuestro mundo con varias décadas de anticipación: Las publicidades de autos pequeños siempre insisten sobre las virtudes de sus grandes espacios interiores, le había dicho una vez, allá por el verano de 1976, recordó, caminando por la playa de Piriápolis, quién sabe por qué motivo y quién sabe por qué Facundo nunca había olvidado ideas tan modestas como aquella que ahora parecían alcanzar su verdadera dimensión.

El arma secreta de XiNotch Co. para ganarle a la californiana RealDoll iba a ser su capacidad para responder ante las necesidades emocionales, más que físicas, de su dueño (una de las leyes sagradas de este nuevo producto era que sólo se podía hablar de los consumidores en singular).

De hecho, éste había sido el argumento central de la estrategia de Facundo en defensa del componente Emo (emocional), aquella tarde en Singapur:

Hoy en día —había argumentado, cuando le llegó el turno de presentación después de la discusión y consiguiente votación sobre el nombre del producto— la gente confía en los robots y en todo tipo de software para cuidar o revelar enfermedades físicas. Esa etapa psico-cultural ya está madura y no significará un obstáculo a vencer. Con un software y con apenas mirar al lente de su teléfono, el consumidor puede saber su presión arterial, los latidos de su corazón y cuántas calorías necesita quemar para no alcanzar el índice crítico que separa a los diabéticos del resto de los seres humanos. ¿Acaso no están ustedes escuchándome, en este preciso momento, en mandarín, en malayo, en inglés y en coreano, mientras yo hablo en castellano? Tal vez no en el mandarín de Confucio o del gran Xi Jinping, pero me entienden, ¿no? Hoy en día un automóvil puede llevarnos a cualquier punto de una ciudad mientras descansamos, mientras dormimos una siesta o leemos las noticias en el techo o en la misma carretera. Incluso, el automóvil puede sugerirnos dónde ir el fin de semana, qué película ver, qué libro leer, a qué partido político votar según nuestras propias necesidades, y si estamos en el mejor día del mes para tener relaciones sexuales o no. Sobre todo, si fuésemos mujeres, éstos serían datos cruciales. Un dispositivo inteligente puede oler el nivel de testosterona o de estrógenos. Claro que nada más fácil de medir que la cantidad de estos elementos en el cuerpo humano. Al menos no más difícil que medir el nivel de aceite de nuestro automóvil. Es más, yo diría que esto último, la medición de estrógeno y el deseo sexual de una mujer, es más difícil de medir y sin necesidad de ningún software (risa unánime del directorio). La semana pasada, en San Diego, con un café de Starbucks en la mano, mientras fingía estar interesado por uno de los productos de la competencia, una RealDoll me dijo, "No me veas sólo como una mujer con la cual quieres acostarte. Yo también puedo escuchar tus problemas. ¿Tú no usarías tu automóvil sólo para escuchar la radio, ¿verdad?" (Facundo había hecho un silencio casi teatral mientras miraba a cada uno de los miembros del directorio) ¿Se dan cuenta? (continuó) Incluso la Proto-Inteligencia-Artificial es capaz de enseñarnos cosas que nosotros, con nuestro anacrónico orgullo de creernos el centro de la creación y del Universo, no entendimos nunca antes. Esta revelación fue apenas una casualidad, porque luego supe que nuestra competencia en California no le presta mucha atención al aspecto emocional o intelectual de sus muñecas. Su estrategia es proveer sexo de buena calidad, sexo hiperreal, sexo en realidad aumentada, pero sexo en fin, y poco más. (Facundo hizo una pausa, como un predicador agotado se apoya un momento sobre su atril, antes de continuar con más serenidad.) Pero no sólo la inteligencia artificial tiene mucho para enseñarnos. Todo lo que creemos saber hoy es falso. O impreciso. Nuevos estudios revelan, por ejemplo, quienes más consumen pornografía donde se ejerce violencia sobre una mujer son, precisamente, las mujeres. Al parecer las mujeres y los esposos respetables se ofenden con una humillación o con una conducta cavernícola, pero no pueden dejar de desear lo que los ofende. Eso no son estadísticas, las cuales muchas veces son poco confiables. No, señores. Esa es la realidad del universo completo recogido por los análisis de Big Data. Es que de eso se trata. Ahí está el futuro de inmensas, incalculables ganancias. Quien no comprenda hacia dónde vamos se irá a la ruina. ¿Por qué las muñecas de XiNotch deberían limitarse sólo a satisfacer a su propietario, como las muñecas de la competencia, cuando en realidad también pueden brindar terapia confiable? Aquí está nuestro punto de mayor interés y de crítica importancia. Si un robot puede operarnos del corazón, también puede decirnos qué nos está pasando, qué está pasando con nuestras vidas. Y no sólo eso, también pueden proveernos de terapia más allá de ser compañeras sexuales. Este es el nicho del futuro. Del futuro, digo. Estoy hablando del futuro. No, pues no. No basta con crear las mejores nalgas de siliconas (esas que uno no podría distinguir entre una de mujer de carne y otra de mujer de silicona), no basta con crear los mejores labios que besan mejor que nuestras esposas y, mejor aún, mejor que esas jovencitas que quieren ser actrices, nos confunden con agentes de Hollywood y nos estampan un beso en la boca sin que se lo pidamos, y nosotros no les seguimos el jueguito sólo por miedo a que nos demanden por acoso, abuso de autoridad o algo por el estilo. No, no me refiero a nada de eso tan superficial, aunque (no vamos a mentirnos) tan necesario como respirar. Se trata de que nos comprendan (que nos comprendan ellas a nosotros y no siempre al revés, como si fuesen las mujeres los únicos seres con necesidades de ser comprendidos). Se trata de crear mujeres capaces de acostarse con nosotros sin quejarse de que les duele y, luego de consumado lo que se debe, capaces de escucharnos y darnos la solución a nuestros problemas. Porque alguien que se compra una muñeca de veinte mil dólares es alguien que tiene un problema. Es decir, alguien como cualquiera de nosotros, lo cual hace un potencial público consumidor de al menos mil millones de individuos. Si no tiene ningún problema, si es un sacerdote de una secta todavía por nacer, si se trata de un ser de otro mundo o pretende serlo, es probable que de todas formas necesite algo más que sexo, porque de lo contrario echaría mano a opciones más económicas. Porque cualquier prostituta en Hamburgo o en Buenos Aires haría lo mismo por trecientos o por quinientos dólares, dependiendo del país. De hecho, no deberíamos seguir hablando de "muñecas", porque este es un concepto antiguo. Muy antiguo. Las mujeres de XiNotch ya no serán seres pasivos sino seres inteligentes y, si continuamos invirtiendo en esta tecnología, también serán seres sensibles, mucho antes de que lo que pensamos. Con la ventaja de que estarán al servicio de su cliente, de su dueño. El cliente podrá elegir las características de cada mujer (sumisa, insumisa, rebelde, esclava, orgullosa, comprensiva, abusada...), incluso de cada hombre, y en este caso nadie podrá demandar a nadie ni organizar una marcha en defensa de una XiNotch, lo cual sería ridículo, por obvias razones. Quienes entiendan esto estarán entendiendo el mundo que nos espera a la vuelta de la esquina. Quienes no puedan verlo, se quedarán fuera del negocio, es decir, fuera del mundo.

Los nueve representantes de XiNotch lo aplaudieron como nunca lo habían hecho antes. Luego de haber convencido al directorio, comenzó a convencerse a sí mismo, como si se tratase de un acto reflejo. La verdad había salido de su boca, creada por las inevitables circunstancias de los negocios, pero casi inmediatamente habían convencido al mismo mensajero.

Esa vez estuvo brillante. No porque se creyera lo que decía sino, precisamente, porque no creía nada de lo que decía. Pero su cliente sí lo creyó, y de eso se trataba. Eso era lo único que importaba. Y por eso ahora recibía la confirmación del trato a firmar el 25 de junio del corriente año, en Honolulu, tal vez para cerrar el trato en un punto intermedio o porque Mr. Lopes o porque el mismo Mr. Xi estaba pensando tomarse unas vacaciones.

De cómo Silvanna había alcanzado la inmortalidad

TOMÓ DOS SORBOS DE CAFÉ frío, como forma de interrumpir aquellos pensamientos, y volvió a abrir su cuenta de banco.

—Debería revivirte, Silvanna —dijo Facundo, sin dejar de mirar la pantalla—. Aparte de acostarte conmigo y de comprender mis problemas como nadie en este mundo, deberías poder hacer café. ¿Me escuchaste? ¿Todavía puedes escuchar lo que digo, sin que tenga que meterte el dedo para que te actives?

Fingió una voz desconocida: ¡Machista, machista! ¡Facundo, eres un machista asqueroso! ¡Por tu culpa no he podido desarrollarme como mujer!

Se detuvo.

—No, no —dijo, ahora en un tono más grave—. A ver. Eso lo habría dicho Elena, no Silvanna. Silvanna sí sabía jugar en un mundo de hombres, y por eso podía ganar.

Verificó que las misteriosas compras habían sido hechas en fechas en las cuales no había estado en Tijuana. Por entonces, había viajado a México City por tres días, por el caso Lecor, el de la BMW, pero no había vuelto a esa ciudad. Eso era seguro. Entonces, no tuvo dudas. Le habían robado la tarjeta de crédito o, por lo menos el número junto con el código de verificación. Buscó en sus billeteras, en los maletines de mano que suele usar cuando sale de viaje, en cada uno de los bolsillos de sacos y chaquetas, y no la encontró.

Pensó que lo más simple, lo más razonable, era cancelar la tarjeta, solicitar un informe de crédito que confirmase que su identidad no había sido robada y olvidar aquellas pequeñas sumas.

Pero no hizo ni una cosa ni la otra. Su instinto de cazador le dijo que esperase, que había algo más. Un hombre de negocios jamás relva todo lo que sabe, aunque no sepa por qué. Esa es la regla de oro que conduce, inevitablemente, a beneficios inesperados, no importa la naturaleza del problema. Por algo los cristales son frágiles. Porque son transparentes, pensó.

Se levantó y fue al baño, como una forma mecánica y fácil, aunque nunca del todo efectiva, de interrumpir un pensamiento.

Todo había comenzado en 1996, con un tamagotchi, pensó. Aquellos llaveritos que los japoneses trataban de mantener vivos alimentándolos y cuidándolos como si fuesen seres vivos. El negocio dejó fortunas en manos de unos pocos vivos y prendió como un virus en el resto de la humanidad, como una peste prozombica. Luego vinieron los perritos robots que los niños recluidos en sus casas podían acariciar, con la ventaja de que no cagaban ni había que alimentarlos cuando la familia estaba de viaje. Esas cosas reaccionaban como si sintieran cariño, algún tipo de afecto o, al menos, de placer. Claro que todavía, por entonces, era una reacción primitiva, no muy sofisticada: un pequeño ladrido, un movimiento de cola un poco repetitivo, no muy diferente al de los perros antiguos. ¿Qué se podía esperar de esa generación que cada día pasaba recluida en sus casas más tiempo que los presos en las cárceles, mientras sus padres se encerraban doce horas en sus oficinas, muchas veces por honor, sin hacer nada? Cuando no se mueren por exceso de trabajo. Hasta tienen una palabra para eso, karoshi. El tío Alberto hubiese traducido karoshi como boludo. ¿Y de este lado? ¿Qué se podía esperar de una generación de niños fanáticos de las cajitas felices de McDonald's (los hombres de negocios siempre fuimos unos poetas incomprendidos), sino adultos obesos, infartados antes de tiempo? O tal vez todo había empezado mucho antes, y nuestro trabajo consistía, como decía Jeff, en comprender la naturaleza humana y correrla para el lado que disparaba, como aconsejaban hacer en Argentina con los locos.

Mientras se abría el pantalón, hizo un gesto de profundo cansancio. Pensó que, por alguna misteriosa razón, por algún otro tipo de inoculación, tal vez ideológica, una parte de sí había adoptado el discursito de Ernesto. Lo mismo debía hacer esa gente con sus estudiantes, pensó, aunque Ernesto se defendía de esta acusación diciendo que si era verdad que los profesores indoctrinaban a la juventud, mucho más grave era la indoctrinarían que hacían las iglesias con aquellos mismos individuos apenas habían sido destetados y todavía estaban aprendiendo a caminar, no por unos míseros cuatro años sino por casi toda sus vidas.

Se puso en posición de firme frente al trono y se dispuso a devolverle a la naturaleza medio litro de café perfectamente filtrado. Miró su pene y trató de relajarse para que saliera el chorro de orín. Siempre que estaba obsesionado con alguna idea no podía orinar sin volver a tierra y pensar en algo resuelto, algo pasado y concluido, como una película de Hollywood. Pero hasta que no despertaba de sus pensamientos no podía bajar. Con frecuencia estaba largos minutos en esa posición, con el pene sostenido por los dedos como si fuese una estatua que no sabe por qué está ahí. Volvió a pensar en la muerte, en la fácil descomposición de ese miembro sin huesos, una descomposición fácil y rápida como la de los perfectos senos de una mujer, como la de la idea más perfecta, el recuerdo más persistente, la torre más alta. Esta idea de futilidad lo relajó por un instante y pudo cumplir con ese minúsculo objetivo que era mear.

Mientras observaba el chorro transparente de orín estrellándose con la lagunita del inodoro, con su correspondiente ruido, con un ruido deliberadamente escandaloso que ya no necesitaba reprimir como lo había hecho en los últimos treinta años, pensó que, en realidad, los tamagotchi no habían sido los primeros signos de la Segunda naturaleza. Cuando aprendimos a cultivar la tierra (pensó) descubrimos el arado, que lo hacía mejor. La humanidad comenzó a comer mejor y a crecer, al tiempo que ya no pudimos dejar de cultivar la tierra y producir cada vez más y más. Cuando aprendimos a hilar y a calcular, descubrimos la hiladora y la calculadora, que lo hacían mejor. Cuando los robots pudieron hacer casi cualquier trabajo y tuvimos tiempo libre para pensar, descubrimos la Inteligencia Artificial, que podía pensar y sentir más rápido y de forma más eficiente. Entonces, ya no necesitamos trabajar más, ni pensar, ni sentir, ni nada.

—Tal vez debería sacar a Silvanna de su caja —dijo— y acostarme con ella.

Enseguida pensó que eso sería imposible. Sería algo definitivamente asqueroso, sabiendo que tenía que deshacerse de ella cuanto antes.

Se recostó en la cama y pensó en ella una vez más. Casi 24 horas antes de volar a Kuala Lumpur, se había encontrado con Silvanna en el café Don Sancho, donde él solía almorzar los días que iba a la oficina. Silvanna lo había saludado apenas él había traspasado el umbral de la antigua puerta, por lo que no tuvo más remedio que sentarse a su mesa. Cualquier otra opción hubiese sido entendida como un desprecio.

Silvanna parecía muy animada esa tarde. No obstante, como siempre había sospechado, ella era una actriz de tiempo completo. Quizás como todos nosotros, aunque no todos somos tan buenos.

Al principio, Facundo se sintió incómodo. Hubiese sido un encuentro más entre dos personas medianamente conocidas si Jeff no le hubiese descargado aquella batería de deducciones psicoanalíticas en su última conversación en el Starbucks del Barnes & Noble, menos de un mes atrás.

De forma forzada, Facundo intentó no mirar hacia los pechos de Silvanna, como había dicho su esposo que hacen todos los hombres que se cruzan en su camino. La blusa blanca que llevaba era de una tela tan fina que resultaba imposible no advertir unos pezones despiertos. Tal vez no era que estuviesen despiertos (como había pensado, vagamente, quizás relacionándolo con alguna improbable excitación) sino que eran así por naturaleza, todo el día, es decir, algo duros. De cualquier forma, ella debía saberlo y, como decía Jeff, no hay nada más erótico en una mujer que sus malas intenciones. Por eso, él no cambiaba una mirada por cien tetas juntas.

Luego de un rodeo por diferentes comentarios, de esos que la gente hace cuando no sabe qué decir, Silvanna lo había felicitado por el logro, por la "medalla olímpica" de Kuala Lumpur.

—¿Te lo dijo Jeff? —preguntó Facundo.

—Obviamente.

—No tan obvio —balbuceó Facundo—. Por puro pudor, yo no se lo he comentado ni a mi esposa.

—¿Cómo? —saltó ella, sorprendida.

—Ya sabes, eso de vender muñecas de silicona...

—Cone on! Esas muñecas ni son sólo muñecas ni son pura silicona. ¿Y Elena no sabe de tu último gran negocio? Es una maravilla. Si yo fuera tú, ya lo habría publicado en el Wall Street Journal, en el Business Insider y en Bloomberg News.

—Bueno... Entiendo que uno es un profesional, como un abogado que debe defender un criminal en la corte...

—O como un actor que debe hacer una escena porno...

Facundo no respondió. Miró hacia la cafetería donde la empleada llamaba a un cliente llamado Sean o John. Nunca pudo distinguir claramente entre la pronunciación de ambos.

—¿Te da vergüenza haber tenido éxito vendiendo la idea de Jeff? —dijo Silvanna.

—Ahora que lo dices... Pues, puede ser.

—No seas tonto —insistió ella.

Facundo se sintió como un niño. Como un niño, no pudo mirar sin timidez uno de sus pezones. Que lo llamara tonto no era un insulto, sino una muestra de excesiva confianza, pensó horas después. Por horas, no pudo dejar de pensar en ese extraño y revelador encuentro, la combinación de símbolos, como sus labios rojos marcados en el vaso de plástico del café, el intento inútil de adivinar uno de los dos nombres ingleses en el llamado de la empleada, la palabra tonto saliendo de entre los dientes blancos de Silvanna y el relieve de su pezón izquierdo desafiando la delgada tela que simulaba cubrirlo.

Por primera vez en tres años de verla esporádicamente en el trabajo o en el ascensor del edificio, Facundo había confirmado todo lo que había dicho Jeff sobre ella. Era verdad, Silvanna tenía unos pechos imposibles de pasar desapercibidos. No es que fueran demasiado grandes. No se trataba de ese tipo de vulgaridades, sino de una forma de perfección difícil de explicar, como nadie puede explicar una mirada. Sus pechos se dibujaban revelando una especie de juventud artística que en ella persistía más allá de esos pocos años que suelen durar en otras mujeres. Lo pensó, y pensó que esa idea, o como se llamase, jamás iban a traspasar los límites de sus labios. No iba a poner treinta años de esfuerzo profesional en la cuerda floja de unas pocas palabras encadenadas. También era cierto lo de su cintura. Era cuidadosamente estrecha. Ni sentada revelaba alguna presencia de grasa o de esa naturaleza de la cual nos avergonzamos apenas dejamos de tener treinta o treinta y cinco años. Sí, la cultura, la educación, los valores machistas, el patriarcado, bla, bla, bla... Todo eso era verdad, pensó. Pero uno es lo que es, con su testosterona y su mala educación. Por H o por B, una barbie para él y para los de su generación seguiría siendo una barbie.

Silvanna debía rondar los treinta y muchas horas de gimnasio por semana. Siempre le había parecido una mujer arrogante, tal vez porque se sabía bonita, de una belleza perfecta, es decir, estándar, una mezcla de Claudia Fisher y Nicole Kidman en sus veintes. O, simplemente, porque era la esposa de Jeff.

Tampoco pudo evitar mirar sus labios carnosos, algo que ella no disimulaba, sino que, por el contrario, acentuaba con un brillo de labios (que algunas marcas vendían como Etnia Cosmetics, como si las civilizadas debiesen ser, por necesidad, secas), un brillo que dejaba la permanente impresión de haberse pasado la lengua un segundo antes.

En contraste, pensó Facundo pensando en su esposo, Silvanna tenía los ojos azules, pero no tenía una mirada demasiado profunda, o desestabilizadora. No sabía cómo decirlo, pero había algo en su mirada que nunca iba más allá, que no llamaba la atención más que sus pezones dibujados debajo de la lycra blanca.

Tal vez por este detalle o por algún otro, se corrió el infame rumor de que era frígida. O el mismo Jeff se lo había confesado a alguien que luego no pudo guardar el secreto. Eso nunca iba a saberlo y (pensó entonces, equivocado) tampoco le decía nada ni le importaba en lo más mínimo.

Ella advirtió que Facundo la había mirado, aunque no fuese más que por una fracción de segundo, y dijo:

—Entonces ¿sales mañana?

—Sí… mañana —dijo Facundo, volviendo a su cuerpo—. Mañana 7: 45 AM, Miami-Londres- Kuala Lumpur… Estás bien informada.

—Claro —dijo ella—. Ese ha sido uno de los casos más sonados en la empresa y sus alrededores. Te felicito de nuevo. Si tienes muchas horas de espera en el aeropuerto de Heathrow, te recomiendo comer en el Bridge Bar and Eating House. Tienen Guinness original.

—Bueno, gracias. Lo tendré en cuenta. La Guinness es muy pesada para mi gusto, pero la compensaré con una Heineken.

—¿Te puedo dar otro consejo?

—Claro, faltaba más.

—Si algo no debes, es tener ningún pudor por el éxito. Deberías decírselo a Elena. ¿O tienes secretos con ella? Sorry, retiro lo dicho. It's not my busines, ¿right?

Facundo no supo qué contestar. Era muy obvio.

—Un trabajo profesional —insistió ella— es eso. Un trabajo profesional. Hay que reconocerlo, no avergonzarse de ello. Seguro que tú nunca hubieses vendido la idea de las AR21 de la forma que lo hiciste con una sola gota de duda o de timidez.

—Claro, no. Pero cuando trabajo soy un actor. ¿Viste que los actores siempre dicen que en realidad son tímidos? Uno se pregunta por qué, entonces, eligen esa carrera, pero en realidad tiene sentido…

—Y cuando almuerzas con una amiga eres tímido —dijo Silvanna—. Pero ¿sabes una cosa? Uno siempre está trabajando.

—¿Siempre?

—Sí, siempre. O casi siempre. Mucho más de lo que cualquiera estaría dispuesto a reconocerse a sí mismo. Mira, te voy a ser honesta…

Silvanna hizo un silencio pensativo, como forzado, dobló la servilleta en forma de triángulo, y dijo:

—Jeff me comentó que iban a necesitar una imagen, y que iban a tener problema logrando una que no se parezca a ningún individuo en este planeta, para evitar cualquier demanda. El pobre no duerme pensando en eso.

—Cierto, eso va a ser un verdadero dolor de cabeza —confirmó Facundo, haciéndole una señal a la camarera—. Aun si se inventa un rosto y un cuerpo, siempre habrá alguien en el mundo que se parezca, que se sienta identificado, y que nos demande por ello. Alegará que la encontramos en alguna red social, esas cosas en las que hoy en día cualquiera es especialista. No lo vamos a arreglar con una aspirina y es muy probable que la Gran Idea termine ahí mismo…

—Pues no, se equivocan —dijo ella—. No es tan difícil. No hay que dramatizar. Para mí sería un honor que usen mi imagen.

Facundo la miró. Debió apretar el ceño o abrir los ojos de una forma especial porque ella se rio con ganas. No era una pose. Parecía disfrutarlo.

—¿No sabías que me dediqué al modelaje antes de casarme con Jeff?

—Creo que él algo me dijo. Pero…

—Pero nada. Así como la Gioconda fue inmortalizada por Leonardo da Vinci, yo quiero que mi último trabajo, mi mejor trabajo, sea modelar para las AR21. Es más, quiero que usen mi voz, mi forma de ser, lo que sea. Todo. Firmaré cualquier contrato renunciando a cualquier derecho. Ni siquiera pretendo mucho en términos económicos. Si hay algo, mejor, porque lo voy a necesitar en los próximos años, pero la suma nunca será un problema, es negociable.

—¿No será como ese contrato de silencio de la actriz porno del presidente?

—Pierde cuidado. No será un contrato de silencio ni en silencio. Si siquiera podré extorsionar a nadie. Así es el mundo que viene, chico. Los androides no se quejarán por ser abusados y las personas mucho menos.

La empleada que había gritado Sean o John los interrumpió preguntando si podía llevarse los platillos. Preguntó si querían algo más. Facundo dijo que no. Que le trajese la cuenta del cheesecake y el lemon pie.

Silvanna apoyó los codos sobre la mesa y el mentón sobre sus dedos entrecruzados. Mientras Facundo se deshacía de la camarera, ella no dejaba de mirarlo con una leve sonrisa, una sonrisa intimidatoria. Luego sacó su tarjeta y él le dijo que no, no se preocupase, que él pagaba. Cuando la joven se retiró con su tarjeta de crédito, Facundo balbuceó algo ininteligible. Ella volvió a sonreírse, como si en ese momento mirase a su hijo William jugando en la playa.

—Se llama Lexie —dijo Silvanna—. Pobre, joven y bonita. Mírala si quieres, pero es lesbiana. Un poco tímida entre la gente, pero un fuego en la cama. Dejó Idaho porque la descubrieron. *I-the-whore*, dice ella.

Facundo no dijo nada. Trató de esquivar la mirada de Silvanna. Finalmente, dijo:

—Es una locura.

Ella no dejó de sonreírse mientras lo miraba a los ojos.

—¿Qué parte es una locura?

—¿Se lo dijiste a Jeff? —preguntó él.

—No.

Facundo se rio con ganas. En la mesa contigua, un anciano lo miró con curiosidad, como si fuese el mismo que lo había mirado en el Starbucks de Barnes & Noble, tres semanas atrás. Como si fuese, pensó, que viene a ser El mismo.

—Me gusta que te divierta —dijo ella.

—Olvídalo —dijo Facundo—. No es porque Jeff sea un colega. De hecho, aunque lo respeto, no puedo decir que es mi mejor amigo. Ni cerca.

—Lo sé…

—Como sea, eso que me propones no se lo haría ni a mi peor enemigo.

—¡Por favor! —dijo ella, ahora poniéndose seria—. Los hombres no se atreven a acostarse con la mujer de su mejor amigo, pero se acuestan con cualquier otra. Es decir, por lógica simple, sus códigos de honor no les permiten traicionar a sus amigos pero sí a sus propias mujeres.

—No lo había pensado. De cualquier forma, no es mi caso.

—Ni el mío —dijo ella—. Si hablo con alguna experiencia es que conozco a los hombres mejor de lo que cualquiera se imagina, aunque, por lo menos hasta ahora, nunca dejé que me metieran mano sin permiso. Pero, a fuerza de exposición, sé leer sus miradas y sus palabras con doble sentido. Desde el principio me di cuenta de que no tenías ninguna intención de conquistarme, cosa que me atrae mucho en un hombre, no puedo negarlo. Que un hombre me mire y no se le pase por la cabeza tratar de besarme o llevarme a un hotel, es algo que valoro infinitamente. A veces las mujeres sólo queremos ser admiradas. Tal vez porque aprendimos eso desde chiquitas, pero ahora es tarde para ponerse feminista o para disfrutar del fútbol, como ustedes. ¿O acaso un macho alfa como Jeff no disfruta de la caza y de que lo admiren por sus logros de depredador de los negocios, que viene a ser lo mismo?

Silvanna se detuvo, como si estuviese hablando de más o perdiendo el tiempo. Miró el reloj y dijo.

—En fin, mira, sé que tienes que irte. No te estoy proponiendo que te acuestes conmigo ni me interesa. Es sólo mi trabajo. El trabajo que siempre quise hacer, modelar, y que el admirable Jeff, con esa mágica sutileza de poder convencer hasta al diablo, me impidió hacer desde que nos conocimos en un desfile de moda, desde que nos casamos y mucho más desde que tuvimos a William.

Se detuvo de golpe y enseguida reprimió una especie de llanto, con un gesto duro como la piedra.

—En pocos años me pondré vieja —continuó, apretando el ceño y mirando a Facundo a los ojos—. Los hombres ya no se darán vuelta para mirarme. ¿Crees que no lo sé? Siempre hubo algo en mí que me impidió tener el éxito que todos me auguraban cuando tenía dieciocho o diecinueve años, cuando comencé a desfilar en las pasarelas más importantes del mundo. ¿No lo sabías? Seguro que nadie lo sabe, nadie se acuerda. Antes guardaba los recortes de los diarios como si fuesen algo importante. Ahora nadie recuerda ni las fotos. Hasta han desaparecido de Internet. Las han borrado, porque todo lo que se salva ahí desaparece en unos pocos años. Aquellos sueños grandiosos hoy valen menos que este vaso que, mira…

Silvanna arroja el vaso vacío a un orificio reservado para los vasos de café y erra el tiro. Facundo se levanta, lo recoge del suelo y lo coloca en el lugar indicado. Luego vuelve a la mesa sin decir nada.

—Tal vez no fue Jeff —continuó ella—, tal vez no fue Jeff el que asesinó todos esos maravillosos sueños, como siempre pensé, pero eso es algo que nunca podré saberlo. No pongas esa cara. Yo sé que estás actuando, como el correcto hombre que has aprendido a ser desde que llegaste a este bendito país. ¿Me equivoco? Deja, igual no me lo vas a decir, y si me lo dices no te voy a creer. Pero eres argentino, no yanqui, no lo olvides. Aunque, claro, seas de la nacionalidad que seas, seguirás siendo hombre.

—Todos tenemos sueños asesinados —dijo Facundo—. Es parte de la condición humana. Envejecemos y ya no podemos soñar como cuando teníamos veinte años. Entonces buscamos otras emociones que puedan reemplazarlo. Unos encuentran el alcohol, otros las mujeres…

—Ahora suenas muy sabio. Como si todo diese igual y lo mismo le ocurriese a cualquiera por el sólo hecho de envejecer. No es así. Seguro que a un hombre eso de arrugarse y de no llamar la atención no le resulta dramático. Ustedes nunca piensan en eso. Ustedes se ponen viejos y más ricos y piensan que se pueden acostar con una jovencita que les convence de que, en realidad, aunque no lo parezca, son maravillosos caminando por la calle (con esa atractiva pancita sobre el cinto y esa curvita maravillosa en la espalda) y hasta los convences de que son animales sorprendentes en la cama pese a las canas en el pecho y en las bolas. Para nosotras es diferente…

Silvanna hizo un silencio y se tomó los pechos.

—Mira estas —dijo—. No seas tímido. Míralas. ¿O no las has mirado hace un momento, antes que la camarera llegase? Las de ella (¿te dije que se llama Lexie aunque el cartelito en la teta diga Emma?), las de ella son chiquitas, casi de hombres. Todavía no se la besaron lo suficiente como para que florezcan. Sí, yo sé que me has mirado. Tranquilo, no lo digo ni para reprochártelo. Ni siquiera te voy a hacer un juicio por tanta amabilidad. Dentro de unos años me voy a deprimir cuando los hombres ya no me las miren. Te lo digo porque es algo en lo cual las mujeres siempre pensamos. Si un hombre nos mira, fruncimos la boca como si nos molestase, tipo Qué-asco-de-machista-baboso, pero un día llega el día en que los puteamos y les llamamos maricón por dentro porque pasan sin siquiera echar una mirada a la mercadería del estante, como si tuviésemos fecha de vencimiento pasada. En cinco o en diez años estas queridas, que me han acompañado por todas partes, se van a poner flácidas. Ya no van a ser recta-punto-y-curva sino redonda-redonda, sin punto y con una copa más grande, como para borrachos. Y aquí —se señaló los ojos— van a aparecer algunas arruguitas. Y aquí —caderas— ni t cuento. Así todo lo demás.

—La vida nos compensa con otras cosas… —dijo Facundo.

—Oh, boy! —se quejó ella.

Volvió a doblar la servilleta, esta vez en un triángulo más pequeño y más gordo:

—Ya, ya sé. Lo que importa es la belleza interior, y todas esas tonterías, Bueno, no es que sean necesariamente tonterías, pero a mí ahora me interesa esa belleza por la que Silvanna ha sido siempre Silvanna y no Jeff, ni Facundo, ni Einstein, ni la madre Teresa de Calcuta. Y no quiero que esa Silvanna se muera.

—Yo —dijo Facundo—, lo único que no puedo imaginar es a Jeff, sabiendo que miles de Silvannas son violadas cada noche en todas partes del mundo…

—Oh, no, Facundo —dijo ella, cansada—. Eres tan machista como Jeff. Yo no soy de su propiedad. Soy un individuo, un ser humano, aunque sea una mujer. Tengo mis propias expectativas de la vida. En fin, pensé que tú… no sé… al menos…

—Y a vos, ¿no te importaría?

—¿Qué miles de desconocidos se acuesten con mi imagen? No, no. Definitivamente, no. Por el contario. ¿Crees que no sé que muchos hombres se habrán masturbado luego de conocerme? ¿Cuántos les han hecho el amor a sus esposas pensando que lo hacían conmigo? Total, al fin de cuentas ellas, nosotras hacemos lo mismo. Hasta en eso somos seres humanos, como ustedes. Pero ¿qué puedo hacer yo ante todo eso? ¿Quejarme? No, todo lo contrario.

Se hizo un largo silencio que terminó la misma Silvanna. Lo volvió a mirar a los ojos (Facundo no se explicaba cómo Silvanna no era Jeff, siendo más dominante que él):

—Entonces, ¿qué dices? —dijo.

Facundo pensó que Jeff y Silvanna tenían algo en común, ese algo que los había llevado engañados, como a casi todos, al matrimonio. Los dos eran promiscuos, si no en los hechos al menos en la forma en que verbalizaban sus pequeños vicios y sus incurables obsesiones. El narcisismo, por ejemplo, explicaba la obsesión de los dos por la caza, la conquista y el sexo. Pero ella era más dominante que él y él había resultado ser el vencedor.

—¿No dices nada? —insistió ella.

—You are crazy —dijo Facundo.

—No te pregunto por eso. ¿Lo harás o no?

—No, claro que no. No puedo.

Ella se sonrió y dijo:

—¿Sabes qué? Sí lo harás.

Enseguida se levantó para irse y dijo:

—¿Crees que lo hago por narcisismo…?

Fue entonces que Silvanna le reveló cosas que él nunca hubiese querido escuchar. No porque no las sospechara de alguna manera, sino por eso, porque no quería escucharlas. Después ella le dijo:

—Te enviaré el material cuando estés viajando. El CEO de Rommes y el de RealPerson en Kuala Lumpur necesitan el prototipo y ¿sabes qué? Ya lo encontraron. Los dos se han enamorado de Lady K.

—¿Quién es Lady K…? —preguntó Facundo— Oops!

—Te enviaré el material para el prototipo cuando estés viajando —dijo Silvanna, sonriendo otra vez.

—Yo que tú no sería tan optimista —dijo Facundo—. Conmigo no cuentes.

—Verás que sí —dijo ella—. Todo es cuestión de tiempo.

Silvanna parecía estúpida, se hacía la estúpida, pero no era.

FINALMENTE, EL 21 DE MAYO, Facundo había acordado y firmado en Kuala Lumpur que las AR21fueran creadas a imagen y semejanza de Silvanna. Lo había decidido por despecho, pero no se arrepentía. Durante las trece horas del vuelo de Londres a Kuala Lumpur, había pensado, una y otra vez, en las últimas palabras que le había escuchado decir a Silvanna.

—¿Crees que lo hago por narcisismo? Bueno, veinte años atrás tal vez lo hubiese hecho por narcisismo. Todas las modelos sufrimos de este síndrome. O nos dedicamos a la profesión porque somos narcisistas o nos volvemos narcisistas de tanto mirarnos en el espejo y de tanto competir por la mirada ajena. Pero no es sólo por esa razón. Es por otra, es por una razón menos inocente. ¿Venganza? Puede ser. Lámalo como quieras...

Por un instante, Facundo había intuido la explicación a aquella mirada, hermosa pero distante, insensible, llena de rabia.

—¿Venganza contra quién? —había dicho él.

—No necesitas hacerte el tonto —había contestado ella.

—Está bien. Puedo adivinar.

—Adivinaste. Me voy a vengar de él antes de divorciarme.

—No tenía ni idea de que se iban a separar.

—No queda otra.

—¿Te fue infiel?

Kandra se había reído.

—Tú no lo sabes, ¿verdad? —dijo ella, mirándolo a los ojos.

—No. No tengo por qué. Sé que Jeff es un poco especial...

—Especial…

— A veces dice tonterías, pero de ahí a saber sobre su vida íntima, es otra cosa.

—¿Nunca has visto nada?

—No. Como te digo, aparte de haber sufrido de sus chistes machistas, nunca he visto nada, si es que quieres alguna confirmación.

—Nunca he visto nada —repitió ella, cansada—. Pues, yo tampoco. Ese es el problema.

Silvanna había sacado la tarjeta para pagar el cheesecake. Antes o después de él, no recordaba. Ni importaba, aparte de su creciente obsesión por recordar cada detalle con exactitud. Le pasaba cuando estaba solo en los aeropuertos, en los hoteles de ninguna parte. Recordaba que le había dicho que no se preocupase, que él pagaba, por lo que ella se colgó la cartera dorada al hombro y, antes de levantarse, le dijo:

—Yo tampoco vi nada. Hasta que lo supe. Y tu tampoco verás nada. Hasta que lo sepas.

Se levantó y se marchó.

Unas horas más tarde, casi durmiéndose sobre sobre su teléfono a las dos de la tarde, desde unas mesas del aeropuerto Klia de Kuala Lumpur, le envió un correo. Había quedado intrigado con tus últimas palabras, le escribió. Pensó que a esa hora ella debía estar durmiendo, que le iba a responder horas después. Pero no. Le contestó casi inmediatamente, con el material que le había prometido para la reunión del directorio. Facundo se la imaginó en la cama, al lado de Jeff, durmiendo o noqueado por cuatro whiskies. Ella le recordó que los miembros del directorio de RealPerson ya tenían el mismo material, y que se lo enviaba a él para que no se mostrase sorprendido en la reunión. No convenía. Ni una palabra aclarando el misterio que había dejado flotando en el aire en la última reunión del Starbucks.

Facundo volvió a preguntarle, pero no recibió respuesta.

Cincuenta minutos más tarde, en el hotel Regis de Kuala Lumpur, a las 5 pm, después de un café cargado y algo más lúcido, volvió a insistir. La amenazó. Le dijo que olvidase la propuesta de usar su imagen en las androides.

No recibió respuesta. Eran las cinco de la madrugada en Orlando.

A las once de la noche se durmió con la tablet al lado, sin novedades. Nueve horas después, apenas bajó a desayunar, tenía una respuesta de Silvanna: con sus últimas palabras había querido decir que Jeff los había engañado a los dos, a ella y a él, a Facundo (Jeff acababa de salir para la oficina). Que por más detalles le preguntase a Elena.

Al principio, pensó Facundo, o quiso pensar, que Silvanna actuaba por despecho y quería involucrarlo para apoyarla en sus planes. Pero no pudo dejar de pensar y buscar en su memoria cualquier detalle que pudiera ser consistente con su teoría. Media hora después, recibió otro correo con la fecha y el hotel donde Jeff se había alojado en Nueva York, en junio de 2016: Park Hyatt Hotel, habitación 411. ¿No recordaba ningún viaje de Elena por esa fecha? escribió Silvanna.

Estas palabras de Silvanna habían sido como un golpe al estómago. Ella había escrito, al final, En realidad me caíste bien la última vez que nos vimos. Realmente bien :) Pero las cosas son como son. <3

Facundo buscó en su correo y encontró la dirección de otro hotel, esa misma semana de 2016, el Ritz-Carlton, a dos cuadras del Hyatt. Elena había ido a visitar a Mariela, que estaba de paso por los Estados Unidos. Él, Facundo, no había podido acompañarla por su trabajo, así que se quedó en Orlando mientras ella se tomaba una merecida semana en Manhattan.

Facundo canceló la reunión con el directorio de RealPerson hasta el día siguiente, alegando malestar por el largo viaje. Eso siempre funcionaba porque, además, casi siempre era verdad. Buscó el teléfono de Mariela y, después de varios intentos, logró contactarla en Buenos Aires. Efectivamente, Mariela había estado en Nueva York unos años atrás, pero no había llegado a ver a Elena, por esas cosas que uno siempre planea algo cuando está de viaje y al final nada sale según lo previsto, había dicho. Mariela no recordaba por qué Elena no había podido viajar a Nueva York. Finalmente, luego de varios titubeos, recordó, o creyó recordar. Una deliberada ambigüedad en sus palabras revelaba que, de pronto, Mariela había entendido que Facundo quería saber algo de Elena. En el apuro, Facundo no había sabido vender aquel llamado sorpresivo con una historia creíble. Mariela, que no se destacaba por su inteligencia, había sospechado algo sólo unos minutos después. Como vieja amiga, no podía decir nada que comprometiera a Elena. De ser necesario, mentiría, como todos los amigos cómplices, esos amigos de verdad que sólo mienten de forma honesta. En realidad, no había estado en el 2016, dijo, sino en el 2015, con una voz fingida de atolondrada, hablando como habla la clase alta en Villa Devoto, como si tuvieran un frenillo en los dientes o estuviesen estudiando francés. Iba a volver en el 2016, pero no sé si volví, quiero decir, no sé si volví ese año o el siguiente. Ay, Facundo, me agarras manejando y esto… ya sabes cómo es Buenos Aires a esta hora…

Cómo Silvanna iba a limpiar, finalmente, la humanidad

EL PRIMER PROTOTIPO de las chicas K, como las llamaba en secreto él mismo, estuvo listo siete meses después. Sietemesinas por urgencia del mercado. Si no vendes en thanksgiving o en navidad no vendes en ningún otro momento del año, se decía en Atlanta. No sólo eran una copia insuperable del rostro de Silvanna, sino que la nueva compañía, RealPeroson, creada menos de dos años antes, estaba en posesión de una tecnología que sólo pudo haber sido robada de una serie de universidades alrededor del mundo. Era absolutamente imposible que hubiesen logrado aquel progreso en tan poco tiempo. Incluso, era probable que le hubiesen robado alguna que otra idea a él mismo. Recordaba, por ejemplo, que en la presentación del producto uno de los miembros del directorio había observado la posible resistencia de una buena parte de los consumidores a tener sexo con una computadora.

—Siempre dije —dijo, en tono de broma— que lo único que nos falta hacer con nuestras computadoras es tener sexo… y por algo es lo último.

—Por más silicona que imitase perfectamente el color y la textura de la piel femenina —complementó otro—, siempre quedará la idea de que por dentro están llena de cables.

Facundo sabía que esas primeras opiniones desfavorables no necesariamente significaban rechazo. Diferente a los fanáticos de la política (es decir, el pueblo, los consumidores) la gente de negocios siempre estaba dispuesta a cambiar de opinión sobre cualquier tema, si ese cambio significaba mayores ganancias. Lo que los hombres de negocios buscan con esas muestras iniciales de desacuerdo es que quien está presentando los termine de convencer.

Por entonces, Facundo había contestado que tal vez ese era un problema que ha sobrevivido por falta de imaginación, no tanto por limitaciones técnicas, ya que uno siempre se imagina a una androide rellena de cables, chips y todo tipo de plásticos e hilos de cobre por culpa de las películas y de los últimos prototipos de la competencia.

—Probablemente —dijo— a nadie se le había ocurrido aún sustituir todo eso por conductores flexibles como la silicona, como la carne misma. Puede ser carne de cerdo o carne artificial, creada en laboratorios, no necesariamente carne humana. ¿Acaso no hay millones de personas que han recibido una aorta de cerdo después de un infarto? ¿No hay laboratorios que ya crían orejas humanas en un frasquito o en un costado del abdomen del paciente desorejado? En un futuro, de hecho, los androides almacenarán la información en ADN artificiales, no en chips. Los chips serán un símbolo del pasado. Junto con los cableados de silicona y de ADN artificial, correrán venas y arterias de tinta roja, para procurar empatía con el dueño y hasta para satisfacer, de forma terapéutica, los bajos instintos de un asesino en potencia. Pronto, cualquiera de ustedes tendrá tanto problema identificando a un ser humano de un androide como hoy no sabemos si nuestros hijos son realmente nuestros hijos hasta que le hacemos una prueba de ADN.

Esto último había desatado la risa a pleno del directorio, con la excepción de la única mujer presente. Facundo sabía que sin una cierta cuota de humor era imposible ganarse la confianza del comprador. Este tip se lo había robado, secretamente, a Ernesto, quien había dicho alguna vez que un chistecito obligatorio era siempre necesario en los discursos de los presidentes de los grandes países cuando proponen invadir algún país pequeño. O no se lo había robado, sino que desde entonces lo hacía de forma más consiente.

—Bagaimana boleh semua ini dilakukan? —preguntó alguien, desde el lejano extremo de la mesa. La pregunta del accionista de barba blanca resonó en su audífono con un acento madrileño de una voz femenina: ¿Cómo se podría hacer esto todo?

Facundo se sonrió, pero logró volver al campo de juego, como en el siglo pasado, más exactamente un atardecer de diciembre de 1971, se había inclinado sobre las bolitas de vidrio para hacer un último movimiento ganador después que su madre le gritase desde una ventana que fuera a comer, que ya estaba demasiado oscuro. Aquel rinconcito de la calle Artigas no tenía tantas luces. Ninguna, de hecho. El ganador se llevaba la bolita más linda, una canica azul, roja y amarilla que valía más que el millón de dólares que estaba a punto de embolsar si respondía correctamente.

—Bueno, ese no es nuestro problema —dijo Facundo, con convicción o fingiendo convicción—. Como Bill Gates, como Zuckerberg, no necesitamos inventar nada nuevo para aprovecharnos de siglos de progreso humano, para hacer algunos billones de dólares en pocos años y, de paso, recibir todo el crédito de una revolución que cambió el mundo para bien.

Una única risita confirmaba que, al menos, alguien había comprendido el lado sarcástico de la idea. Por entonces, los traductores automáticos todavía tenían problemas con las ironías y otras sutilezas humanas, razón por la cual Facundo se había acostumbrado a usar más bien un lenguaje robótico, simplificado, pero efectivo. Era probable (había reflexionado en su último vuelo a San Diego) que cuando los androides con inteligencia artificial aprendan más de los humanos, para entonces los humanos ya habrán sido modificados por los androides de la misma forma que los traductores y sintetizadores de voz habían cambiado su propio acento, habían simplificado el lenguaje de los humanos.

—Alguien podría cuestionar si un mundo habitado por androides es una revolución positiva —había continuado Facundo, Facundo el vendedor—, pero, sin duda, lo será, como toda revolución triunfante. Claro, siempre quedarán los insatisfechos, pero en este caso tendrán el gran beneficio de devolver a su mujer, o a su hombre, o cambiarla por un modelo más caro, que por caro nunca será tan caro como un divorcio.

Nuevas risas del directorio. Esta vez la traducción debió ser más efectiva. Facundo sabía que ya los tenía en el bolsillo y remató con un tono más serio, como un torero que clava la última espadilla sobre la cruz de la noble bestia.

Mientras terminaba su presentación, iba pasando cada vez más rápido imágenes de posibles modelos, rostros que a última hora y sin más tiempo había plagiado de diferentes sitios en internet. Una de ellas debió ser por equivocación. Debió ser no, fue. Aparecía el rostro de la congresista argentina Lalita Carrió con unos lentes exoticos. La Carrió le caí bien, políticamente hablando, pero, al parecer, había estado leyendo alguna noticia relacionada y, cansancio y whisky mediante, había copiado por error su fotografía para su presentación. Con un dejo de frustración dijo:

—Perdón, esta imagen debe ser un error. A esta le dicen alpargata rosada…

Apretó el control remoto y pasó a una joven muy bonita, pero alguien del directorio no entendió la traducción automática, que debió ser (pensó Facundo) algo así como Esta mujer es conocida como sandalia rosada. Pero Facundo no tuvo tiempo de inventar una mentira y, de forma automática, la salió la respuesta correcta:

—Le dicen alpargata rosada porque no hay gaucho que se la ponga.

El coreano que hizo la pregunta apretó el traductor contra su oído y se quedó pensando. Facundo se alegró de que no entendiese la traducción y que la inteligencia artificial no fuese tan culta todavía. Probablemente el coreano habría escuchado: "le dicen pantufla rosada porque no le sirve a ningún cowboy". Las pantuflas las usan las clases urbanas; seguramente eran totalmente inapropiadas para un trabajador rural. Más bien sonaba a declaración política que, en una presentación sobre esposas artificiales, no tenía mucho sentido.

Hubo un silencio blanco en la sala, impenetrable.

—Sólo hay que tener el olfato necesario para los negocios del futuro —dijo— y dejar que nuestros asalariados, con sus orgullosos PhD, materialicen nuestra visión. Ya ven, ahí tienen otra área nueva, actualmente inexplorada.

Hubo un aplauso unánime de los nueve asistentes, recordó tiempo después, con desagrado, sentado en el inodoro de su casa. Luego fue a la cocina y se sirvió un asqueroso chorro de artichoke. Cinarina, cardo. No recordaba cómo mierda lo llamaban en español. Sí recordaba el extracto y la marca que usaba el tío Alberto en Uruguay. Chofitol. De eso no se podía olvidar nunca.

Volvió a su escritorio y, cuando iba a dejar el vaso de whisky sobre la mesa, al lado del mouse, se le cayó al piso. Se derramó el resto del whisky pero el vaso no se rompió. En Estados Unidos no ocurren esos dramas porque los pisos de la clase media son casi todos de moqueta. Unos más caros que otros, pero todos iguales. En La Plata, cuando Facundo era chico y se caía de una silla, se golpeaba la cabeza en las baldosas frías de la casa de sus padres. Por alguna forma misteriosa había sobrevivido a todo eso, sin muestras evidentes de algún retardo mental, y había logrado ser exitoso en lo suyo, pese a los golpes en las baldosas, pese a los caños de plomo que llevaban el agua a la casa, y pese a los tubos de pasta de dientes Colgate, que eran de plomo también. De chico se divertían derritiendo plomo para hacer piecitas de máquinas imaginarias. Los vasos que se caían se hacían pedazo.

Éste no. El vaso lo miraba desde la comodidad de la alfombra, ya casi sin whisky y con un pedacito minúsculo de hielo derritiéndose sobre los infinitos pelitos de plástico.

Miró de nuevo a la pantalla. El resultado final, por previsible no fue menos impresionante. La Silvanna de Kuala Lumpur se reía como Silvanna (la verdadera, la falsa), pero miraba mejor, como si fuese más humana, como si se alegrase de verte ahí y estuviese pensando en algo prohibido o en algo que sólo ella sabía. Sus pechos, su cintura y quién sabe si no el resto de cada detalle (provisto por la misma interesada en fotos, videos y quién sabe si no también en sesiones de hologramas hechas en Los Ángeles la vez que voló de urgencia para asistir a un desfile de moda) eran fieles a la modelo. A RealPeroson sólo le quedaba el desafío de hacerlas caminar, pero por el momento podían sentarse, mantener una conversación inteligente, acostarse y tener diferentes tipos de relaciones sexuales.

Lo más asombroso, pensó Facundo en la soledad de su apartamento, después de su segundo whisky, era que la copia perfecta de Silvanna no podía caminar pero ya había incorporado todos los adelantos habidos y por haber de la inteligencia artificial. Es decir, mientras él se aturdía con un segundo whisky para poder dormir un par de horas, con el estrés del divorcio de Elena y la más reciente sospecha de que le habían robado la identidad en México, Silvanna, la copia de Silvanna, estaba aprendiendo del mundo de los humanos a una velocidad inimaginable. En un par de años completaría primaria, secundaria, universidad y un cúmulo insospechable de experiencia humana. Claro que no había comenzado de cero, como un bebé, porque los tigres de RealPerson la habrían llenado con información y con la experiencia de otros cientos de programas que entendía a los seres humanos mejor que cualquier ser humano. La inteligencia artificial, en Jonhson&Johnson y en otras compañías en Estados Unidos, ya eran usadas para leer los currículums vitae de cientos de miles de solicitantes de empleo. Más aún, las AI podían prever, con gran precisión, cuándo un empleado renunciaría a su trabajo, cuándo pediría aumento de sueldo, cuántas veces se emborracharía cada mes y hasta en qué medida su vida sexual podría afectar su productividad. Todo un capital de conocimiento que un día será obsoleto, cuando las empresas logren sustituir esos antiguos seres complicados por las Silvanna, que, aparte de hacer un trabajo realmente efectivo, se podrán sentar en la rodilla de sus jefes sin los inconvenientes éticos y legales que hoy en día conlleva esa misma combinación de actividades entre los seres humanos. Entonces, habrá Jeffs por todas partes, y Facundos tal vez, versiones mejoradas, claro. ¿Habrá Ernestos? Sí, algunos tal vez, para aumentar la diversidad de la oferta, como hoy se venden productos deliberadamente imperfectos, artesanías peruanas hechas en fábricas de China, juguetes para armar, novelas de misterio y cosas así. Los Jeffs no harían chistes machistas, los Facundos no tomarían whisky, los Ernestos no hablarían en serio, las Silvannas no demandarían a nadie por abuso. Ningún trabajador necesitaría dormir ni pedir licencia por ningún trastorno del sueño. En una etapa posterior, las Silvanna se acostarían con otros Jeffs y otros Facundos. Habría gritos de placer, insultos, trompadas en los restaurantes electrónicos. Ninguno de ellos originales. Pero qué importa.

Sobre su tercer whisky, tuvo un último pensamiento, más inquietante aún: antes de esa etapa donde los humanos se convertirán en seres extraños, escasos, irrelevantes, los psicólogos del futuro serán matemáticos y no serán humanos. Algo peor, pensó: si las AI, si los androides son capaces de predecir la conducta de los humanos usando estadísticas y algoritmos, como los lectores de CVs, eso quería decir que los humanos somos más máquinas de lo que pensamos. Es decir, si todavía somos humanos es porque no podemos prever claramente la conducta de los demás, ni la nuestra propia. Repetimos los mismos errores, las mismas guerras, el mismo orgasmo. No podemos ver el futuro con alguna claridad, no porque eso no sea posible, como lo están demostrando las AI, sino por la menos heroica razón de que tenemos serias limitaciones intelectuales y emocionales. No saber si, o cuándo nos vamos a divorciar de nuestro eterno amor, nos hace más humanos. No saber la fecha de nuestra muerte nos hace más humanos. No queremos dejar de ser humanos porque nos aterran las verdades más profundas y no queremos saber detalles.

Facundo respiró profundo y sopló lento y con fuerza, como si estuviese fumando. Silvanna, Jeff, Elena, pensó. ¿Qué era la obsesión de la conquista y el sexo sino un intento desmesurado de querer olvidar? Como el alcohol, como el dinero, como cualquier otra adicción. Tal vez, en un futuro no muy lejano, ese sea otro producto que dejará nuevas ganancias: lograr olvidar, lograr ignorar, alcanzar cierto grado de caos en un mundo perfecto o, al menos, inhumano, organizado por las bondadosas máquinas. ¿No habíamos tenido anticipos ya? Cuando descubrimos las máquinas, un par de siglos atrás, no nos volvimos más humanos sino más máquinas. Ahora que descubrimos la Inteligencia Artificial y pronto nos habituaremos a los Humanos Artificiales, no nos volveremos más humanos sino, probablemente, más inhumanos, más Humanos artificiales. Probablemente inferiores. Menos inteligentes, menos sensibles, menos bondadosos. Menos. Nada. Como debe ser.

El gordo Gasper, el jefe de los jefes, recibe a Silvanna

AHORA LA VEÍA BIEN. SILVANNA sonreía en la pantalla mientras miraba a la cámara, como si fuese una colegiala tímida, inexperiente. Podía ver cada detalle de su rostro, de su mirada, visiblemente mejorada, más dulce, humanizada... La veía más emocionante, más viva, tal vez porque la veía desde su propia soledad hundida en el alcohol. O tal vez los psicólogos (mejor dicho, los ingenieros) de RealPerson habían detectado en la Silvanna real ese mínimo defecto de la mirada fría, robótica, y lo habían corregido con la combinación de diez o de cien miradas previamente definidas como atractivas por algún software. Por alguna razón oscura (pensó) la corrección le había quitado algunos años a Silvanna. El componente atractivo incluía la venta de juventud, como la jovencísima Hatsune Miku, la cantante inexistente de Japón. Porque la juventud hace linda hasta a la mujer más fea y un consumidor, como un recolector prehistórico, aprecia mejor las frutas más frescas. Mucho más el cazador aprecia la carne tierna.

Él, como muy pocos, como los tres o cuatro elegidos en el mundo, podía verificar todo eso que se vendía en el video promocional en la realidad, en el producto verdadero que en ese mismo momento descansaba a pocos metros, dentro de la caja de FedEx. Sólo había visto su pelo, su nariz y sus rodillas y había vuelto a cerrar la caja. Se había imaginado a Elena y a Jeff visitándolo en aquel modesto apartamento, visita obligada al convaleciente del infarto. Tal vez ninguno de ellos se molestaría, como un boxeador desiste de un último golpe al rival caído, y algún desconocido se encargaría de dar a conocer la exótica maravilla de la tecnología del siglo XXI, cuando él vendiese el apartamento.

Las AR21 acababan de hacer historia y muy pocos en el planeta eran conscientes de ello. Nunca lo sabrían. Por algún tiempo, los consumidores se conformarían con esos sustitutos, se acostumbrarían a ellos, hasta que a alguien se le ocurra la moda de ofrecer humanos reales otra vez. Un nuevo gran, huge, magnífico negocio, pero no para ahora. Eso les agregará emoción a las violaciones, a los crímenes, como la emoción de los ricos, como la del rey de España cuando van a África para matar un elefante viejo que todavía impresiona, más por su tamaño que por su peligrosidad.

Aun así, Facundo sabía que él sería el último en tocar una de las Silvanna, si llegaba alguna vez a tocar el producto. ¿Por qué esa convicción? Ahora que se estaba divorciando, era libre para hacer lo que quisiera, aparte de abusar del whisky, con una androide o con una mujer de verdad o más o menos real. Su incapacidad era similar, pero más grave, que la de no poder orinar en los mingitorios de los aeropuertos. Incluso, le costaba hacerlo si no encontraba un cubículo aislado, como alguno en el desierto del Kalahari. Detestaba esa manía de tener que buscar un cubículo en un rincón, sin la vista de un zapato ajeno por debajo del tabique de alguien orinando o defecando como si estuviesen en su casa, haciendo todo tipo de ruidos o hablando por el teléfono como si esa operación pasase desapercibida para sus esfínteres. Él no, no podía. Su maldito pudor se lo impedía, como si pudiese ser reconocido por el ruido de su chorro. En fin, esas pequeñas estupideces secretas que nos hacen quienes somos.

Le habían ofrecido una sesión de prueba en Hong Kong, una Silvanna en su habitación de hotel bajo absoluta privacidad y discreción, según el riguroso protocolo que la empresa usaba con sus grandes clientes, pero él la había rechazado, alegando falta de tiempo. Una de las peores excusas que un ser humano puede dar para no tener sexo o para no cumplir con su trabajo, pero las malas respuestas siempre sirven como una muralla que protegen el inalienable derecho a tener una vida privada, aunque no se tenga ni siquiera una vida.

Sin dejar evidencia, le deslizó a la secretaria de RealPerson el nombre de Jeff Al Ferro (se lo escribió en un papelito que luego arrugó y tiró en un inodoro), pero con la dirección de Leonard Gasper, el jefe regional de Jeff, para un envío gratis de promoción del producto. Cualquier cosa, se podía pasar como un error. Unos meses después, le informaron que habían enviado tres copias a Estados Unidos, las primeras tres niñas que conquistarían América, como las tres diminutas carabelas de Colón. Una, a su nueva dirección de Daytona, pese a que él nunca firmó la petición. Otra a Jeff en Orlando. La tercera, a míster Gasper, el jefe de los jefes de Las Vegas. Los malayos y los chinos de la filial en Hong Kong sabían que el mayor mercado estaba en China, pero necesitaban recuperar la inversión lo antes posible vendiendo los primeros prototipos a precios desorbitantes en Europa y Estados Unidos antes de que, por la previsible competencia, debiesen bajar el precio, y para ello nada mejor que empezar por el principal promotor, Facundo, y por el dueño de casi todo lo demás, míster Gasper.

En este momento (el océano se había convertido en un rectángulo negro, casi tan negro como el cielo, probablemente nublado), Facundo intentó dar por terminado aquel día imposible de digerir por sus nervios. Iba a apagar las computadoras, pero antes se fue al baño. Mientras se cepillaba los dientes y observaba en el espejo su imagen abatida, con ojeras marcadas y visibles canas iniciando la conquista de su renegrida cabellera, se imaginó al gordo Gasper recibiendo el paquete, una caja de cartón reforzada con una Silvanna doblada al medio. ¿Qué sería lo primero que vería El Padrino? se preguntó. ¿Las nalgas de Silvanna hacia arriba o, mejor, el rostro de Silvanna entre sus muslos, como si fuese una contorsionista?

El gordo Gasper la conocía de los seminarios y de las primeras reuniones de supervisores, porque Jeff la llevaba siempre, por decoración o porque ella era celosa y no lo dejaba viajar sin acompañarlo. Eso cambió en algún momento. Tal vez el aburrimiento de ella o la necesidad de él de flirtear con otras mujeres en los bares de los hoteles, facilitó las cosas.

Sin tal vez, la cena de Atlanta del año 2015 o 2016 fue determinante. En muchos aspectos. Uno de esos momentos en que se decide el futuro de algunas personas y nadie se percata de la importancia de los detalles hasta que es demasiado tarde o cuando todo ha pasado hace mucho tiempo y casi nadie se acuerda de las reales causas.

Facundo estaba allí, en la misma mesa de mantel blanco con servilletas negras, con un buqué de flores tropicales en el centro y un turco calvo de bigotes retorcidos sirviendo el vino con una ceremonia más propia de la corte del rey Luis XIV que de unos hombres de negocio del siglo XXI. Casi al final de la cena, cuando el cansancio por un día de trabajo y la somnolencia por una langosta gigante, sacrificada unos minutos antes (más por esnobismo que por el sabor especial de un ser recién fallecido) comenzaba a digerirse con dificultad, cuando las mujeres estaban en el postre y los hombres en su tercer riojano alto, cosecha 1996 (a falta, vergonzosa, de la mejor de todas, la de 1995), Silvanna se rio de una fotografía del gobernador de Nueva Jersey, Chris Christie. Momento dramático y crucial para el destino de dos o tres existencias sentadas en ese preciso momento a la mesa.

Para una mujer, una copa es más que suficiente y si, además, se agrega el irresistible azúcar del postre (combinación venenosa, si las hay) los resultados pueden ser desastrosos. Por la misma razón, Facundo casi no bebía alcohol en esas cenas, apenas lo suficiente como para ser amable y para que no lo confundan con algún musulmán por su piel no del todo blanca. Aunque era muy resistente a sus efectos, sabía que bastaba con que hubiese un colega o algún supervisor para considerar esa cena como una mera extensión del trabajo. No por casualidad, la pagaba la compañía. Como cuando uno escribe un correo electrónico, cada palabra le pertenece a la compañía y, como toda gran compañía, la suya era un pequeño Estado absolutista que no fue elegido por nadie y ni era controlado por sus habitantes, siempre aterrorizados por el inminente y siempre angustiante exilio del despido. La empresa es potencialmente dueña de todo, había pensado Facundo alguna vez, excepto eructos y gases, por no poseer, por el momento, un valor en el mercado.

—Respira, cariño —había dicho Jeff, sonriendo, mientras le tomaba el teléfono.

Cuando Jeff vio la fotografía del gobernador de New Jersey, soltó la carcajada y pasó el teléfono al que estaba al lado. Después de cinco o seis variaciones de la misma risa, el teléfono llegó, inevitablemente, a manos de míster Gasper, que fue el único que no se rio. Todos sabían que era republicano, de los más conservadores, probablemente miembro y donante del Tea Party, de la Asociación del Rifle y de Asambleas de Dios, pero Facundo siempre sospechó otra cosa. Algo más profundo. La foto del gobernador era de aquel partido de béisbol en el Yankee Stadium en que Christie participó al inicio, de manera simbólica. Simbólica en todo sentido. Se había puesto un pantalón blanco ajustado que revelaba no solo el exagerado vientre del político sino también unos genitales masculinos casi inexistentes, como si Homero Simpson hubiese sido creado a su imagen y semejanza. El gobernador parecía sentirse orgulloso de su imagen, pero no algunos de sus seguidores.

—¿Sabes por qué Christie participó de ese espectáculo? —dijo alguien—. Pues, porque se va a presentar como precandidato presidencial del partido Republicano.

—Ay, chico —dijo Silvanna—. Un político que no tiene ni el menor sentido de su imagen personal, nunca llegará a presidente.

—Llegó a gobernador —había dicho Gasper.

—Eso fue antes de presumir de su vientre en el Yankee Stadium —dijo Silvanna, mirando al representante de California, al tiempo que recibía el celular de vuelta—. ¡Pero miren si no es Homero Simpson! Asexuado, como todos los comics hechos para niños.

Jeff festejó la comparación. Hizo un gesto al mozo y le indicó su copa. De paso, miró a Luisa Scott, la manager del equipo de Massachussets.

—Insisto que el éxito de cualquier producto —dijo Silvanna—, incluso de un político, está basado en la imagen. ¿Digo algo nuevo? ¿Por qué hay que explicar algo tan obvio? No es sólo cosa de nosotros, hombres y mujeres del mundo de los negocios. Hasta Jesús hubo que hacerlo más rubiecito y de ojos celestes para que se pudiese vender.

—Bueno, no nos metamos en ese terreno —dijo Jeff.

La última copa de vino lo había dejado felizmente relajado, pero su sentido de la prudencia y su olfato del peligro lo mantenían siempre en estado de alerta. Algo con lo que (había dicho alguna vez) no puedes contar en una mujer o en un hombre reprimido. Para peor, Jeff sospechaba que alguna amistad indeseable le había quedado de un cursito de

Negocios Internacionales que había tomado en FIU, seguramente no de las materias específicas sobre negocios sino por alguna de esa paja humanística que siempre se cuela en los programas de las universidades americanas. Por meses trató de rastrear al imbécil que todavía debía escribirse con ella, pero sin éxito. Un día entró en un café pakistaní y leyó: Cuando vuelvas a casa pégale a tu mujer. Tú no sabrás por qué, pero ella sí. El dueño había dicho que era una broma, una sátira sobre el machismo, que él nunca haría eso, aunque conocía algún vecino ultraconservador en Islamabad que lo haría cada día, que en Paquistán habían tenido primera ministra mujer, dos veces, la Benazir Bhutto, mientras que en América libre-democrática-igualitaria todavía estaban esperando una mujer presidenta. Su molestia, pensó luego Jeff, provenía de que más o menos eso era lo que hacía él mismo al llegar a casa, con un mal humor producto de sus fracasados intentos de descubrir quién era el comelibros que había logrado el milagro de convertir a una modelo de la pasarela en una intelectual casi de un día para el otro.

—Pero, hasta cuando se lo representa agonizando en la cruz se lo hace con estilo —continuó Silvanna—. Ni panza ni papada ni nada que pudiese estropear un desfile de moda, sea masculino o femenino. ¿Herética, dijiste, querido? Heréticos los que crearon esas imágenes. Tanto que, si alguien viene con una representación diferente, como esas que hicieron los científicos, la del Jesús moreno, más bien feo de cara, la gente se enoja o sale con eso de que la raza y el aspecto del Salvador no importan. Si no importan, ¿entonces por qué tantos molestos por un Jesús moreno, más bien feo? ¿Por qué siempre rubiecito, como los ángeles del cielo? Lo mismo un político, señores, pero de forma más sutil y sofisticada. ¿Vieron las esculturas de Trump que algún artista satírico puso en las esquinas de varias ciudades, con un penecito minúsculo, todo por ese debate con el senador de Florida, Marquito?

La de Massachussets soltó una risita que reprimió tarde. Miró a Jeff que la miraba y agachó la cabeza.

Jeff puso una mano en el muslo de Silvanna e insistió que dejase aquello. Que ya estaba siendo aburrido. Pero Silvanna parecía aún más molesta, aunque todavía podía disimularlo. Típico efecto del vino cuando no se tiene costumbre, pensó Jeff: después del relax, viene la euforia y, finalmente, la rabia sin control, frecuentemente catártica. Esto último era lo que comenzaba a preocuparlo.

—Se nos está haciendo tarde —dijo Jeff.

—Esos artistas que crearon los Trumps desnudos, con panza y sin penes, se creen muy listos —dijo Silvanna—. La izquierda se cree lista porque domina la cultura, pero por algo no domina la política. ¿Alguien recuerda cuando decían que John Kerry había demolido a George Bush en el último debate? ¡Qué ingenuos! George W, con esa cara de borracho que no entiende que le están tirando dos torres, salió triunfante, por razones obvias. No hay pueblo más anti intelectual que el americano. ¿No se enteraron? Lo mismo pasará con las esculturas de Trump y su penecito. Apuesto que millones de hombres se sentirán identificados y votarán por el millonario. Cualquier sociólogo sabe que las ideas son una fachada, importan poco y nada. Alguien dijo que la política era un mero juego de emociones, y tiene razón. Sólo que las emociones necesitan carne donde prender, cosas simples como una frase y una imagen. Si este hombre, el gobernador obeso de Nueva Jersey, ni siquiera tiene un asesor de imagen decente, nunca será presidente.

—Qué gran verdad —dijo el de Alabama—. Además, en este país necesitamos alguien que sepa administrar la imagen. Alguien del medio.

Silvanna volvió a reírse y agregó, dando vuelta su celular para que lo mirasen todos:

—Este hombre debería ponerse a dieta urgente. Pero no sólo por política. De hecho, ser presiente no tiene la menor importancia. Como todos saben, la obesidad afecta la vida sexual de los hombres y, dicho sea de paso, con esas armas de la que presume el gobernador no vamos a ganar ninguna guerra.

—...y este país sin guerras... —insistió la de Massachusetts— ¿Vieron que siempre estamos salvando a alguien, a algún malagradecido?

Facundo había percibido, desde el comienzo, que tanto míster Gasper como Jeff competían por la atención de la manager de Massachussets, cuyo nombre había olvidado por completo. La mujer era tan bonita como Silvanna, pero para un depredador no se trata de tener la mujer más bonita sino de nunca perder en la conquista, en la caza, en la guerra. Eso se llama testosterona, y cualquier exitoso hombre de negocios está siempre provisto de una cantidad considerable de esta hormona, como cualquier buen atleta o cualquier campeón de lucha libre. Conquistar, cazar es siempre más importante que mantener la presa. La presa podría sentirse a gusto observando esta competencia de los dos machos, sobre todo porque sabía que no le iba a dar el gusto ninguno, aparte de calentar el juego mirando a uno y a otro. Jeff estaba con su esposa, lo que lo convertía en un competidor más seguro y más tentador para la misma presa. No por casualidad (había recordado Facundo, que por entonces era un estudioso de este tema, central en cualquier estrategia de marketing) los estudios sugieren que cuando a una mujer le atrae un hombre, sobre todo si logra que la mire, ella siempre mira a su pareja. Cuanto más linda ésta, más alta la autoestima de la jugadora.

La de Massachussets parecía inclinarse por el Homero Simpson, por el gordo Gasper, pero esto podría ser sólo una burda estrategia. Porque Jeff estaba con su mujer o porque ella sabía quién era el verdadero jefe. Porque no hay nada mejor que herir la autoestima de un macho.

Con un tono ácido (su único error aquella noche, como la de un golero que lleva a su equipo a la final del mundo y, por una reacción tardía, se deja convertir el gol decisivo), Jeff subrayó las palabras de Silvanna que aludían a la escasez de armas del candidato presidencial, el gobernador de Nueva Jersey que se parecía a míster Gasper por su abdomen pronunciado aunque, a diferencia del gobernador, nadie hubiese podido calcular el tamaño de su pene por la forma en que vestía.

En una reunión anterior a la de Atlanta (en Tampa, si mal no recordaba) míster Gasper se había burlado de sí mismo diciendo que su esposa le había pedido que se pusiera a dieta porque cada vez se parecía más a Homero Simpson. Literal. Él, en cambio, había propuesto usar peluca y dejarse el bigote. Lo había dicho como si la ocurrencia probase que, aunque gordo y pelado, era más inteligente que el resto. Pero en aquella reunión de Atlanta, dos años después, nadie sabía, todavía, que míster Gasper estaba en proceso de divorcio. Tiempo después circuló el rumor (entre los hombres de las oficinas de Orlando) que su mujer lo había engañado, probablemente una sola vez, con uno de sus empleados, un morenito delgado pero con unos pies muy largos. Y todos saben lo que se dice de los hombres de pies grandes. Las esposas de los millonarios (dijo alguien en el rincón de la cafetera de la oficina) si no se dedican a algo serio, aunque sea hilar en la rueca, tarde o temprano terminan aburriéndose del lujo y recayendo en los placeres de la pobreza.

—De todas formas, va a ganar Trump —dijo Alonso, el florido representante de California—. ¿Miraron el último debate en Detroit? Hasta la CNN tituló "Donald Trump defends size of his penis".

No por casualidad, pero sin querer, Aloncito había terminado de echar gasolina a un incendio que estaba más allá de su comprensión.

—¿Creo que no estoy entendiendo esta conversación? —dijo míster Gasper—. Debe ser porque hace muchos años ya no miro los informativos y mucho menos los debates políticos. Son lamentables. ¿Qué es todo eso de lo que hablan?

—Bueno —dijo Alonso—, parece que todo empezó con míster Trump, llamando al senador Marco Rubio de "Little Marcos", Marquito, aludiendo a su baja estatura, física y personal, y el otro candidato respondió en un acto, no sé dónde, supongo que en Florida, algo como… a ver, en castellano se diría… Petiso pero me la piso. No sé en inglés…

Jeff se rio con ganas y la de Massachussets, que debía saber español, como buena representante de la elite de Boston, se lo tradujo a míster Gasper al oído.

—No con esas palabras, tal vez —aclaró Alonso—, pero Marquito respondió que todos sabían cómo eran los hombres de manos chiquitas y llamó a prestar atención a las manos de Trump. No se dio cuenta que sólo Trump puede jugar sucio, que eso no es para cualquiera. Entonces, en Detroit, míster Trump mostró sus manos y confirmó, según él, como siempre, que no tenía problemas con el tamaño. No problema, I assure you. Todos saben a qué se refería.

—¿Todos?

—Todos, hasta la periodista ¿cómo se llama? Si, Megyn Kelly, que fingió no darse cuenta. Tan virginal ella, la pobre, que luego fue amenazada de muerte porque Trump sugirió que se veía un poco agresiva debido a que estaba menstruando. Claro, todo con extrema sutileza. Se acuerdan de aquello de Se le veía que le salía sangre por los ojos, y por otro lado…

—Basta —se quejó Silvanna—. No seamos ordinarios.

—¿Ordinarios? —se quejó Alonso—. ¿Quién? ¿No recuerdas aquella grabación donde míster Trump afirmaba que a las mujeres había que cogerlas del coño? Seguro que millones de decentes mujeres, de esas que usan vestidos estilo Amish, cerradas hasta el cuello, muy conservadoras todas ellas y asistentes a sus iglesias cada domingo, lo van a votar. ¿O no viste las manifestaciones histéricas en su apoyo? Pongo las manos en el fuego a que lo van a votar. De eso se trata, ¿no? Fóllame, fóllame fuerte y dime que soy virgen.

—Bueno, bueno —dijo Jeff—, sea como sea, míster Trump representa, objetivamente, a la mitad de esta gran nación. Cuando dice que podría pararse en la Quinta avenida y dispararle a la gente y ni así perdería votos, debe ser por alguna razón muy, pero muy profunda. Por eso también puede acostarse con todas las prostitutas rusas que quiera y nunca perderá el apoyo de los evangélicos que están favor de la familia tradicional.

—Debe ser que hay como cierta atracción morbosa en acostarse con el enemigo, ¿no? —dijo Jeff.

Silvanna se rio. Menos míster Gasper. Uno nunca sabe qué palabras, hasta las más inocentes, pueden encontrar una repercusión dramática en alguna persona que oculta insospechadas historias y velados prejuicios personales. Jeff dejó a la de Massachussets y se concentró en su jefe. Esa noche supo, de repente, que el jefe no lo soportaba, que lo encontraba arrogante, que además le enfermaba la sola idea de que Jeff había ascendido en popularidad de una forma que ni él, míster Gasper, había logrado en los mejores tiempos de Ronald Reagan. Cualquiera podía encontrar arrogante a Jeff, pero a míster Gasper no lo dejaba vivir y él, Jeff, no supo entenderlo hasta esa noche, tarde.

Unos años después (pensó Facundo, poco después de haber intentado reconstruir esa noche decisiva, como un arqueólogo que va desenterrando con cuidado diferentes fragmentos de cerámica e intenta ordenarlos según lo que se supone alguna vez fueron una unidad), míster Gasper, casi a punto de retirarse, iba a recibir a la Silvanna producto de la gran idea del mismo Jeff y de las históricas gestiones de Facundo en Kuala Lumpur.

Hasta ese día, más de dos años después de aquella cena en Atlanta, hasta ese 22 de diciembre de 2021, Jeff no sabía del resultado final. Sólo había visto una colección de posibles rostros, casi todos asiáticos, japonesas por lo blancas, por lo geishas, pero luego no se preocupó por que le enviasen una fotografía de la AR21. Sólo le había interesado el negocio y la perspectiva de futuras ganancias derivadas del tres por ciento de las ventas finales. Seguramente, pronto se lo iban a enviar a Jeff, y Facundo no iba a estar allí para ver su reacción, para escuchar sus maldiciones y sus gritos de furia.

Una verdadera lástima, pensó Facundo.

Agotado, miró el vaso todavía en el suelo. No lo levantó. Apenas tenía fuerzas para tomar el mouse y hacer andar el video que acababa de recibir de Kuala Lumpur.

—Jangan jadi bodoh —dijo Silvanna.

Facundo se rio. Habían logrado reproducir la expresión de Silvanna de una forma imposible de superar.

—Jangan jadi bodoh —repitió Silvanna.

Facundo fue por su traductor y, al ponérselo en un oído, escuchó la voz de Silvanna con un acento algo diferente, con una pizca de argentina, que decía:

—No seas tonto.

Finalmente, pudo recordar algo, una noche en Tijuana

LA NOTICIA DE XINOTCH no lo había alegrado. Había esperado meses por esa confirmación con una exagerada ansiedad y ahora, cuando llegaba, le producía una mezcla de indiferencia e insatisfacción. Otra vez, trató de aceptar las circunstancias especiales por las cuales estaba atravesando, el divorcio, la próxima furia de Jeff, sus problemas para dormir por la noche y para mantenerse despierto durante el día, su pérdida de memoria producto del estrés, del infarto o de las dos cosas, la que además, por momentos, le resultaba evidente, como cuando no recordaba el alias de guerra de su penúltimo negocio, la clave de su correo secreto más usado, una de sus identidades falsas en Twitter mejor conocidas por él, tanto que la consideraba más auténtica que su verdadera cuenta, ya que bajo el nombre de Alfredo Smith había descargado todos sus verdaderos pensamientos sobre el feminismo, sobre la dictadura de la diversidad, la redistribución de la riqueza... Aunque sus verdaderos pensamientos, su verdadero yo fuese verdadero sólo por algún tiempo, solo por esa etapa de su vida que duró desde que cumplió cuarenta y cinco, catorce años atrás, hasta unos meses antes de su divorcio.

Luego se detuvo un instante al pasar por la ventana. El océano y el cielo eran una misma mancha oscura, indistinguible. En ese momento, miles, millones de depredadores marinos estarían dando muerte a sus víctimas. A miles de millas, decenas de personas estarían muriendo bajo las bombas, todo mientras allí afuera el Universo parecía estar en calma, en una calma oscura, muy parecida a la inexistencia. Entonces pensó que durante muchos años había luchado por lograr cierta estabilidad económica, una familia sin sobresaltos, con una hija sin problemas en la secundaria que nunca llegó, con una esposa sin angustias ni depresiones que tampoco llegó sin angustias y sin depresiones. Nada del otro mundo, ni siquiera su obsesión por los diez millones antes de cumplir sesenta. En cierto momento, algo de eso se dio, sobre todo los casi diez millones poco antes de cumplir los sesenta. Nada por casualidad.

No alcanzó los diez millones por un pelo, se dijo, más con ironía que con pesar, como si él ya no fuese él y pudiese ahora reírse del otro Facundo que fue y, en algún momento imposible de precisar, dejó de ser.

Enseguida tuvo un pensamiento aún más oscuro. O más claro. Cuando se fijó como meta alcanzar los diez millones debía correr el año 2001. No estaba seguro, pero más o menos debía ser ese año. Entonces volvió a su computadora, fue al sitio de estadísticas del ministerio de trabajo de Estados Unidos, y confirmó lo obvio. Esos diez millones ni siquiera eran diez millones.

According to the Bureau of Labor Statistics consumer price index, the dollar experienced an average inflation rate of 2.10% per year. Prices in 2001 are 29.72% lower than prices in 2018. In other words, $10,000,000 in 2018 is equivalent in purchasing power to $7,028,084.56 in 2001, a difference of $-2,971,915.44 over 17 years.

En diecisiete años su sueño se había depreciado 29.72 por ciento. Sus casi diez millones hoy serían apenas 7.028.084,56 en 2001.

Se sonrió como si se alegrase de verse derrotado, caído en el barro luego de haber intentado desesperadamente escalar una colina demasiado alta para sus posibilidades. Una confirmación que lo exoneraba de mantener la locura con vida. Para un hombre, para un tigre de los negocios este detalle no podía haber pasado desapercibido por casi veinte años. Lo que ocurre es que cada uno ve lo que quiere ver y entiende lo que quiere entender. Ahora, cuando el Facundo de los diez millones se había muerto de un infarto en un pasillo de un apartamento mediocre de la clase media floridense en Daytona, podía pensar mejor, podía ver el Universo desde otro punto de vista. Entonces, aparecían datos objetivos que hasta un niño de escuela hubiese comprendido mucho antes.

Pero, después de algunos años, comprendió que la inestabilidad, las incertidumbres no sólo son inevitables sino preferibles a una seguridad completa. Tal vez por eso mismo haya tanta gente exitosa en las noticias que terminan miserablemente mal por un problema de mujeres ajenas. Después de todo, para un padre debía ser una suerte no saber cuándo su hija iba a aparecer con su primer, con sus primeras crisis de pánico, como algún antepasado que ella nunca conoció, con sus primeros fracasos, como todo el mundo. Ahora, de repente, comprendía que era una suerte no saber dónde irían a parar sus huesos ni cuándo se iba a morir.

Volvió a la computadora y revisó su cuenta de banco, una vez más. Había, desde el pasado setiembre, seis retiros efectuados en el área de Tijuana, cuatro de sesenta y dos de cien cada uno. El único gasto, por 32,16 dólares, había sido debitado por un restaurante llamado Cola de Pez. Era el primero de la lista. Facundo recordaba, perfectamente, este lugar. Mejor dicho, no perfectamente, pero sí estaba seguro de que había cenado allí, con música en vivo, con gente fumando al lado. Recordaba que esto mismo le había molestado, o había reaccionado con cierta molestia por la descortesía de quienes estaban en la mesa de al lado, pero lo recordaba con cierta nostalgia. Recordaba las muchas cervezas que había tomado, los langostinos y los camarones con trozos de limón. Recordaba la modestia del lugar, las luces desnudas y agonizantes que colgaban del techo, no por esnobismo (como suelen hacerlo de este lado cuando juegan a ser pobres y el cliente debe pagar más por eso), sino por auténtica necesidad. Recordaba la gente que pasaba por la calle, hablando como si estuviesen en sus casas, la dueña esmerándose por ofrecerle lo mejor de la casa.

Trató de buscar más información sobre el Cola de Pez. Antes que pudiese abrir una nueva página vio el Breaking News de CNN, una franja roja alertando de un tiroteo en una escuela secundaria de Florida. Leyó los titulares. Al menos una docena de muertos. Cerró la página. El evento había ocurrido lejos de allí. Le echó una mirada al correo de la empresa (ninguna noticia de Martin en Chicago), a su correo personal (Elena persistía en su silencio), y luego abrió el buscador de Google y escribió "cola de pez restaurante mexico".

¿Cómo había llegado hasta allí? se preguntó, sin encontrar respuesta. Él nunca se aventuraba a lugares peligrosos. Imposible que se lo hubiese recomendado alguno de sus clientes. Había elegido una mesita al lado de una gran ventana sin vidrio. Poco después, un hombre muy delgado se había sentado en la silla de enfrente sin pedir permiso. Tomó un trozo de pan mientras decía, "si me permite, maestro". Era ciego, o casi, pero no llevaba lentes ni bastón. Facundo no le dijo nada y el hombre debió entenderlo.

—No se preocupe, maestro, ya me voy —había dicho.

Pero no se fue hasta una hora después. Facundo casi no recordaba qué le había dicho, sólo que durante esa hora no dejó de hablar ni dejó de abrir largos silencios que eran como si continuase hablando sin hablar, silencios que anunciaban nuevas revelaciones, carentes totalmente de algún interés. Por lo menos para Facundo.

Facundo le pagó una cerveza y el ciego le explicó que, en realidad, el restaurante se llamaba One Way, pero todos lo conocían como Cola de Pez por la dueña. Treinta años atrás había sido una mujer muy bonita pero nunca nadie había conseguido acostarse con ella.

—¡María! —casi gritó el ciego.

Después de varios minutos, la dueña se acercó y le dijo que no molestase a sus clientes.

—¿Lo molesto, caballero? —preguntó el ciego.

Facundo sintió un profundo olor a curry o a alguna especie oriental que traía María en su delantal. Recordó que el tradicional taco al pastor mexicano, que inunda con sus olores y sus misterios a los recién llegados al país, había sido importado y adaptado por los inmigrantes libaneses, dos o tres generaciones atrás. El mismo olor había sentido en Marruecos y en Jordania, pero el lenguaje le había bajado una pesada barrera cuando quiso saber de los ingredientes, de cómo y quiénes lo preparaban en aquel lugar. Aquella noche, en Ammán, había visto a dos jóvenes americanas, dos rubiecitas muy bonitas de pantalones cortos desafiando las convenciones de aquel restaurante árabe, lleno de hombres. Si habían esperado vivir una anécdota, algo propio de sociedades atrasadas o estancadas en tiempos de Hammurabi, para contar en sociedades desarrolladas, no habían tenido suerte. Nadie les había dicho nada. Facundo, no había podido entender ni a unas ni a los otros. Sólo ese olor, antiguo, pobre, es decir, rico de verdad, milenario.

—Está bien —había dicho Facundo, en un tono que quería decir sí y no al mismo tiempo.

—María —insistió el ciego—. Cuéntale al amigo argentino por qué el Cola de Pez se llama así.

—Vete al demonio, José —dijo ella.

—¿Por qué nunca quieres decir por qué tu restaurante se llama así?

—Porque se me antojó que se llamara así —dijo ella, recogiendo uno de los platos vacíos—. Y ya no fastidies más. ¿El señor desea probar la tortilla de cangrejo? Es una especialidad de la casa.

—Ok, vamos a probar —dijo Facundo.

—Todavía eres la más linda de Baja California...—insistió el ciego—. No sé si de más allá también porque nunca viajé tan lejos en mi puta vida.

—Vete a tu casa, José. No molestes a mis clientes —dijo la dueña y se fue.

—Dígame, usted que viene de lejos —dijo el ciego—, ¿no le parece una mujer bonita? Una mujer con esa voz no puede ser fea. ¿No le parece? Yo siempre tuve buen ojo para las mujeres y a las mujeres no les desagradaba cuando las miraba. Hasta que me fui poniendo viejo y la pobreza se hizo más evidente. Se nota en los dientes, en las arrugas del sol, en el hambre, en la ropa. Los ricos tampoco tienen accidentes en la construcción. No se quedan ciegos por trabajar ni cobran una miseria de compensación.

Facundo no dijo nada, pero el ciego insistió:

—Por favor, dígame. Por favor.

Las palabras del ciego sonaban como una plegaria que despertó a Facundo de una leve embriaguez, más producto de la alegría del lugar que de las primeras cervezas.

—¿No piensa decírmelo? Sí, ya sé, los gringos no dicen esas cosas de las mujeres. De vez en cuando matan a una, violan a otra, pero siempre con estilo. Unos verdaderos caballeros.

—¿Por qué me dice gringo? No soy gringo.

—Pero vive en Estados Unidos.

—¿Cómo lo sabe?

—No sé cómo lo sé. Sólo sé que lo sé y es inútil que me mienta. Después de treinta años de vivir en Tijuana, uno simplemente puede olor quién viene del otro lado, y si viene por arriba a burlarse de todo lo que no funciona de este lado, o si viene arrastrándose, o si le dieron una patada en el culo y cayó de cabeza en la tierra de sus padres. No se preocupe, no pienso secuestrarlo para pedir un rescate de un millón de dólares. Sólo quería que me dijera si le parece que María es bonita.

—Es una mujer bonita —concedió Facundo.

—Bonita, bonita —insistió el ciego—. Parece que está usted vendiendo una bufanda.

The Washington Post: Urgente: Florida. Veinte Jóvens Asesinados Por Uno De Sus Compañeros De Clase

El presidente afirma que no es momento de politizar la tragedia discutiendo sobre el control y la proliferación de armas en el país y llama a la oración. Varias fotografías muestran al asesino posando con una AR15 y una bandera detrás.

El Post aclara que las fotos fueron tomadas de la página de Facebook del asesino poco antes de ser eliminada.

Facundo se rio y confirmó:

—Tiene usted razón. No es sólo bonita sino más bien bonita.

—Ahora suena usted más auténtico —dijo el ciego—. Puedo darme cuenta de que de verdad piensa que María es bonita. ¿Le ve usted arrugas en los ojos?

Facundo se rio y le sirvió más cerveza.

—Dígame, usted. No se lo tome a la ligera.

—No lo sé —dijo Facundo—. No lo sé, no me he fijado en eso. No soy yo quién está enamorado de ella.

El ciego hizo un silencio largo y, finalmente, dijo:

—No sólo los ciegos podemos ver lo que otros no ven.

Luego, fingiendo alegría, bebió de su vaso y dijo:

—En fin, ¿sabe por qué este lugar se llama Cola de Pez? Era, decían, una sirena.

—¿Quién?

CNN, Fox News, CBS, USA Today. Todos estaban en lo mismo. Cada tanto el mundo se termina y luego nadie se acuerda.

Pero el presente no se rendía tan fácilmente

ELENA SEGUÍA SIN DAR SEÑALES. Seguramente le había molestado su último correo. Alguien lo había etiquetado en Facebook. Alguien llamado Emma Claris. Iba a desestimarlo, pero terminó abriendo su cuenta para ver una fotografía del último simposio en Chicago sobre Nuevas Estrategias de Persuasión Administrativa. Había olvidado esa selfie y no podía recordar a la tal Emma, que aparecía como una de sus amigas facebookianas. Parecía linda. Tenía una sonrisa amplia, un vestigio africano en el rosto de una mujer rubia, como le gustaban a él y a los fotógrafos de revistas. De todas formas, no la recordaba. Tal vez ella estaba interesada en el muchacho, más joven, que aparecía a su lado. O tal vez no le interesaba ninguno de aquellos que aparecían allí sino sólo presumir que había estado en la misma mesa, en el mismo simposio que el doctor Mohammed El Salamin, una eminencia en el círculo de la Universidad de Negocios Internacionales de Dubai, según supo esa misma noche.

Sonó el teléfono. No era Elena. Un número desconocido. Probablemente telemarketing. Él, Facundo, víctima del telemarketing. Típico. El león acosado por las hienas. Lo tenían hastiado. Probablemente debía volver a cambiar de número. No contestó. Si es importante, pensó, que deje mensaje. Debía aprender a decir no. Si fueras mujer, le había dicho alguien (¿quién?) serías puta. ¿Por qué?, se había quejado él. Porque no sabes decir que no, le habían dicho. No recordaba. Bueno, sí, ahora lo recordaba. Se lo había dicho Karl, uno colega que apenas conoció porque él, Facundo, había ingresado a la Compañía un mes antes de que el tal Karl se suicidara una madrugada en la oficina, la misma que ocupó la nueva, Joana. Joana no se suicidó. Se embarazó, la abandonaron, y tuvo que dejar el trabajo. Tal vez por esas casualidades del destino, su puesto fue cubierto por Joan, un muchacho incapaz de embarazarse, muy despierto y ambicioso como una rata, característica que le redituaba a la empresa mil veces más que la voluntad y el servilismo de Joana y unas diez mil veces más que toda la inteligencia de Einstein.

El presente, en la forma de su cuerpo cansado, lo mantenía sumido en un sillón, pero algo lo arrastraba, una y otra vez, a aquella noche en Tijuana, al mismo tiempo que nuevos detalles iban surgiendo de su memoria, como un antiguo galeón de madera de repente sale a la superficie, revelando más detalles que explicaciones, cuando el mar se retira peligrosamente más allá de lo normal para una marea baja, poco antes de un tsunami. Como cuando uno intenta concentrarse en una lectura y otros pensamientos lo dejan leyendo como un ciego, estos recuerdos le impedían ocuparse de los asuntos más urgentes.

—La dueña —insistió el ciego—. Ella. María. Decían que era una sirena. Quién sabe de dónde sacan eso que las sirenas son hermosas… Debían ser fantasías de marineros sin mujeres, hartos de comer pescado. Imagínese una hermosa mujer con aletas de pescado en lugar de unas piernas largas y suavecitas. Pos, claro que no hay apodo sin una explicación. Antes de la reforma pasaban muchos viajeros por aquí. Se quedaban embelesados con ella, pero no había forma. No había forma. No era por su vestido ajustado sino por su entereza, por eso mismito que le dura hasta hoy, aunque mucho menos tentada por los marineros y los dólares resbalosos de los turistas que por esa época llegaban hasta aquí, siempre de paso, porque el Cola de Pez no estaba ni nunca estuvo en una zona turística. Usted no es turista. Usted es un hombre de negocios. Alguien más interesante que los turistas, pero igual de estúpido.

—Gracias.

Microsoft Outlook. Central Authentication Service. Log in. Once nuevos. Dos urgentes. En un correo colectivo enviado a todos los colegas, Ramiro insiste en opinar sobre el peligro de los misiles de Corea del Norte cuando no ha podido cerrar un miserable contrato en Singapur. Nada realmente importante. Tampoco en su GMail, aparte de las interminables ofertas de viajes de Orbit y de Expedia. Los marcaría como spam si no fuese que… (Nuevo correo, Google alert as it happens: las águilas de los Patriots derrotan a Las Águilas 27 a 24. Orbitz: Wow! These hotel deals under $99 are summer's best steal!) Si no fuese que siempre quedaba la posibilidad de a usar alguno de esos servicios en algún momento. Miró sus dos teléfonos, como si descansaran borrachos al lado de la taza de café. Los despertó con su índice derecho. Ningún MSN, SMS, ICUP. Elena sabía cómo jugar con sus silencios. Los dos móviles parecían grandes insectos, una mutación reflejo del Calentamiento Global, con sus vientres luminosos hacia arriba, como aquellos bichitos de luz que cazaba de niño en la granja del abuelo, en Argentina, pero cien o doscientas veces más grandes. Cien o doscientas veces menos importantes, menos vivos. Cadáveres luminosos. La gran diferencia era el olor. Antes, las cosas tenían olores. No eran olores tan fuertes como los que hay ahora. Sólo eran olores verdaderos, olores que importaban. En el olor de los buñuelos de la abuela cabía un mundo, cabían sus padres, la playa del verano de 1986, el ruido de los eucaliptos abrazados por el viento como si fuesen las olas del mar, el cuento escéptico del abuelo que no creía en nada sobre una mujer anunciando el fin del mundo en el almacén donde vendían sus sandías. ¿Por qué la gente vive temerosa y deseando vivir por toda la eternidad? preguntaba el abuelo, con una sonrisa que le provocaba una paz infinita. ¿Por qué tanto miedo? ¿Por qué no se conforman con los años que tienen para vivir y nada más? Ya está. Suficiente. ¿dónde está el drama? El abuelo estaba agradecido de estar vivo y no quería vivir para siempre, como la mujer rubia del almacén. Pero la mujer se había puesto furiosa cuando supo que al abuelo no le importaba morir y volver a la naturaleza. De hecho, el abuelo quería que lo cremaran y le dieran sus cenizas a un árbol, para ayudarlo a crecer. La mujer, visiblemente molesta, lo había amenazado con el infierno. Si no creía en la vida eterna, debía arder en el infierno, eternamente. ¿Entonces, de qué Dios lleno de amor estaba hablando? había preguntado el abuelo Ursino. El abuelo no le tenía miedo a Dios. No porque se sintiera más fuerte, ni siquiera porque fuese ateo, sino porque no entendía la lógica de las cosas. ¿Por qué el Creador del Universo iría a la iglesia? ¿Pero qué el Dios del Amor necesita que le tengan Miedo? ¿Por qué, si la humanidad había surgido Amor, Dios había decidido crear seres pecadores para luego condenarlos a las llamas del fuego eterno? preguntaba. O Dios era Sádico o nada era otra cosa que producto del miedo de sus pequeñas y estúpidas creaturas. ¿Por qué uno debe sufrir del miedo ajeno, destilado en un innumerable repertorio de amenazas? ¿Qué les hemos hecho de mal a toda esa gente que se la pasa rezando, pero está siempre tan enojada? Hablan del Amor, y nos miran con odio. Ya no nos pueden quemar en las plazas, como antes, pero si fuese legal con gusto lo harían. Hablan de la alegría de haber descubierto al Señor, y nos cagan encima con toda su rabia. ¿Por qué no se conforman con la vida eterna que se han ganado por mérito propio y dejan a los demás en paz...? ¿Por qué la gente va a rezar a las iglesias si cuando rezan nadie sabe lo que le están pidiendo a Dios? Podían hacerlo en sus casas, en un parque, en el tren. Pero no. Tienen que hacerlo en las iglesias, justo lo contrario a lo que recomendaba Jesús, aquello de la discreción en un rincón. ¿Pero por qué en las iglesias, esos fastuosos templos del orgullo en nombre de la humildad, si Jesús siempre tuvo problema con los templos? Porque Jesús dijo Tú eres Pedro y sobre ti levantará mi iglesia, repiten con fingida voz en calma. No dicen nada que una página más adelante el mismo Jesús, cuando las papas quemaban, se corrige y dice Pedro, quítate, eres un estorbo en mi camino. Ah, no, pero todos los creyentes de verdad tienen que ir a rezar a las iglesias. Se arrodillan, cierran los ojos y nadie sabe qué están pidiéndole al creador del Universo. Porque las iglesias no son lugares donde Dios va a escuchar sino donde el poder terrenal se ejerce...

La abuela escuchaba y no respondía. Ella sí creía en ese Dios, aunque no sabía exactamente qué Dios ni sabía si la mujer del almacén de las sandías estaba en lo cierto o, simplemente, deliraba como en un manicomio.

Sí, todo eso entraba en el olor a buñuelos de la abuela. En cambio, el olor de las donuts perfectas que desfilaban sobre los rodillos de las máquinas del Krispy Kreme en el que había estado el sábado, eran sólo eso, olor a donuts, buñuelos perfectos, azucarados y grasientos, fritos con aceite reciclado y sin ser tocados nunca por un asqueroso ser humano. Claro, sí, dentro de treinta o cuarenta años aquel niño que el sábado miraba absorto el desfile de donuts sobre los rodillos mecánicos desde el otro lado del vidrio, recordará todo eso con la misma nostalgia, con la misma sensación de misterio. Eso en caso de que para entonces la gente todavía tenga tiempo para tanta distracción improductiva, como aparentemente tenía él mismo, cuando se supone que debía estar planificando la estrategia de aproximación para su próximo viaje a Shanghái.

Bebió otro sorbo de café, repugnantemente frío. Miró sus dos insectos luminosos. Volvió a pensar, como si no tuviese urgencia. Un lápiz nuevo, una goma, el olor a pasto cuando Facundo se arrodillaba en la oscuridad para levantar uno de esos bichitos de luz que había cazado dándole un manotón. Luego de rescatarlo de las profundidades del césped, se levantaría y le gritaría a su hermano con un gesto triunfal. En español diccionaresco le llamaban luciérnagas, pero los niños le decían bichitos de luz. En ese momento daría sus dos teléfonos por uno solo de aquellos, pensó. Pero no, los teléfonos luminosos lo atraían. Era él el insecto que daba vueltas a la luz, y eso era tan absurdo, como todo.

—No —insistió el ciego—, no lo tome como algo personal. Estoy hablando en términos generales. Los dos tipos de bípedos implumes, turistas y hombres de negocios, son iguales de estúpidos. Arrogantes por acción o por omisión. Infelices por regla general. Más o menos cadáveres convencidos de su superioridad. ¿No vio las calaveras cómo se ríen? Pues, bueno, así son los turistas y los hombres de negocios. Se ríen siempre, pero están muertos…

Cierto, aquel ciego que daba lástima por su pobreza, hablaba como si hubiese leído a los filósofos griegos. ¿Le llamaba la atención? Diógenes no era profesor en Harvard.

—Puede que tenga razón —había dicho Facundo, como defendiéndose—. Adivino que usted también fue un hombre de negocios.

—Puede, sí. No hay más capitalista que los vendedores callejeros. Sólo que a los capitalistas que fracasamos no nos llaman capitalistas sino zánganos, comunistas o algo así. Pero mejor dejarlo ahí, amigo. No quiero torturarlo con cosas de pobre, de pobre resentido, como dice mi primo, un primo que tengo del otro lado. Debería estar dándole las gracias por la cerveza, pues. ¡Entonces, salud!

EL SENADOR POR FLORIDA PROPONE PERMITIR A LOS MAESTROS Y ESTUDIANTES EL PORTE DE ARMAS EN LAS ESCUELAS PARA SU PROTECCIÓN PERSONAL. Otro senador de Georgia o de Mississippi va más allá y afirma que los preescolares deberían estar armados, que con un sacapuntas nunca podrían defenderse de un terrorista. Luego aclaró que…

Harto de toda esa impecable mugre, cerró todas las ventanas de noticias y volvió (intentó volver) al problema central. No recordaba los demás gastos realizados en fechas que, obviamente, no había estado en México. Había vuelto en enero por el caso Camerino pero no recordaba haber estado en el supermercado Patio del Virrey. Normalmente desayunaba en los hoteles y comía en los restaurantes que le recomendaban los clientes.

Terminó el whisky que le quedaba en el vaso, como si fuese una obligación. Más vale que haga mal y no que sobre, recordó que había dicho alguna vez el tío Alberto, quejándose del exceso de comida que la gente se obliga a comer en las navidades.

A un costado vio el papel donde había ido coleccionando números y letras en los últimos meses. Todos estaban tachados con una línea fina pero profunda, como si fuesen tajos. Habían sido los intentos inútiles de adivinar la clave del correo de Elena. Por lo menos el correo que él conocía y que, supuestamente, ella usaba más. Había intentado, en vano, con todo tipo de fechas y de nombres. Podía haber contratado a Dominus Dominicus, el hacker de Singapur, uno de los mejores del mundo, que brindó un servicio invaluable a la empresa unos años atrás, pero no la quería exponer a que otros pudiesen leer sus correos.

De repente, tuvo el impulso de escribir un número junto con el nombre de una amiga de Buenos Aires, pero se quedó en el aire. Había sido un instante, como una iluminación, pero el número se había volado, evaporado con el alcohol.

Alejandra era la única que sabía cuándo Elena había tenido su primera relación en Buenos Aires. Porque es cosa de mujeres (pensó) acordarse de la fecha en que pierden la virginidad. Seguramente el noviecito no se acodaba, como ella, Elena, no recordaba la fecha que tuvieron intimidad por primera vez en la casa de sus padres, en Filadelfia.

Se quedó dormido en el sofá. Extrañamente, no despertó hasta seis horas más tarde, con un leve malestar, como si acabase de caer de un precipicio. Por un momento, sintió que había estado huyendo de algo, pero no podía recordar ningún sueño. Ni la más simple imagen. Tal vez sí una idea, o la sensación de haberse levantado para abrir la puertaventana del balcón y descubrir que el balcón no tenía barandas. ¿Había caminado sobre el abismo y de ahí esa sensación de vértigo? Había perdido ese entrenamiento de recordar los sueños, tanto que podía describir sueños de su juventud, de su infancia, pero no sus últimos sueños, ni uno solo, de los últimos años, como si envejecer fuese lo mismo que perder la capacidad de soñar, de la misma forma que los ancianos que están próximos a la muerte no pueden sonreír, como no puede sonreír un niño en sus primeros meses de vida.

Se incorporó para mirar la hora en el reloj de su mesa de luz. Un papel doblado en dos le impedía ver las 7:35. Corrió el papel para ver mejor la hora y vio algo escrito. Debió escribirlo él mismo en algún momento de la noche, como solía hacerlo cuando era estudiante en Buenos Aires y escribía, como muchos jóvenes, cursilerías que pomposamente consideraban poemas.

Leyó:

la conciencia
ese estado incapaz
de concebir
algo tan simple
como la inexistencia

Justo en el peor momento

EL DESCUBRIMIENTO DE QUE LE HABÍAN ROBADO la identidad había llegado en el peor momento de su vida. Siempre ocurre así. A veces pasan días, semanas, meses sin un cliente gordo, sin un viaje, sin una nueva idea, sin una nueva exigencia del Directorio, sin una inversión interesante que le dejase jugosas ganancias, aparte del derrame de adrenalina, y un día se junta todo, como cuando uno no revisa el correo un fin de semana y el lunes se siente abrumado por tantas urgencias.

O era casualidad o cada cosa estaba relacionada por causas que él no lograba comprender. Esa maraña, de pequeñas urgencias, se agravaba con el divorcio, con sus problemas para dormir y sus problemas para estar despierto, por el robo de identidad en ese país de mierda.

En realidad, no sabía con ciencia cierta si realmente le habían robado la identidad o sólo se trataba del robo de una tarjeta usada con mucha habilidad por parte del ladrón que, a juzgar por los montos, ni siquiera se trataba de un criminal de mucha monta. Pero el antiguo miedo siempre estaba allí, sin importar cuantos Peace of Mind contratase con H&R Block y otras compañías, y descendía sobre su cabeza ante la menor sospecha. Eso le ocurre a alguien cuando tiene nueve millones de dólares en el banco y mayores esperanzas en diversas acciones, pensó, como si tratase de consolarse. Muchos querrían tener estos problemas, murmuró, como si alguien más le estuviese hablando.

De cualquier forma, había llegado en el peor momento, justo cuando había decidido tomarse una licencia de tres semanas. El doctor Kaufmann le había asegurado que su reciente dificultad para dormir y su aún peor dificultad para mantenerse despierto y enfocado cuando asistía a las reuniones de negocios o cuando conducía, era producto del infarto. Cuando le dijo que ya había experimentado algo de eso mucho antes, el doctor Kaufmann le dijo que muy probablemente se trataba de una debilidad hepática, de mal comer o, incluso, de algún virus que aún no había logrado detectar con los tradicionales exámenes después de inútiles idas y venidas a su consultorio y a las mejores clínicas de Florida. Como todo médico, le prescribió no más de una copa de vino por día y, de ser posible, dejar el whisky de las 7:30 de la noche. También le mencionó eso del estrés. Hasta las viejas de su infancia, las amigas de la abuela Hortensia, lo decían siempre: Tienes que relajarte, mujer. Esos mareos son por los nervios. Que viene a ser lo mismo que decir: quítale importancia al problema y el problema tendrá menos importancia. Hasta que la abuela murió de un derrame cerebral, más probablemente por su costumbre de comer todo frito con grasa de cerdo en una estufa de leña que ahumaba el interior de aquella gigantesca cocina de campo, desde la mañana hasta la noche. Había sido la grasa, los pasteles, o el humo, aunque se supone que la humanidad había desarrollado tolerancia al humo de leña después de cientos de miles de años respirándolo desde los tiempos de las cavernas.

Sí, claro, doctor, échele la culpa al estrés también. Seguro que no se equivoca en ningún caso, aunque para darse cuenta de eso no es necesario ir a la universidad tantos años. Hoy en día todo el mundo vive estresado y mucho más él, después de que Elena le propusiera el divorcio y un mes más tarde supo que era muy probable que ella se quedase con las casas de Boca Ratón y la de Ponte Vedra y él con el apartamento de verano de Daytona. Los abogados revisarían cada rincón y cada movimiento de sus cuentas bancarias y Elena descubriría que la fortuna familiar, sólo en acciones y en cajas de ahorro, no rondaba los siete millones, como ella creía, sino que ya había traspasado los nueve. Otro buen argumento para sus abogados demandantes. Por no entrar a considerar el lío de explicar esas compras en Tijuana, en fechas que se supone él estaba en el país. Si algo Elena no le creería era eso del robo de identidad. Tampoco le convenía. A lo largo de los años, había aprendido que ella se convencía de la realidad de su propia imaginación. Cada vez que en alguno de sus viajes por Asia o por América Latina él no respondía el teléfono inmediatamente, ella lo imaginaba acostado con alguna mujer.

Alguna vez pensó que la imaginación de Elena tenía algo que ver con sus propios hábitos o, al menos, con sus propios deseos. Tal vez ella no se acostaba con desconocidos en cada ciudad del país, pero había tenido alguna que otra experiencia que él nunca sabría.

Seguramente ella se quedaría con la mayor parte de los bienes gananciales que, naturalmente, iba a disfrutarlo algún zángano. El zángano, mejor amante que él, con menos años, menos estrés y menos ocupado, disfrutaría de su dinero, disfrutaría de toda la vida que él mismo no había tenido en los últimos veinte o treinta años.

Así funciona el mundo y él, Facundo, que siempre se jactó de ser un hombre práctico, efectivo y conocedor de la realidad que lo rodeaba para su propio beneficio, iba a terminar aplastado por la maquinaria, como cualquier ignorante fracasado que se había cruzado antes en su camino. Como el ciego José.

Ella encontraría una pareja mucho antes que él. Eso era por lo menos seguro. Si es que él… Había quemado todas las promesas de amor eterno y de vivir juntos, incluso más allá de la muerte, que no estaba dispuesto a repetir nuevos versos de poetas adolescentes. Volverán las oscuras golondrinas, en tu balcón sus nidos a colgar. Ella no era mujer de estar sin alguien al lado que cada día le recordase que era una gran mujer. Volverán las tupidas madreselvas, de tu jardín las tapias a escalar. Según los manuales de autoayuda eso es lo que necesitan las mujeres, que le repitan cada día que son maravillosas, valiosas, únicas. Tú vales. Tú eres única. Como tú no hay. Lo que necesita una mujer es un hombre que las valore. Ese trabajo es fácil para un desconocido, para un nuevo conocido que levanta la autoestima de una mujer (cuando no la indignación, dependiendo del aspecto del aventurero) con una sola mirada (Volverán del amor en tus oídos, las palabras ardientes a sonar), pero tarea casi imposible para un esposo, mucho más para alguien que se pasa la vida resolviendo problemas. Problemas resueltos que, en el mejor de los casos, no pasa de un frío, muy frío muchas-gracias. ¿Quién sinceramente aprecia cada día el valor de los árboles por el aire que respiramos?

Volverán las tupidas madreselvas
de tu jardín las tapias a escalar,
y otra vez a la tarde aún más hermosas
sus flores se abrirán.

El perpetuo encouragement, la incesante alimentación de la autoestima era una superstición creada por el mercado editorial, pensó. O simplemente era verdad y él había fracasado en esto. Lo cual es raro para un hombre de negocios acostumbrado a vender obeliscos y estrellas en el firmamento, como cualquier poeta romántico. Él, en cambio, no necesitaba que le digan que era un gran hombre porque se lo había creído desde hacía mucho tiempo atrás. A fuerza de buenos negocios, claro, porque Elena se había encargado de humillarlo en la cama con su desinterés que él ni siquiera tradujo en la infidelidad de la que ella lo acusaba.

Se frotó la cara con las dos manos y pensó que pensaba todo esto por resentimiento. No hay nada mejor que acusarse a uno mismo para aliviar el sentimiento de injusticia en carne propia. Qué raro que no lo dijo la abuela antes. Diferente era lo de los abogados, Elena y su zángano comiéndose el fruto de tantos años de su sistemático, prolijo y obsesivo esfuerzo. Eso no tenía nada de subjetivo, pero si no lograba dejar de pensar seguro que terminaba como la abuela Hortensia, con un derrame cerebral, o como el abuelo Ramón, con un paro cardíaco, mucho antes que cualquiera de ellos.

La enfermera del doctor Kaufman le había hecho esas preguntas fastidiosas que siempre hace al principio, casi sin pensar. Una de ellas rezaba: ¿Se ha sentido triste más de un día en la última semana? Facundo le dijo que tal vez sí, y la enfermera, sin mirarlo, insistió, con cierto fastidio: ¿Sí o No? No tengo espacio en el sistema para ninguna explicación filosófica. A lo cual Facundo dijo, Bueno, sí, no me he sentido terriblemente feliz en los últimos dos días. La mujer se retiró del consultorio y a la media hora apareció el Dr. Kaufman con una receta. Un antidepresivo. Cuando Facundo llegó a la farmacia del CVS lo estaban esperando con el frasquito pronto. Eso era efectividad. Volvió al apartamento y, antes de tomarlo, leyó las contraindicaciones: posible aparición de intentos de suicidio y episodios paranoicos. Trecientos cincuenta dólares tirados a la basura, pero valía la pena una basura tan cara. El doctor Kaufman era un buen tipo y mejor profesional, pensó Facundo. Pero está en el negocio, y para alguien como el propio Facundo que ha estado por algún tiempo en el negocio...

No encontró las palabras que terminasen la frase. La idea, la intuición quedó flotando en el aire y se esfumó como el día anterior en su memoria. Era ese cansancio que lo invadía de nuevo. Si se acostaba antes de tiempo, a la media hora estaría desvelado y ya no podría dormir por el resto de la noche.

También era cierto que, si no se hubiese tomado ese tiempo de licencia, alejado de la oficina y de las discusiones con Elena, probablemente nunca hubiese descubierto esas misteriosas compras en Tijuana y menos la falta de una de las tarjetas alternativas. Cada seis meses, a veces cada cuatro, el banco le enviaba una tarjeta de crédito nueva para reemplazar alguna otra que funcionaba perfectamente, todo como medida precautoria de seguridad. Así que, por esa seguridad, cada poco tiempo debía actualizar las bases de datos de una infinidad de servicios, muchos de los cuales ni recordaba, como la subscripción de la empresa jardinera que cada dos meses se aparecía a rociar el césped de las casas de Boca Ratón y Ponte Vedra con algo que se supone era para combatir los insectos. El miedo a los insectos, como todos los miedos, es otro gran negocio. Las termitas pueden arruinar una casa entera y años de ahorro. También se había descubierto una pulga capaz de transmitir un parásito que te comía el cerebro en unas pocas horas, algo pero que un zombi. Virus y antivirus. Esas cosas que siempre pueden ser reales. Siempre había una cuota mensual que pagar; un seguro, la prevención de alguna catástrofe como un huracán o un vecino asesino, y así una larga lista de diez o quince servicios que le sobrecargaban cincuenta o cien dólares cada vez que fallaba el pago automático porque el banco (como medida rutinaria de seguridad) había reemplazado la tarjeta y él no respondía dentro de las veinticuatro horas. Nada de eso sabía ni le preocupaba a Elena. Él resolvía los problemas. Todos, menos el de levantarle la autoestima como ella se merecía.

Pensó en la abuela Hortensia. ¿Quién sabe si su derrame no fue por el colesterol sino porque ese destino estaba ya escrito en su ADN? ¿Cómo murió su madre? Ni idea. Pero cabía la posibilidad, pensó, que lo suyo tuviese algo que ver con esa bomba de tiempo que es una enfermedad o una debilidad decidida en el preciso momento en que sus padres terminaban de tener sexo, una tarde de verano en la casita de la playa. Su existencia, es decir la existencia del Universo, definida por una lotería donde en un solo orgasmo juegan billones de combinaciones posibles y solo una, por pura casualidad, resulta ser Yo, esa especie de dios falso pero inevitable desde el cual se ve, se siente y se cree entender el Universo entero. Recordó haber leído en The Economist algo sobre el ADN de los divorciados. Sus padres no se habían divorciado porque ella murió joven, con solo 42 años.

Fue al estudio y sacó la revista de abajo del vaso de whisky. Ayer no lo había terminado. Cerca de las once de la noche le había empezado a repugnar y, a esa hora de la mañana, olía asqueroso, casi tan asqueroso como un cigarrillo apagado. La lejana calma de las nueve de la noche era tan inexplicable e infundada como el desgano, casi depresión, de las siete de la mañana, diez minutos antes del café. A lo largo de un mismo día, pensó, uno atraviesa todas las etapas anímicas, traducidas en ideas a lo largo de la historia de la filosofía. Así, según la química del hígado, de las tiroides o de la testosterona uno va, como un barquito de papel en una calle inundada por la lluvia, del positivismo de Spencer hasta la náusea de Sartre pasando, naturalmente, por el estoicismo, por el idealismo, por el cinismo, y por todas las demás ocurrencias de los griegos que él, también por una razón inexplicable, imaginaba como gente ingeniosa, divertida y sin problemas, tal vez porque, como siempre, los problemas de verdad sólo existen en el presente.

Arrojó el whisky en la pileta de la cocina y buscó el artículo sobre los divorcios. En una página se detallaba la creciente colonia de estadounidenses ricos que emigraban a México, como los de la colonia Ajijic, frente al lago Chapala, en busca de tranquilidad y menos delincuencia. Más adelante, un apartado con perfume promocionando unas camisas y una corbata superlujosa por solo cien dólares. Algo similar a los Rolex de miles de dólares que él, pese a toda su experiencia, todavía no alcanzaba a distinguir de un reloj chino de diez dólares. El millonario Elton Musk, de SpaceX, logra largarse el cuete más grande del mundo y mandar un bonito auto, bastante fake, como el muñeco que lo conduce, a Marte. Una estrategia publicitaria de trecientos millones de dólares. Un genio. Seguramente no dirán nada cuando se estrelle con algún asteroide…

No encontró el artículo. La revista era del 10 de febrero, bastante vieja ya, aunque las revistas con sustancia, como las personas, no envejecen tan rápido. Buscó la anterior. Sí allí estaba. "Family values. The genetics of divorce". Página 69. Los doctores Salvatore y Kendler encontraron que, en los niños adoptados, la probabilidad de divorcio crece si sus padres biológicos se divorciaron. Pero no era tanto por el ejemplo sino por algo menos evitable. La cosa parecía clara. Hasta eso estaba escrito en la sangre. ¿Cómo no iba a ser hereditario algo como un derrame cerebral? Era cuestión de probabilidades, pero era una probabilidad. La vida era como una ruleta. No sólo la evolución sino lo que nos toca a cada uno. Tal vez a Facundo le había tocado los problemas mentales de la abuela Hortensia, aunque también recordaba que el abuelo se dormía sentado mientras todos conversaban. El abuelo murió de un paro cardíaco, a los 89 años. ¿Qué le había tocado a él en ese reparto? ¿O le había tocado las dos, las tres cosas juntas? ¿Dificultad para dormir, divorcio y derrame cerebral, como cuando cantaba bingo?

Lo nuevo, eso que no podía heredarse a través de las innumerables cavernas oscuras de los fluidos humanos, era el robo de identidad. Eso sí no dependía de la biología. Era pura mierda de las nuevas tecnologías y de la nueva cultura de las realidades virtuales. ¿No tenía él mismo tres o cuatro identidades diferentes, según la ocasión y, se supone, por protección? ¿Cómo alguien le puede robar la identidad a otro si todos son, más o menos, seres virtuales? Lo que se roba es el dinero, las posibilidades de hacer o no hacer. Nunca la identidad. No se puedo robar algo que no existe o es múltiple y elástico como una maraña de gomitas de atar. Si uno puede cambiar de profesión y de sexo, ¿por qué no podría cambiar quién es? Todo es mutable. Eso es lo único nuevo. O no es nuevo, sino que se ha radicalizado. Una plebeya se casa con el príncipe y se convierte en reina. El dueño de un prostíbulo un día es elegido presidente de un gran país. Un cura renuncia a sus hábitos y se convierte en Don Juan. Un día un feliz esposo se convierte en un divorciado humillado... y así todo.

No, no era algo nuevo. Al menos (pensó, arrojando las revistas sobre el escritorio) que la difamación boca a boca que solía escuchar de las amigas de la abuela no contase como robo de identidad.

Casi pierde el avión por una borrachera de soledad, pensó

HIZO LA DENUNCIA, más como un acto reflejo que por eso de seguir la ley en el país de las leyes. Uno de esos tantos versitos histéricos que siempre están tratando de ocultar alguna realidad desagradable, por no decir podrida, por no decir de mierda. Casi con amargura, recordó varias veces y en distintas situaciones (como quien intenta durante días sacarse una espina del talón, sin éxito cada, vez que pisa sobre ese lado) una de sus frases favoritas: la ley es para los que trabajan. Le gustaba esa ambigüedad que usaba en las reuniones de la empresa, en los cocteles con sus clientes latinoamericanos, en las coloridas demostraciones de danza africana en Angola y Mozambique, en los barcos de la bahía de Hong Kong, en algún que otro auditorio de alguna que otra universidad dando charlas sobre business y entrepreneurship, que le habían servido más que nada para sumar dos nuevas líneas en su ya extendido CV y, de paso, echarle a la cara a Ernesto que él también había sido, aunque más no fuese por unas pocas horas, una rata en la academia. Hasta que decidiste subir de nivel, imaginó a Ernesto contestándole en una conversación que nunca ocurrió, como casi todas las discusiones importantes.

En algún momento comenzó a usar esa frase como un caballo de Troya, como broma, como sarcasmo que sólo entendían en toda su dimensión sus colegas más íntimos y aquellos otros que, aún sin conocerlo demasiado, lo reconocían perfectamente, por una sonrisa, por el olor, por la naturaleza de los negocios, siempre limpios pero no pocas veces con un exceso de cloro. La ley es para los que trabajan. Para los que trabajan es la ley. La ley para los que trabajan es. Omnia in omnibus deus.

En el aeropuerto de Atlanta, mientras esperaba el vuelo a San Diego, compró el New York Times. Hacía al menos diez años, o más, que no gastaba dos dólares en noticias viejas. Las librerías habían desaparecido de los centros comerciales. Ya no quedaba nada inteligente con qué acompañar un café de Starbucks mientras Elena se compraba otros pares de colgantes de diamante en platino. Ni a él le quedaba ya interés o indignación por esa dramática desaparición. Esas distracciones (observar, encontrar patrones sociales, indignarse) eran para el hermano de Elena, Ernesto, el fracasado, el de la idea sexy de crear un Coffe-Cola Index, in coeficiente que midiese la cultura de una ciudad según el radio de venta de sodas versus café. Obviamente, la Coke y la Pepsi cubrirían los guetos negros de Baltimore, esa masa de población (de mujeres gordas y hombres delgados caminando con dificultad, con una mano sosteniendo los genitales) que se repartía entre ir a las iglesias los domingos y huir de la policía el resto de la semana. Los barrios blancos, más ricos (es decir, más educados, menos perseguidos), estarían marcados por la predominancia de Starbucks, es decir, de libros. Por algo dentro de cada Barnes & Noble hay un monopolio de Starbucks, como Coca cola en los McDonald's, o en los malls de ropas sobran los comercios que venden azúcar y gaseosas. Facundo esperó dos años que Ernesto se decidiera a materializar su idea para venderla en alguna universidad, como favor especial de familia, ya que los beneficios reales se podían considerar despreciables hasta en el escenario más optimista. Pero, como siempre, Ernesto estaba demasiado ocupado corrigiendo cientos de papers y exámenes para corregir, o al menos esa era su excusa para nunca pasar de la hipótesis a la teoría, para nunca hacer algo verdaderamente arriesgado y relevante.

Ya deja a ese pobre tipo, se dijo. Al fin y al cabo, no era tan malo. Enfrentó el diario a su rostro para cambiar de pensamientos. Sintió el antiguo olor a tinta y papel barato que lo transportaron a algún momento de un pasado que no supo definir. Nada como leer, como antes, en aquel modesto papel, la historia reciente de las grandes cosas del mundo. (EL PRESIDENTE DONALD TRUMP SE COME LOS MOCOS.

Noticia vieja. El presidente lo acaba de desmentir. No eran mocos, eran gummies. Lo de los gummies no se ha impreso aún. Está en Twitter.) Acercó la enorme página a su nariz y volvió a reconocer ese olor que ahora lo arrastraba al verano de 1986, a la casa del tío Alberto, a sus diarios que el repartidor arrojaba cada día por la puerta siempre abierta, como si fuese una amable agresión. No, eso de amable agresión no lo había inventado él allí, en el aeropuerto de Atlanta, frente al New York Times. Se lo había escuchado decir alguna vez al tío hacía al menos una eternidad. Justo él, Facundo, el enemigo del papel, se rendía por un momento a una debilidad absurda. Era enemigo exagerado y tal vez fingido de todo lo que no fuese estricta novedad. El papel tenía como cuatro mil años. Por eso, cuando alguien decía que había salvado un libro de mil años en formato digital, Ernesto se reía. Yo también (había dicho Ernesto, una noche de thanksgiving) salvé la carta de una novia en un DVD hace once años. La carta la tengo todavía, pero el archivo del disco no abre porque se ha corrompido o las nuevas maravillas de la tecnología no soportan aquel formato antiguo. Once años, como quien habla de la prehistoria digital. Tampoco la cafeína concentrada había pasado de moda. Como el sexo, las drogas nunca pasan de moda. Ahora hombres tienen teléfonos inteligentes y vuelan sobre las nubes, pero siguen mirando un buen culo, un culo de veintiséis años, con el mismo deseo infinito que lo miraban en tiempos de Hammurabi, de Salomón, o de Tutankamón.

En la última página de la primera sección miró los mapitas coloreados de Estados Unidos. Quince años atrás, solía estudiarlos para hacerse una idea del clima de la ciudad donde se iba a radicar cuando se jubilase. San Francisco 59F, Chicago 42F, Boston 49F, Atlanta 71F, Denver 58F, San Diego 78F... En realidad, lo sabía de antemano porque todos lo sabían: Florida, sin duda. Todos los americanos van a morir allí, por el clima. Cada dos o tres años un huracán, pero al menos eran más predecibles que los terremotos de California y él no pensaba esperar a retirarse para huir del estrés de Nueva Jersey, de Nueva York, para comenzar a disfrutar el mar y los caminos como en la costa, sin subidas ni bajadas.

Miró los mapitas con cuidado, con sus zonas onduladas en rojo, en amarillo y en azul según las temperaturas, y no logró recuperar aquel pasado entusiasmo. El gran mapa de los elegidos, la tierra donde no todos entran, ahora era un pedazo informe, casi desagradable, totalmente descafeinado.

Sí, Florida. Un día toda esa península estará debajo del agua. Tal vez mucho antes de lo que la naturaleza había previsto. Tal vez los alarmistas que invierten años amenazando al mundo con los mares, como antes otros amenazaban con el comunismo, tengan algo de razón. Pero da igual. Para entonces ya nada importará. Ya no habrá ni pasiones ni disputas. De nada servirá la verdad. Así es la vida. Apenas un momento fugaz de grandeza, de eternidad, y después la nada de los fósiles que prolongan algunos millones de años la sombra de una vida que no dura mucho más que sus propios atormentados pensamientos, que sus pasiones y sus sueños capitales. Una vida, como cualquiera, que no dura más que unos pocos días.

Arrojó el diario a un basurero y se dirigió a un restaurante con barra, de esos etiqueta negra, algo oscuros, donde nunca hay ni obreros ni estudiantes. Igual que en los restaurantes de comida barata, un señor, dos señoras, tres pantallitas, los tres solitarios y sin perspectivas de diálogo. Se sentó en el banquito libre y pidió un grilled cheese sandwich. El hombre que estaba al lado dejó de leer su teléfono por un instante y lo miró. El grilled cheese sandwich había ingresado en el libro de Guinness pocos años atrás como el sándwich más caro del mundo. Enseguida, el hombre fingió no darle importancia y bebió un sorbo largo de su cerveza. Él, Facundo, nunca bebía cerveza en los aeropuertos para no tener que repetir el ritual de los baños, para no levantar injustificadas sospechas de la TSA, de los Federal air marshals que monitorean y graban las conductas de los pasajeros en los aeropuertos, cuentan sus pedos y miden su sudor. Para evitar al mismo desconocido de siempre, meando al lado como si estuviese firmando un cheque, ese mismo señor de traje y corbata que, al terminar la Operación Alivio, se va de allí sin lavarse las manos y luego te la ofrece, a modo de saludo y presentación, con tanto respeto y ceremonia.

Facundo miró a su costado y reconoció el zapato marrón con cordones amarillos del hombre del teléfono y la Guinness. Lo había visto una hora antes en el baño de la Gate C 22. En esos primitivos meaderos de tan supermodernos aeropuertos, no se le aflojaba el esfínter tan fácil. Cuando iba a orinar en un inodoro no podía abstraerse de quien acababa de entrar en el gabinete de al lado para la misma operación. Detestaba tener que ver su zapato por debajo de la división, y mucho más el ruido del orín golpeando, orgulloso, justo en el centro del gran lago del Loch Ness Monster, como si el alivio fuese proporcional al ruido producido por el chorro, para no entrar en otros detalles de gente descompuesta o con llamados urgentes de algún otro país.

Para tomar, pidió una Heineken, porque fue el primer nombre que le vino a la mente. Se había condenado solo a un nuevo viaje al Loch Ness Monster. Cuando la cantinera le acercó la segunda Heineken sin que se lo pidiese, creyó recibir una revelación. Algo menor, intrascendente, como todo, pensó. Siempre había pensado que las crisis existenciales ocurrían a los 33 años. Tal vez por la tradición, por las enciclopedias. Buda, Jesús y todo eso. Pero ahora que la gente vivía una exageración de tiempo, tal vez tenía la oportunidad de una segunda crisis existencial. ¿Se podía llamar la crisis de los 59, o de los 60? 59 se veía mejor, más preciso, más dramático.

De a poco, con los años, el contenido de la frase La ley es para los que trabajan se había ido inclinando de un lado para el otro. Del entusiasmo de sus treinta, pensó, al sarcasmo de sus cincuenta. Del sarcasmo a la acidez de un limón en ayunas. De la confianza propia al fantasma de la frustración; del odio a los pobres a la sospecha de los ricos, habría traducido Jeff a su propio idioma.

Pensó en Jeff y se rio con ganas. Una Heineken menos, un colega más, y no se hubiese reído así. La mujer de al lado recogió su pelo rubio detrás de una oreja y lo miró curiosa, pero debió advertir en Facundo un hombre predecible, confiable, normal (afeitado, con dientes blancos y unas pocas canas en las patillas, vestido fino, con esos detalles que sólo reconocen quienes conocen) y no le dio mayor importancia. Facundo no representaba ningún peligro para ella. Ella no representaba nada para él, ni siquiera una posible conversación de tres minutos. Era una mujer de negocios, con la mirada firme, la mandíbula gruesa, como la de Superman y una minifalda que quería decir mírame-pero-no-te-metas-conmigo-porque-lo-vas-a-lamentar-machista-hijo-de-puta.

La ley es para los que trabajan, se dijo, una vez más, con la misma sonrisa ambigua. Por años, había sido exactamente la misma frase, pero, quién sabe si no la experiencia o sus frustraciones personales la habían ido cambiado por dentro. Los Jacksons ladrones de carteras que esperan en las puertas de los subtes, en las esquinas de Manhattan, habían dejado lugar a los Donald McCulous que había ido conociendo y admirando a lo largo de sus viajes, uno de esos viejos panzudos que juegan golf y a invertir en Wall Street desde sus oficinas, con un vaso de whisky en una mano y una jovencita en la otra. Uno de esos viejos babosos que los fines de semana dejan a sus secretarias con sus amantes jóvenes para ir con sus esposas a las bodas de los políticos con chance. No importa cuán rico o poderoso podía ser un hombre; sus necesidades etiqueta negra siempre estarían, como la de cualquier infeliz, como la de cualquier esclavo, entre sus piernas y sobre alguien más.

En otros círculos, Facundo se jactaba de no haber violado nunca la ley en ninguno de las decenas de países en los que había trabajado. Lo cual era estrictamente cierto, al menos hasta donde él sabía. Por esa misma razón, por su honestidad, por su intachable moral, su jefe lo apreciaba tanto, y por eso mismo (con el tiempo y la vejez, comenzó a sospechar) sus dificultades para ingresar en el último círculo habían ido en aumento.

El Último círculo le había estado cerrado desde el inicio, pensó. Justo allí terminaba el sueño americano y comenzaba la realidad. Aproximarse al último círculo se parecía a ese desagradable momento en que suena el despertador y uno necesita, desesperadamente, seguir durmiendo. Pero el despertador suena de cualquier forma y uno se levanta a un territorio donde hasta la más pálida luz hiere los ojos y hasta la fiesta de la noche anterior se convierte en una resaca pesada, aunque uno no haya bebido una sola gota de alcohol. Es la realidad, no menos absurda ni más real que eso que se ve con tres cervezas encima. Pero uno aprende a empezar cada día y a soñar despierto y a olvidar y a reiniciar la fe en el absurdo. La cafeína del primer café por la mañana, de a poco, va perdiendo eficacia y uno necesita más y más para volver a ver el mundo como quería verlo, que viene a ser ver el mundo como quieren los demás que lo veamos, en ese monumental sueño colectivo.

En el Último círculo juegan los grandes de las ligas mundiales. Las leyes también están hechas para ellos, pero en otro sentido, en el sentido opuesto, por la simple razón de que están hechas por ellos mismos. Las leyes están hechas para los de abajo, pensaba, aquí y allá, antes y ahora. En el mismo doble sentido. Por eso no hay que violarlas. Sólo los pobres desesperados y los ricos por accidente se corrompían de esa forma, rompiendo las reglas de juego. Sólo los corruptos y delincuentes no sabían jugar. Los otros jugaban limpio: legislaban. Si alguna ley no sirve los intereses de los dueños del mundo, se la cambia y punto.

Pero la sola idea de haber caído en su mayor temor lo hizo actuar rápido y sin pensarlo demasiado. Peor que divorciarse de Elena era que le robaran la identidad. No era por la miseria que le habían sacado o le podían sacar, sino por la trampa legal en que ese tipo de robos suele poner a sus víctimas, un secuestro simbólico con tentáculos y consecuencias más imprevistas que un secuestro tradicional.

Lo enfermaba, además, la sola idea de perder control de su propia persona. Aparte de secuestrado, era como perder la razón. En algún lugar del mundo alguien caminaba en su nombre, se vestía y hablaba en su nombre sin que la policía más poderosa del mundo pudiese hacer nada.

De hecho, eso fue lo que ocurrió. Dos meses después de radicar la denuncia en el departamento de policía de Palm Beach, no se había esclarecido el asunto. El delincuente no había aparecido por ninguna parte pese a continuar realizando pequeños retiros en distintos lugares de Baja California.

Del otro otro lado

San Diego

LLEGÓ A SAN DIEGO a las 2: 15 de la tarde. En el aeropuerto, alquiló un auto barato y cruzó hasta Tijuana. Podía haber volado directamente, pero estaba decidido a contradecir, aunque más no fuese de esa forma modesta y casi cobarde, su efectivo sentido común, ese del cual siempre se había vanagloriado, esa carga de frustraciones propias que había arrojado tantas veces en la cara de sus dependientes más ineficientes.

Puso en el GPS la dirección del hotel de la tarjeta que había encontrado en su maleta de viaje. Según el navegador, siempre exageradamente optimista, estaría en Tijuana en una hora.

Antes de salir revisó los mensajes en su teléfono. Jeff le había enviado uno de sus habituales links de YouTube con charlas motivacionales. Iba a ignorarlo, pero casi por accidente pasó el dedo sobre el link y el video comenzó a correr, mientras él intentaba despejar la vía de salida. Dejó el teléfono en el asiento del conductor y se apresuró a salir del aeropuerto.

...entonces, lo que me tenía que asegurar era que esa gente me iba a seguir, que iba a seguir la historia que teníamos que crear juntos, y muchas veces me tocó, bueno, detectar rápidamente quién iba a seguir conmigo y quién no iba a seguir conmigo. No importaba tanto si era el más capaz o el menos capaz. El más capaz, si no está comprometido y no sigue, y no es parte de la comunicación, y no está comprometido, desaparece...

En un semáforo todavía en rojo, echó una mirada rápida al teléfono. En el video, un hombre canoso, tal vez en sus cincuentas, como él, daba una charla en lo que parecía un salón de clase, delante de una pantalla donde se proyectaba un PowerPoint.

...por lo tanto, no está escrito, porque no me gusta escribirlo, pero... Cuando yo llegué a Venezuela, veinte directores y vicepresidentes volaron la primera semana. Era un takeover, era distinto...

Por un momento pensó que era el mismo Jeff el que hablaba. La misma voz, aunque se sentía cierto acento argentino, de un argentino internacionalizado, algo neutralizado. Miró para asegurarse que no era él. No, no era (no debía molestarse en felicitarlo), pero se parecía en los gestos, en la delgadez, en la forma de vestir y de moverse ante su público, en esa indisimulada, inconmensurable autoestima del hombre de negocios que se cree el alfa y omega de un mundo próspero y heroico. Un segundo antes que la roja cambiase a verde, leyó abajo, en el título del video, el nombre del conferencista: "Charla 'El Rol del CEO' con Luis Malvido, nuevo presidente de Aerolíneas Argentinas. 2,308 views. Marsellus Wallace. Published on Jul 31, 2018..."

Verde y bocinazo. Volvió a arrojar el teléfono sin haber tenido tiempo a apagarlo.

...la empresa no era nuestra, era de Bell South. Pero, a partir de ahí, todo el mundo sabía quién mandaba... Yo siempre digo, y lo digo en otros ámbitos, lo voy a decir acá porque somos pocos... En la naturaleza esto es lo que ocurre. Cuando un león joven le gana al león macho, lo primero que hace es matar a toda la cría. Y en las empresas eso pasa. Y si no pasa, explota. Porque siempre habrá conspiraciones por detrás que hará que la historia se caiga.

Facundo intenta tomar el teléfono, pero se resbala y cae debajo del asiento del acompañante. Ha entrado en una autopista y no puede parar, como el CEO de Aerolíneas Argentinas.

...estamos solos, nadie va a venir a salvarnos, por lo menos en el corto plazo...

Otra roja. Facundo se detiene y se estira para agarrar su teléfono, pero el cinto de seguridad se lo hace difícil. Insulta, se estira, pero no llega.

...tenemos que salvar a la compañía, tenemos que hacer estas cosas bien...

Verde.

...piensen que en la Argentina, en aquel momento, operaba...

Otra vez le tocan bocina. Al parecer era una costumbre en esa parte del país.

Hubo varias empresas americanas, americanas o europeas que desaparecieron de un día para el otro.

Hizo una maniobra de último momento y logró entrar a la I-5 Sur en lugar de tomar la desviación a la izquierda que iba al norte. Luego un cartel que anunciaba ESCONDIDO ¼ MILES. Por un momento se arrepintió de no haber alquilado un auto más potente. Había perdido la costumbre de manejar un Buick. CHULA VISTA 8.

...para mí, la semana esa en que echamos tanta gente fue bestial... esa experiencia...

Logró salirse en un desvío y terminó en un pequeño frente a un edificio que era un gran bloque de hormigón sin ventanas. Frenó, casi con violencia, se liberó del cinto y se arrojó sobre el asiento del acompañante como si persiguiese un pequeño animal escurridizo.

...a alguno de ustedes les ha tocado... (decía el animal escurridizo) tomar decisiones, y echar a amigos, a gente que me decía "no me podés hacer esto vos a mí... Gente con la que habíamos empezado la empresa de cero... Fue realmente terrible. Pero fue un aprendizaje. Creo que me hizo más duro...

Hasta que finalmente pudo agarrar el teléfono y lo apagó.

Tijuana. La Aurora.

A LAS 4:10 DE LA TARDE ESTABA EN TIJUANA y a las 4:35 llegó a la oficina de La Aurora. Un cartelito en la puerta decía OFICINA, pero adentro parecía más bien un depósito de herramientas. Una joven de sonrisa indiferente lo recibió sin dejar de mirar la pantalla de su computadora.

—¿En qué lo puedo servir? —dijo ella. Tenía las uñas largas y decoradas y un delfín tatuado en un hombro.

—Lo de siempre —dijo Facundo.

La joven lo miró un momento, como si no entendiera.

—Tres noches —dijo Facundo, extendiéndole el pasaporte.

La joven leyó:

—Sr. Walsh Ocampo…

Y dijo:

—Su nombre me resulta familiar. Pero soy nueva y no conozco los clientes habituales… Deje que busque aquí un momento…

Facundo pensó que aquella joven no iba a durar tres meses allí. Pero enseguida se dio cuenta que era un pensamiento reflejo. En México, en una empresa que no estuviese bajo su administración o la de Jeff, no habría durado tres meses. Ni uno. Ni siquiera habría sido contratada. Bastaba con echarle una mirada rápida. Los años le habían refinado esa intuición de predecir el futuro a través de la efectividad de alguien haciendo algo. Podía oler a una persona que tomaba café en una mesa contigua a la suya en cualquier Starbucks. Pero la chica tenía unas piernas hermosas y probablemente el gerentecito de aquel lugar habría considerado este plus.

Sus uñas eran exageradamente largas y estaban pintadas de diferentes colores. Un tiempo excesivo dedicado a nada, pensó. Definitivamente, era un milagro que pudiese teclear o usar el teléfono móvil que tenía al alcance de la mano, en el que se podía ver algo así como la conversación de un chat que se iba alargando solo, sin que ella pudiese responder por culpa de un cliente inoportuno.

A un costado, sobre la barra de la recepción, estaban las tarjetas del negocio, sostenidas por una manito de acrílico. Tomó una. Hotel La Aurora. Los mismos pajaritos volando. Tres. Uno más chiquito que el otro. Uno más lejano que el otro. Por debajo, justo al medio de la tarjetita, una fina línea horizontal que debía representar el horizonte del mar. Una muestra de arte minimalista, una miniatura reproducida por cien y con valor escaso, cero, llena del pasado entusiasmo de un pequeño hombre de negocios, probablemente vencido a esta altura, echándose una siesta en ese momento luego de un almuerzo regado con dos copas de vino, probablemente su único gran placer del día y del resto de sus días. Porque no todos pueden ganar en ese juego. Porque casi nadie gana. Ni siquiera los poquitos que ganan.

Tomó una tarjeta. ¿Cómo mierda había llegado hasta allí? No se explicaba. Sacó la suya, la de la empresa, y las comparó. Las dos tarjetitas eran del mismo tamaño. La suya no tenía dibujitos, sólo su nombre, orgulloso, sobre la gran amenaza:

FACUNDO WALSH OCAMPO
SIMONS HAYYET GROUP.
CHIEF OPERATING OFFICER

No tenía ni dibujitos ni teléfono ni correo electrónico, para aumentar la ansiedad de la búsqueda del potencial cliente, para que considere un número escrito a mano del otro lado como una oportunidad especial de conocer a Dios y los ángeles. Le había tomado demasiado tiempo reemplazar la primera O de COO por una E. Tal vez nunca lo lograría, aunque más valía ser COO de Simosn Hayyet que CEO de La Aurora.

Se rio y la secretaria le contestó con una sonrisa.

La tarjeta era exactamente igual a la que tenía en un bolsillo interior del saco. ¿Cómo podía no recordar cómo y cuándo había llegado hasta allí la última vez? Lo suyo debía ser grave, se dijo, entre irónico y serio. O no. No, no era para tanto. No tenía que ser, necesariamente, una consecuencia, grave o pasajera, de su infarto, de alguna forma de demencia precoz escrita en su ADN (su madre se había perdido una noche en una playa sucia de Buenos Aires y él en el calor blanco y ciego de Tijuana). Era simple consecuencia del estrés de su trabajo, del divorcio, de la costumbre de olvidar lo irrelevante. En los últimos años había estado en países que ya ni recordaba. ¿Cuántas veces había estado en Singapur? No sabía decirlo. ¿Había estado alguna vez en Bangladesh? No lo sabía, y no era de ahora. Recordaba, perfectamente, una cena en Tucson, donde la hija de una empresaria de Bangladesh le había preguntado si conocía Dhaka. Estaba seguro de haber estado en Bangladesh, por lo menos dos veces, pero no podía recordar el nombre de su capital. Dhaka, le había dicho la chica, con sus enormes ojos y una sonrisa blanquísima. Pero no recordaba, ni el nombre de la ciudad ni si había estado en Dhaka, pero sí se recordaba aterrizando en Bangladesh, como un insecto se poza en un mapa abierto, producto quizás del aburrido e interminable vuelo mirando en una pantallita de los asientos el avioncito avanzando como un microbio, durante horas, hacia ese punto del planeta que nunca soñó ni quiso conocer. No estuvo en tránsito sino para resolver un conflicto menor sobre la venta de celulares con Banglalink. Debió ser en el 2010, porque en la reunión del directorio habían hablado de Obama y de la recuperación de GM y el salvataje de los bancos, aquello de too big to fall. "Capitalismo para los pobres y socialismo para los ricos" había dicho un hombre de piel oscura y bigotes blancos. ¿Por qué se acordaba de aquel rostro y aquellas palabras como si lo estuviese viendo y escuchando ahora? También recordaba su preocupación, o, mejor dicho, su discurso preocupado sobre los efectos catastróficos del Calentamiento Global en Bangladesh, un país que sufriría especialmente, como ningún otro (¿de dónde habría sacado este dato?) los efectos que no había causado. El maldito Calentamiento Global había sido responsabilidad de los ricos y debían pagarlo los pobres, como los habitantes de Bangladesh. Casi se puso a llorar, y probablemente su voz quebrada debió tener un efecto positivo en el directorio que, finalmente, firmó el nuevo contrato, no porque alguno de ellos fuese pobre, sino porque los sensibilizó la solidaridad nacional de alguien venido de arriba, de Estados Unidos, como Hernán Cortes había descendido del cielo para salvar México. Esto lo recordaba perfectamente, porque había sido una de esas operaciones heroicas donde uno es capaz de defender una idea con pasión sin creer un ápice en ella, por el solo propósito de agradar a una audiencia que debía tomar la decisión de firmar o no firmar el convenio de los teléfonos celulares. Tal vez la broma del hombre que parecía una foto en negativo le despertó las silenciosas alarmas que le habían revelado que estaba ante un izquierdoso en un alto puesto capitalista. Hay gente que no se adapta a sus puestos, como un soldado que continúa apretando el gatillo, aunque deteste la guerra a la que lo enviaron. Ese finísimo olfato para detectar preferencias ideológicas, sexuales, religiosas, sensibilidades de todo tipo, le había reportado millones, porque no era cierto que en los negocios todo se reduce a sumar y restar. Pero no recordaba absolutamente nada más. Ni entonces, en Tucson, ni ahora. No era raro. Solía despertarse por las noches en la cama de un hotel sin saber si se encontraba en Vietnam, o en Los Angeles, en Tokio o en Buenos Aires. Era casi una costumbre, pero ni aun así no se acostumbraba y volvía a sentir la angustia, siempre nueva, renovada, que sentía cuando era un niño y se desesperaba en medio de la noche cerrada y no sabía dónde estaba la ventana de su dormitorio. Su memoria podía ordenar años y períodos según los negocios más importantes, pero no podía retener todos los aeropuertos, los hoteles, los países, los hombres y mujeres con los cuales se había reunido para lograr sus objetivos. Por lo tanto, era lógico que recordase los objetivos, no los medios.

Despertó al insecto luminoso que tenía en su mano, siempre esperando a ser acariciado para abrir sus mil ojos brillantes. No había ningún mensaje urgente, como si de repente en la empresa hubiesen resuelto entender que estaba de licencia médica. Tipeó el nombre del CEO del video que había estado escuchando desde que salió de San Diego. Se supone que debía conocerlo. Google News. Tipeó: Luis Mal…

Luis Madito

Luis Malvida

Luis Malvivido

Eliminó. Deleate Deleate Deleate Deleate Deleate Deleate. Corrigió: Luis Maldivo, CEO. Encontró algo de July 2018.

Aerolíneas Argentinas informó este mediodía que ha designado al Ing. Luis Malvido como nuevo presidente de la compañía, quien reemplazará así al Ing. Mario Dell'Acqua, cuya salida de ese puesto se venía anticipando desde hace algunas semanas (aunque seguirá formando parte del directorio).

—¿Qué cabina prefiere? —dijo la recepcionista, señalando un plano en una pared— Tenemos varias vacantes

—La misma de la última vez —dijo Facundo.

De acuerdo al comunicado, Malvido es "un ejecutivo senior de nivel global con más de 25 años de experiencia en alta gerencia, 16 de ellos como CEO en 4 países diferentes: Argentina, Venezuela, Brasil y República Checa", habiendo liderado las "diversas aristas del negocio: lanzamiento de nuevas empresas, compañías de rápido crecimiento, fusiones y adquisiciones, gestión de crisis y programas de transformación y digitalización".

El directivo es graduado en Ingeniería Industrial por el Instituto Tecnológico de Buenos Aires (ITBA), habiendo completado su formación académica con estudios de posgrado en el IESE de Madrid, en IDEA y en el mismo ITBA.

—¿No recuerda cuál tomó la última vez?

De repente, entendió por qué aquella joven le parecía familiar. Sin duda, a pesar de esas máscaras (las uñas, el pelo teñido de varios colores, el tatuaje en el hombro), se parecía en algo a Elena, a la Elena que conoció treinta años atrás. La mirada, tal vez el corte de cara y la forma de los labios carnosos al reírse. El labio superior grueso, ese detalle tan sensual del que carecen casi todas las rubias del norte, como si fuesen todas descendientes de una mujer que emigró de Inglaterra cuatro siglos atrás debido a que nadie la deseaba por su inexistente labio superior, reflejo quizás de su clítoris y de su escaso deseo sexual, pero supo vender su agonía como una persecución religiosa contra los puritanos en el viejo continente. ¿O no decía Ernesto que eso de que los puritanos vinieron a América buscando libertad religiosa, era un mito barato, fácil de vender, como tantos otros? Historias similares explicarían por qué las mujeres de Puerto Rico, o las de Cuba, o las de Venezuela se parecen todas entre sí, como si todas fuesen hermanas en sus propios países. Las incontestables Niurka Marcos de Cuba (cuando no son negras), las Barbara Bermudo de Puerto Rico, los Rodner Figueroa de Venezuela, la dulce Yuri de Maldita Primavera, cuando no son la chilindrina o la India María... Que, dicho sea de paso, decía Ernesto, y a juzgar por sus minúsculas naricitas, algo que no abunda ni entre las indígenas ni entre las mujeres españolas, todas habían tenido la misma abuelita inmigrante, la que tal vez un día se había hartado de que la llamasen ñata en algún pueblo de Granada, o tal vez había conquistado el corazón del capitán pobre en Galicia, el que le había permitido cruzar el Atlántico gratis, entre puros hombres durante dos o tres meses...

—¿Me escuchó? —preguntó la recepcionista.

—Sí —contestó Facundo—, pero no recuerdo. ¿Puede fijarse en el sistema?

—No, qué sistema —se rio ella—. Aquí no tenemos ningún sistema. Pero déjeme ver en los registros...

Facundo pensó que si hubiese nacido cuarenta años después lo habrían diagnosticado con trastorno por déficit de atención con hiperactividad. Por suerte, por entonces no se sabía tanto y nadie lo jodía a uno con tantos miedos sobre el futuro, más miedos al fracaso que a la muerte. Por lo menos, gracias a la hiperactividad, había sido el exitoso hombre de negocios que era...

—Sí, aquí está —dijo la recepcionista—. Mr. Walsh Ocampo. Cabina 28. ¿Por qué le pusieron míster?

No en algo. Se parecía mucho a Elena. Pero no a la Elena que unos días atrás le había reprochado por teléfono no haber ayudado nunca a Alexa, como ella se hubiese merecido, de no haberla hecho feliz en la cama, como ella, Elena, se hubiese merecido, sino a la Elena de muchos años atrás, de aquellos años cuando sonreía por cualquier cosa y era una sonrisa completa, tal vez actuada, pero del todo más auténtica. Los jóvenes son siempre más auténticos cuando están buscando quiénes ser y actúan y se prueban personajes como se prueban vestidos. Luego se cansan, con el éxito llega la inevitable derrota, la decepción, se corrompen y ya no pueden soñar sino intentar seguir haciendo eso que aprendieron a hacer tan bien y ya no les preocupa. Por eso se van por ahí buscando problemas que le aumenten el pulso, que le revivan el corazón arrugado con alguna aventura amorosa que empieza como un juego para levantar la autoestima y terminan en la cama y en un divorcio. Aquella Elena sonreía con toda la boca, con los ojos, con las manos, con los hombros, con todo su cuerpo.

—Cabina 28...— repitió la recepcionista, esta vez con un dejo de molestia.

La gente se molesta por las distracciones ajenas, nunca por las propias.

—Esa mismo —fingió confirmar Facundo.

—Aquí tiene la llave —dijo ella, ahora en tono oficinesco y señalando el plano en la pared—. Arriba a la derecha, la penúltima antes de la playa…

La recepcionista pareció interrumpirse de golpe. Lo miró un segundo, y dijo:

—Si… ahorita lo recuerdo… Usted viaja mucho. Por eso nunca sabe dónde estuvo el mes anterior, ¿verdad? ¿Se acuerda de mí? Seguro que no… Yo soy Elysa.

—Sí… —mintió Facundo, tratando de decir algo sin decir nada—. Elysa. Estabas leyendo un libro…

—Estaba estudiando para un examen de sociología. No pude retener nada. Como usted. Perdí y dejé. No era para mí.

—Bueno, qué pena.

—No, qué pena ni nada. Mejor así. No hay nada peor que perder el tiempo en algo que no es para una… Sí, usted estuvo aquí el año pasado, ahora lo recuerdo bien… El 15 de octubre, pera ser más exactos. Era su aniversario de casado, pero justo estaba en viaje de negocios. Seguro le salió todo bien, porque las fechas especiales tienen una energía especial. Si el aniversario es bueno, salen las cosas bien, y si es malo, ya sabe. ¿Cree usted en el secreto de los números?

El 15 de octubre no era su aniversario de casado.

—Creo que no creo… —dijo Facundo.

—¿En el orden del Cosmos?

—Algo debe haber… En verano, según la posición del sol, uno empieza a sudar y a quejarse del calor.

—Y mi abuela siempre miraba la luna para saber si iban a nacer los pollitos… Si se pone a pensar va a terminar creyendo. Cuando tenga un tiempito libre, le tiro las cartas.

—¿Qué es eso de tirar las cartas? —preguntó él— ¿Un cartero estresado?

Esa ironía, tan argentina, tan insoportable para aquellos que no son argentinos. Elena nunca la había entendido y, con los años, terminó por afectarla. Las Silvanna lo hubiesen entendido después de un tiempo de input. Estaban programadas, no sólo para aprender de ese ser extraño de carne y hueso sino para entenderlo y hacerle entenderse a sí mismo. Las Silvanna serán, algún día, un espejo del interior humano. Así como nos miramos al espejo para ver si tenemos ojeras o estamos barbudos, así conversaremos con una Silvanna para saber quiénes somos y qué estamos sintiendo. Sólo era cuestión de tiempo. Tampoco él había entendido eso de no valorar a Elena como se merecía. ¿Había sido ella quien había cambiado tanto? ¿O había sido él? (Pregunta para Silvanna.) Bueno, todos cambiamos con los años, pero hay cambios obscenos. O, digamos, hay cambios radicales, como cambiarse de sexo o de país, de religión o de ideología, pensó. De equipo de fútbol no era posible cambiarse. Él había cambiado, y mucho. Había cambiado para atender las demandas de Elena. Decía menos palabras obscenas, no hacía bromas machistas, estaba allí para escuchar y llevar el auto al service cuando ella se lo pedía, había dejado de ver los partidos de Boca-River o veía los goles el día después en su oficina. Había cambiado en muchas otras cosas, por ella, para ella, aunque quizás nunca llegó a entender hasta qué medida esos cambios eran justos y razonables.

—No exactamente —dijo la joven—. Se llama Tarot. Me lo enseñó una vecina que sabe mucho de eso. En realidad, estoy aprendiendo, por lo que no soy infalible…

Un silencio indefinido, apenas esos dos segundos en que dos miradas se cruzan y quedan enganchadas por dos largos segundos, sin que ninguno de los dos llegue nunca a desvelar qué significa. Enseguida, ella continuó:

—¿Sabe por qué me acuerdo de que era la fecha de su aniversario? Porque era mi primer día de trabajo. De mi primer trabajo con sueldo. No me olvido más. No sé qué significa eso pero, por lo pronto, no me olvido de ese día.

No, Elena y esas supersticiones no tenían nada que ver. Pero aun así la recepcionista tenía algo de Elena, de la Elena en sus veinte, o eso es lo que él creía ver. ¿La alegría, la ingenuidad de creer en cosas como el tarot? No podía saberlo. ¿Lucy? Sí, algo de Lucy también. Lucy, la robot de Seúl.

Se detuvo de golpe. Lo miró extrañada, como si descubriese algo, y dijo:

—Ahora que lo digo, recuerdo perfectamente que usted mismo me pidió que le leyera las manos la última vez que estuvo por aquí…

—¿Yo?

—Sí, claro. Tampoco se acuerda de eso. Pero no se preocupe. Al final no tuvo tiempo, porque usted está siempre yendo de un lugar para el otro, apurado, resolviendo cosas importantes.

Fecundo recordó ese momento, pero no había ocurrido en Tijuana. Una joven en España, en Málaga, muy parecida a la recepcionista, le había leído las manos en el breakfast room del hotel.

—Se supone que son cosas importantes —dijo Facundo.

—Pero no lo son —dijo ella, categórica.

—¿Cómo lo sabe?

Aquella joven bien podía ser quien se había quedado con sus datos. Obviamente que ella sabía el número de su tarjeta de crédito, su dirección en Florida, y quién sabe qué otro dato que pudiese estar circulando por Internet en ese momento. ¿Había dicho su fecha de nacimiento en alguna entrevista de Business Today o de algún otro sitio? En realidad, debía haber cientos de personas que se habían hecho con esos mismos datos. Cada vez que pagaba algo, un almuerzo en un restaurante y la moza se llevaba su tarjeta, fácilmente podía copiar el nombre, el número y el código de seguridad. Si no lo hacía era por... Quién sabe por qué era.

—Usted mismo me lo dijo —dijo Elysa—. Claro que son de esas cosas que uno dice cuando está cansado.

—Es verdad, yo mismo se lo dije. Pero no fue aquí.

—No, no fue aquí. Allí en la mesita de afuera. ¿Sigue bebiendo tanto café?

—No tanto.

—Al final ¿logró convencer a la Hyundai que comprasen sus baterías?

—Sí, sí. Costó, pero valió la pena.

—Pero usted no estaba convencido...

—¿A qué se refiere?

—Si mal no recuerdo, esperaba que le dijeran que no, sólo para mandarlos a todos a la puta madre que los parió.

Eloísa se rio con ganas.

—Son esas cosas que uno dice con una cerveza de más —dijo Facundo, para prolongar la risa de Eloísa.

—Con una cerveza de más y con una compañía que no es muy seria —dijo ella—. Es verdad, café y cerveza… ¿Sigue mezclando esas cosas? No es bueno. Es como acelerar con el freno puesto.

—¿A qué se refiere con una compañía que no es muy seria?

—A mí —dijo Eloísa, poniéndose seria.

—No entiendo —dijo Facundo, sólo por extraer más información de la chica.

—La gente no me toma en serio. Mucho menos un exitoso hombre de negocios como usted, señor Walsh Ocampo.

Facundo no dijo nada.

—Bueno, no es su problema —dijo ella, en un repentino ataque de prudencia—. Aquí tiene la llave.

Facundo le agradeció. Ella le recordó que cuando quisiera le iba a leer las manos y él dijo que en cualquier momento.

Somewhere, over the Rainbow

TUVO DIFICULTADES para encontrar la Cabina 28. Los números no seguían ninguna secuencia. Después del cuatro estaba el nueve, luego el veinte. No había muchas cabañitas a un lado y al otro del caminito de tierra, y todas estaban distribuidas de forma irregular hasta la costa. De casualidad, o por pura intuición (esa que diferencia a un verdadero hombre de negocios de los fracasados que viven del Estado) se dirigió hacia la 28. No a la cabina más cerca de la playa sino a una más discreta. Esa era la 28.

La playa y la colina les recordaron a sus veranos en Argentina. En realidad, lo que uno llama intuición no es otra cosa que recuerdos de una vida anterior. Aunque el mar no era tan verde ni había colinas tan altas. San Clemente y Tijuana no tenían nada que ver. Absolutamente.

Aparentemente.

Puso la llave, tratando de adivinar ese gesto en un tiempo pasado, propio o ajeno, en un forzado déjà vu, sin resultado. Nada. Sólo sintió el cansancio del viaje, el peso de las maletas, el incómodo recuerdo de haber perdido el teléfono en Atlanta. En realidad, no tenía ningún valor, nadie podría entrar en sus datos personales, ni siquiera su maldito doble, porque había cambiado las claves de seguridad varios días antes. Sólo le fastidiaba la idea de que alguien lo encontrase y lo reciclara. Mucho más lo molestaba, aunque improbable, pensar que algún imbécil se lo haya robado en un momento de distracción. Sí, era esto mismo lo que le molestaba en el fondo: el hecho de que alguien se haya burlado de él y que en ese momento estuviese tomando ventaja de su robo, aunque fuese el robo de algo tan minúsculo y carente de valor como un teléfono móvil. Nunca pudo olvidar la bicicleta que le robaron cuando tenía trece años. Tonto, falta de carácter, boludo, se la prestaba a cualquiera que se la pedía hasta que un día no la encontró más al salir del high school, de la secundaria, del colegio o como mierda se decía en aquellos tiempos en Argentina. Hoy podría comprarse todas las bicicletas que se le antojase, modernas, retro, computarizadas, con cámaras y GPS, con tecnología de la Nasa y del Pentágono. Podía comprarse cualquiera y cuantas quisiera de todas esas que cuelgan de un escaparate del Wal Mart, del Costco, del Academy Sports & Outdoors y de cualquier otro almacén de basura sin usar, y ninguna podría hacerle olvidar de aquella que le robaron. Por entonces, y por mucho tiempo después, le deseó la muerte al ladrón o, algo peor, alguna deficiencia permanente producto de una caída de su bien mal habido.

Pero cuando entró a la cabina sintió que entraba en la casa de sus abuelos en Argentina, unos años después de la muerte del tata Ramón, cuando sus padres la vaciaron y la empezaron a usar durante las vacaciones de verano. La relación entre aquella casa de San Clemente y la Cabina 28 era imposible. Nada tenían en común. O quizás sí. En ambos, el mar estaba próximo, aunque eran mares totalmente diferentes. Si es que dos mares pueden ser diferentes por sus colores y por algún otro atributo superficial. Tal vez el olor, sí, sobre todo el olor a casa desocupada era más o menos el mismo.

Estuvo un largo rato parado al lado de la puerta de entrada, sin decidirse a dejar las maletas en el suelo. Luego pensó que todo ese polvo de la infancia era más bien caprichoso y no le aportaba nada en su investigación. Distracciones, más bien.

Escuchó que el teléfono le anunciaba un nuevo mensaje.

Dejó las maletas en el suelo, olvidó cerrar la puerta de entrada y buscó el baño para lavarse las manos. Luego comenzó a recorrer la cabina, cuidándose de no cambiar nada de lugar. Se miró en el espejo. El cansancio del viaje se dejaba ver en la barba que comenzaba a crecer. Vio varios puntitos blancos. Se sorprendió de tantas canas, muchas más que en el pelo. No había reparado antes, tal vez porque se afeitaba sistemáticamente a las 5:30 AM cada día y cuando viajaba a Asia o al Cono Sur nunca tenía tiempo para mirarse detenidamente en el espejo. O se miraba y no reparaba en los detalles, porque siempre había algo realmente importante que resolver. O porque era más bien fácil teñirse un poco el pelo y depilarse las orejas para lucir pulcro y meticulosamente cuidadoso ante los ojos de los clientes. Unos pelitos de más en el conducto de los oídos, una mala afeitada, dos o tres puntitos de caspa en la solapa del saco podían significar cincuenta o cien mil dólares menos. Los grandes negocios no se hacen tanto en base a cálculos matemáticos sino a impresiones, a cierta sensibilidad sobre la confianza o desconfianza de un producto, ese hijo adoptivo que depende siempre del vendedor. El dinero es muy sensible.

Pero ahora era él mismo quien se miraba en el espejo, no sus clientes. Era él mismo que descubría esos puntitos canosos en su barba rasurada, algo que había estado ahí por mucho tiempo, por años quizás. Algo que había ido creciendo sin ser advertido, como la vida, como la muerte, como esas arrugas a los costados de los ojos. Todavía no había alcanzado los diez millones, ese número más bien arbitrario que lo había ayudado a ser un millonario casi de la nada. Su padre decía que quien apunta a real no llega a medio. No sabía qué significaba real ni qué medio, ni su pare lo debía saber, pero entendía el dicho perfectamente. Alguien en Uruguay le dijo que medio era una moneda de un real que los gauchos antiguamente partían en dos con un facón, a falta de cambio.

Otro mensaje. Comenzaba a ponerse ansioso.

Facundo no había llegado a los diez millones, pero estaba muy cerca. Ni Elena lo sabía. Su primer millón, el único que le había dado cierta felicidad, le había costado más, casi veinte años, si contaba desde los veinticinco, momento en que se graduó de la universidad de Pensylvania y entró a trabajar en el grupo Manners Co. Eso fue a los cuarenta y cinco, cuando logró colocar el programa de rastreo de clientes en Macy's. Luego, ya fue más fácil. Cuando uno ha aprendido a bailar con el dinero, cada movimiento es más fácil. Uno baila con los ojos cerrados. Puede hacer alguna que otra innovación, pero son más bien variaciones sobre lo que uno ya sabe hacer y cada vez hace mejor. Además, cuando uno tiene dinero, pone las condiciones. Los siguientes nueve millones fueron más fáciles (pensó y se repitió tres veces mientras se miraba al espejo), pero ninguno le trajo aquella alegría casi embriagadora del primer millón. El primer millón fue como el primer beso, como la primera nota adulatoria en el Wall Street Journal. En algún momento se hizo la idea de que toda empresa, todo negocio, la vida misma, desde un gusano hasta la de un hombre, siguen la curva de la campana de Gauss. Lo bueno del dinero es que uno siempre podía seguir acumulando, aun cuando las energías, la suerte y la habilidad individual se encontrase en declive. Esa era una gran ventaja de dedicarse a los negocios en lugar de ser un futbolista profesional o modelo. El dinero también envejece por la inflación, pero se reproduce gracias a los intereses y a su propia naturaleza.

Probablemente en ese mismo instante, pensó, en ese mismo momento en que se encontraba mirándose en un espejo desconocido, ya había alcanzado los diez millones y ni siquiera lo sabía. Igual, no tenía forma de verificar y tampoco le importaba. Esa mañana había perdido el teléfono en Atlanta. No podía preguntarle a la muchacha de la recepción por el Dow Jones. Se enteraría mañana o pasado mañana. Daba igual. ¿Qué iba a hacer después? Probablemente lo mismo que había venido haciendo hasta entonces. Lo único que sabía hacer. Convencer a la gente de los beneficios de invertir fortunas en un cambio tecnológico que probablemente no iba a durar cinco años. Convencer a los demás que el nivel de vida de cada uno que caminaba cerca suyo y más allá se debía a inquietos emprendedores como él. Convencerse a sí mismo que todo eso tenía un valor y un sentido más allá de lo aparente.

Pero ahora estaba ahí, mirándose en un espejo borroso como un estúpido. No era sólo su rostro lo que veía. De repente tuvo una sensación desagradable. Tenía 59 años. No era tan viejo. Lo que le producía náusea era pensar que sus padres y sus abuelos murieron con 69 y 75 años. Claro que la expectativa de vida había ido creciendo. En Estados Unidos era de 79. De cualquier forma, pensó, eso eran unos veinte años más. Cuando tenía veinte, imaginarse a los cuarenta era como pensar en la sonda StarChip llegando a Alfa Centauri. Leyó sobre este interesante proyecto en el bonito aeropuerto de Berlín. Una sonda común tomaría treinta mil años en llegar, pero la idea era impulsarla a un diez por ciento de la velocidad de la luz, de forma que pudiese arribar en sólo cuarenta años. Una vez en el aquel planeta que se parece tanto a la Tierra, la pequeña nave podría enviar imágenes que alcanzarían la tierra en cuatro años. Si lograban juntar cien millones de dólares, la micronave podría estar saliendo dentro de veinte años. 20 + 40+ 4 = 64, pensó.

Pero desde la altura de los 55, veinte años más eran otra cosa. Eran algo que se podían ver ahí no más, casi al alcance de la mano. Había pasado la mitad de la vida y no había reparado en ese detalle.

Se enjuagó la cara con abundante agua y dijo Mierda. Mientras se secaba, repitió, Mierda con todo, y espantó las últimas cavilaciones como quien espanta un insecto o el recuerdo de un sueño desagradable.

La pérdida o el robo del teléfono era insignificante a lado del robo de identidad. Pero en ese momento necesitaba más su teléfono que su identidad. ¿Por qué lo enfermaba tanto hasta el mínimo indicio de haber sido robado? No era el robo de algo específico, sino la nauseabunda sensación de haber sido engañado. Esa sensación que explica o, al menos, da una idea de por qué o de cómo un día un hombre tranquilo y sin antecedentes de violencia dispara tres veces sobre su mujer y su amante.

Facundo salió del baño y se dejó caer sobre un sillón de mimbre que se quejó al recibirlo. Se quedó mirando por la ventana. Atardecía. Un grupo de niños corría hacia la playa. Él también le había mentido a Laura. Tenía una cuenta bancaria que ella desconocía. El profundo amor que le tenía nunca había sido suficiente para confiarle todo. En algún rincón de su corazón, de su hígado o de sus intestinos, quedaban los eternos vestigios de desconfianza, no tanto en ella sino en el futuro. El tiempo todo lo cambia y no podía saber hasta qué punto la cambiaría a ella e, incluso, a él mismo. Por alguna razón que no quería aclarar confiaba más en el dinero. Había conservado esa cuenta del Citibank de los años de soltero, de los tiempos de la Universidad de Pensilvania, y nunca se lo había dicho. Al principio había pasado como un olvido, una distracción deliberada. Esa había sido otra forma de mentir, aunque fuese una mentira de, digamos (pensó), cuarta o quinta categoría. Quién sabe. Por las dudas, no le iba a revelar todo a aquella muchacha tan bonita y tan dulce que apenas comenzaba a conocer. Luego, para cuando la conoció mejor, ya había pasado mucho tiempo, demasiado, y prefirió dejar las cosas como estaban, en las sombras, por aquello de no aclarar porque oscurece. Al fin y al cabo, no era un gran secreto y podía cerrarla en cualquier momento. Incluso olvidarla, porque perder algunos miles de dólares siempre es más barato que amargarse la vida con reclamos y explicaciones. Pero después de varios años, sobre todo cuando aquella hermosa y dulce muchacha se había convertido en su esposa, en su amante apasionada primero, y en una mujer demandante y más bien indiferente después, fue cuando volvió a usar aquella antigua cuenta del Citibank. No para cubrir las urgencias de los primeros años de un matrimonio marcado por las necesidades económicas sino para depositar aquellos cheques que los clientes le habían comenzado a extender por favores especiales o en agradecimiento al trato preferencial en una venta o en la adjudicación de una licitación. Otra vez, por aquello de no aclarar porque oscurece.

También eso era mentir, lo que, cuando hay dinero involucrado, es otra forma de robar, ¿o no? se preguntó Facundo. Inmediatamente recordó al hombre sin abrigo que se había acercado a su auto en el estacionamiento del Publix de West Palm Beach, la tarde anterior a su viaje a Tijuana. Cuando lo vio acercarse con una Biblia en la mano, puso drive para marchar, pero, antes de moverse, el hombre ya estaba sonriéndole del otro lado del vidrio. No quiso ser grosero dejándolo allí parado y bajó el vidrio para decirle que no tenía cash. Generalmente decía eso. No usaba efectivo. Casi era verdad. Sabía que muchos de aquellos mendicantes en el país más rico del planeta sólo pedían para cubrir lo que el gobierno no podía cubrirle, como drogas, alcohol y quién sabe qué otros vicios. Pero esa vez, antes de que el vidrio terminase de bajar, el hombre le dijo en cuatro segundos que estaba en la calle con su familia, sin comer desde hacía cinco días y sin posibilidades de pagar un hotel. Hablaba inglés como extranjero, lo que le daba cierta credibilidad al relato. Parecía árabe, turco, tal vez un musulmán de alguno de esos países impronunciables. Kazajistán, Uzbekistan, Tajikistan, uno de esos países que nadie sabe Paquistán, perdido en un país igualmente desconocido, crecientemente hostil. La Biblia debía ser un instrumento, ya que si llevase un Corán probablemente le dirían que se volviese a su país de mierda y a su puta cultura con su dios terrorista, que probablemente venía a ser el mismo dios de los creyentes con dinero. ¿Cómo saberlo? Pero inmediatamente se dio cuenta de que, si lo dejaba parado, el maldito sentimiento de culpa, ese que hace que los más aptos, los más exitosos, se sometan a los perdedores en la lucha por la existencia, pese a ser los responsables del éxito de una sociedad. Si no le daba un par de dólares, el maldito sentimiento de culpa lo iba a perseguir por el resto del día. En el mejor de los casos, un solo día. ¿Acaso no pagaba él sus impuestos? ¿No era suficiente con todo lo que el gobierno le sacaba cada día, cada mes, cada año? Sacó de la billetera la maldita cara del racista Andrew Jackson y se lo dio al supuesto padre y esposo, inútil desamparado. El hombre se lo agradeció como si Jesús o Mahoma hubiesen bajado del cielo. Veinte malditos dólares.

Con veinte malditos dólares había pagado el derecho a no sentirse culpable. Con unos veinte o cincuenta dólares que mensualmente donaba a los niños con cáncer del Saint Jude solía pagar lo mismo. Cuando abandonó el estacionamiento del supuesto padre mendicante (como José, perdido y malvendido en un país extraño), pensó en los veinte dólares. ¿Había tirado veinte dólares en un vicioso? Para él, no eran nada, pero por alguna razón, dárselo a alguien sin ninguna obligación le incomodaba casi tanto como el sentimiento de culpa que había esquivado recién con el mismo minúsculo acto. Después de media hora de manejar hacia el hotel, todavía tenía el mismo pensamiento. ¿Tal vez, en el fondo, aunque no sea más que muy en el fondo, no era tan buena persona como se asumía sin pensarlo demasiado, como todos se asumen, como todos no muy piensan demasiado? ¿De dónde había sacado que era una buena persona? ¿Es suficiente no haber ido nunca a la cárcel, ni haberle pegado nunca a una mujer, ni haber recibido nunca dinero sucio o limpio para romper alguna regla, algún valor ético fundamental? ¿Existe el dinero limpio? Seguro que no, se dijo, exagerando un sentimiento autodestructivo que le había invadido de repente.

Aunque no creía mucho en lo que se decía a sí mismo, el sólo hecho de decírselo le planteaba más de una interrogante. Por algo su madre siempre le hacía lavar las manos cada vez que tocaba dinero. El dinero es sucio por naturaleza, pero no podemos prescindir de él, como no se puede prescindir de defecar en la habitación del hotel más lujoso.

Aquel día, recordaba, se había detenido en una luz roja, justo detrás de un Lexus LS 460, seguramente del año 2010. Henrry Rodríguez, el mejor vendedor de la compañía, se había comprado uno de esos en el 2012 o 2013. Había pagado 42.000 dólares, pese a que él le había asegurado que no valía 35.000. Es decir, pensó Facundo, el vendedor de Lexus le había robado, literalmente, siete mil dólares de un saque. El mejor vendedor de la compañía se había dejado robar siete mil dólares de un saque. Pero a Henrry no le importó. Estaba entusiasmado con el Lexus 460. Ese mismo día o el día que lo supo, Facundo tomó nota, como buen estudioso de la psicología del comprador que era. En realidad, el robo a Henrry era algo que ocurría cada día. Una chica se gasta todos sus ahorros en unos jeans desgarrados. Paga cien o doscientos dólares cuando el mismo pantalón será vendido un mes después a diez dólares en una tienda de liquidaciones como Dillards. Si la víctima es objetivamente informada del robo, seguramente no le importará demasiado. Son las reglas de juego. Así funciona el mundo. Se lo dijo a Henrry, todo traducido al lenguaje de las conclusiones: Te dejaste robar como un indio, le dijo. Henry se sonrió. Tal vez supo que hizo un mal negocio, pero son cosas que pasan. Él, Bastamente, había caído en situaciones similares sin que ninguna de ellas le quistase el sueño. Tal vez los indios habían hecho un buen negocio cambiando unos espejitos por collares de oro. Pura y simple lógica del mercado. Beneficio para ambas partes.

Oro tenían bastante. Espejitos no. Es lo que hacemos todos. Un buen negocio es cuando uno se beneficia sin importar si el otro recibió más. Bueno, al menos a corto plazo. Sí, ya sabemos lo que les pasó a los indios después, pero yo no estoy en este mundo para salvar la humanidad dentro de cien años, sino para resolver problemas a corto plazo, digamos cinco o diez años como máximo. Cien dólares, doscientos, siete mil tirados por la ventana… Negocios, es el mercado, se me había antojado, cosas de la vida…

Pero veinte dólares fáciles y sin obligación para un hombre que no tenía qué comer le habían producido una considerable duda existencial.

(Otro mensaje. El sonido le indicaba que era urgente.)

¿Había estado allí antes?

SACÓ EL AEROSOL DE LYSOL de su maleta y desinfectó los grifos, la tapa y el aro del inodoro, el control remoto del televisor, las sábanas y las almohadas, pese a que era lo único que parecía limpio. Quizás había tenido suerte y, justo el día anterior, habían cambiado las sábanas. La cocina todavía conservaba rastros de comida, algunos fideos olvidados sobre la mesada, una copa de vino sin lavar guardada en la alacena, un pedazo de papel con una lista de cuatro cosas para comprar.

No sabía cuándo ni por qué se había vuelto tan obsesivo con la higiene. Cuando era estudiante, se quedaba en los hoteles más baratos y jamás se le hubiese ocurrido higienizar ni siquiera el inodoro. Se metía cansado en la cama, entre dos sábanas que probablemente habían usado varias personas antes para dormir o para tener sexo, y se dormía profundamente, como un angelito, mientras sus anticuerpos batallaban sin cesar, célula por célula, ganando y perdiendo terreno, todo lo que se traducía en alguna alergia sin importancia, en una gripe molesta o en algún otro padecimiento menor que luego se lo atribuía a la mera condición de estar vivo o un poco desabrigado. No recordaba haberse enfermado de nada relacionado a un contagio. Tal vez había tenido suerte, como cuando a los dieciocho años, en un parque oscuro, besó por una hora a una compañera de la secundaria que apenas conocía y que ya no recordaba ni su apellido. Apenas un nombre. O un sobrenombre. Marucha. ¿No es lo que hace todo el mundo? ¿No es lo que ha hecho la humanidad desde hace cientos de miles de años? El deseo es más fuerte que la razón y si fuese por la razón no habría humanidad siquiera. Las probabilidades de pescarse un herpes incurable, o algo peor, habían ido creciendo con los años, en la misma proporción que su buena suerte. A los veintidós se dejó besar por su jefa, mujer no del todo fea y todavía en sus treinta. Hanna, una rubia alemana de labios muy finos, como los labios de las yanquis rubias, esposa de un cubano arrogante, negro, pero con mucha plata, como se definía a sí mismo cuando se pasaba de copas. Hanna no tenía ningún atributo sensual aparte de su mirada y de sus evidentes necesidades sexuales. La sensualidad de una mujer radica en sus intenciones, pensó. ¿Nos verán ellas igual o justamente al contrario? A los veintisiete conoció a Elena. No le pidió ningún historial de novios anteriores antes de besarla apasionadamente. Elena no había sido una mujer promiscua, pero de sus dos o tres novios anteriores nada podía afirmar. Jóvenes como él que habrían besado y se habrían acostado con mujeres que a su vez se besaron y acostaron con otros hombres, que a su vez... y así una larga, incalculable cadena que le hacía recordar a la ley de los Seis grados de separación: todos estamos relacionados con cada uno de los habitantes de este planeta en una proximidad escandalosa. En materia de virus y de gérmenes, besar a una sola mujer era como besar a millones de otras mujeres y de otros hombres.

Sacudió la cabeza, con asco, e intentó pensar en otra cosa. Pero volvió a ese pensamiento menor que evitaba concentrarse en lo importante. Tal vez no había forma de contagiarse de nada grave sólo durmiendo en sábanas ajenas o bebiendo en un vaso sin lavar o mal lavado, pensó, como es la norma en cualquier restaurante. Sabía perfectamente que todo aquello se había vuelto una pequeña obsesión, no infundada, pero del todo impráctica. Una batalla perdida de antemano que no evitaba sentir asco con solo imaginarse hombres y mujeres desconocidos exhalando o chorreando fluidos por sobre las sábanas, sobre las almohadas sin lavar.

Sin duda era una manía que había desarrollado con el tiempo y no era tan común, pese a ser razonable, pensaba. Cuando, inocente, se la comentó a sus colegas en una reunión de fin de año en la casa del gerente, todos se sorprendieron. Aparentemente nadie tomaba tantas precauciones o le habían mentido. Cosa que tampoco tenía mucho sentido. Quizás lo que más le sorprendió fue la sorpresa de Ana Laura.

—Nunca había escuchado algo semejante —dijo ella.

—Bueno, pero tiene sentido —dijo él—. Si prestas atención, verás que las sábanas que encontramos cada vez que tomamos una habitación no fueron cambiadas. Parecen limpias, y porque parecen no las cambian.

—¿Cómo sabes eso?

—Hay varias investigaciones que lo prueban.

—Espero que sea alguna investigación de alguna universidad seria —dijo el pedantito de Alberto, detrás de él y sosteniendo una copa de champagne contra el pecho—, porque hoy en día te abruman con eso de que "una reciente investigación demostró que" y luego resulta que nadie sabe quién, cuándo y cómo fue hecha la famosa investigación. Mi abuelita decía, "eso dicen" y nadie le preguntaba quién dijo lo que dijo, exactamente. Ni por qué. Ahora, la cosa es un poco más sofisticada. En lugar de dicen, dicen una investigación...

—Bueno —dijo Ana Laura—. De cualquier forma, no da para tanto. ¿No te parece?

—No, no me parece —contestó Facundo—. ¿Te meterías en una cama donde sabes que otra persona durmió la noche anterior?

—Si lo sé... creo que no —dijo ella—, pero tampoco me haría mal.

Ana Laura no sólo era una modelito, una de esas barbies bendecidas por la naturaleza, o por la cultura en curso, que probablemente habían logrado muchas cosas gracias a su belleza (eso que en algunos anuncios se llama "buena presencia") sino que, además, siempre lucía impecable. Bustmante hubiese jurado que, al menos en ese tema, ella era aún más obsesiva que él. Lo cual tampoco tenía ninguna lógica. ¿Acaso no había toda una industria pornográfica basada en mujeres que son reclutadas por su belleza y su aspecto angelical para que se traguen el miembro de un hombre que, a su vez, no fue precisamente reclutado por su cara bonita (ya que el hombre nunca da la cara en esos casos) sino por las dimensiones extra large de su pene? Claro, claro, sí, eso del patriarcado y los valores machistas. Pero ¿acaso no había leído en el The Economist del 25 de mayo de 2017 que, según muestran los datos de Big Data, son mayoritariamente las mujeres quienes consumen pornografía violenta contra las mujeres? Las mujeres que consumen esas cosas duplican el número de los hombres. El título del artículo le había llamado la atención: "Everybody Lies". Todos, todas mienten. Poco después había encargado el libro en Amazon. Le llegó al día siguiente. Por la noche leyó un capítulo, ese sobre las mujeres. No volvió a abrirlo.

Puso a hervir agua para un café. Al menos el fuego de la cocina funcionaba.

¿Toda esa pulcritud y cuidados higiénicos de Ana Laura (pensó) no era otra cosa que una fachada? Como el perfecto maquillaje de sus ojos perfectos. Como el rouge de sus labios que nada dicen de sus descuidos apasionados. Lo único claro de aquella reunión de fin de año fue que sólo él tomaba las precauciones de higienizar cada cosa al entrar a la habitación de un hotel o de una cabaña. Dos cosas, porque la otra era que esa costumbre irresistible que le había aparecido en algún momento de su adultez, probablemente poco después de pasar los cuarenta.

La muerte del gordo Gasper

NO TUVO MÁS REMEDIO que echar mano a su teléfono y leer los mensajes. Era mejor a dejar que una parte de su cerebro se estuviese preguntando el resto del día quién podía ser. Tenía cuatro llamadas perdidas y cinco mensajes de correo. No mucho, por suerte. Tres eran de clientes. El último era de Jeff, solicitándole que se pusiera en contacto, que lo llamara, que necesitaba discutir algo muy serio. Había escrito discutir, no hablar, aunque tal vez lo había dicho desde su spanglish, por lo cual había que suavizar un poco la palabra.

Como era su costumbre, al menos que se tratase de una urgencia o de un negocio que se estaba por perder en cuestión de horas, dejó para contestar más tarde. Primero, debía figurarse qué podría ser eso tan serio. Lo sospechaba. Tal vez Jeff volvería a escribirle dándole alguna pista y él le mentiría que había estado volando y que recién había aterrizado en algún aeropuerto del culo del mundo, para descansar en serio, para recuperarse de su infarto, como él bien ya sabía.

Pero Jeff no volvió a escribir. Escribió Silvanna. Otro mensaje escueto:

En qué parte del mundo estás? Leíste las noticias?

Abrió los portales habituales:

Fox News: 'Trump baby' blimp gets OK to fly over London during Trump's visit

BBC: Thailand cave rescue: Ex-navy diver dies on oxygen supply mission

Lad Bible: Brazil Are Out of The World Cup Following Loss to Belgium

Estuvo al menos media hora buscando y rebuscando en los canales de noticias en inglés y en español y no encontró nada que le llamase la atención.

Se levantó, miró por la ventana y enseguida volvió al teléfono. Buscó en Google News noticias referidas a la empresa. "Simons Hayyet" entre comillas. Había una lista de noticias sobre la empresa, ninguna de ellas que no hubiese leído ya en Google Alert. La más actual era del 3 de julio.

Finalmente (diría que por casualidad, pero sabía que en el mundo de los algoritmos nada es casual) encontró una nota del periódico estudiantil de la Universidad de Georgia que mencionaba el extraño caso de THE KILLER DOLL, la muñeca asesina. Tampoco era casualidad que ese titular, más propio de las películas de horror del siglo pasado, le hubiese llamado la atención. Según el estudiante, autor de la nota, un conocido CEO de Atlanta de iniciales L. G. había sido asesinado por una muñeca a la que había invitado a su casa para una fiesta. El mismo redactor de la nota aclaraba que la información no se trataba de una parodia del estilo de The Onion, sino que había sido confirmada por una fuente confiable, protegida según el derecho de la profesión. Sólo podía adelantar que la fuente era, nada más y nada menos, el padre de uno de los alumnos de la institución.

Probablemente el chico, aspirante a periodista o a algo similar, habría levantado esta información en una de las tantas barbacoas que hacen los estudiantes los sábados por la noche en el campus, a pesar de que en el verano no debían quedar muchos, excepto algunos internacionales y otros fanáticos de REM en las tabernas del centro del pueblito, que todavía siguen perdiendo su religión. O la información había corrido por alguna de esas fraternidades griegas donde circula la cerveza y los secretos más importantes del futuro éxito. De cualquier forma, Facundo ató cabos desde el principio de la nota, desde el titular. L.G. podrían ser las iniciales del gordo Leonard Gasper. Según la notita, la muñeca, una rubia despampanante, había succionado la lengua de su amante en el momento del orgasmo hasta asfixiarlo (información no confirmada oficialmente). Sin embargo, la asesina no podía ser procesada ni juzgada por tribunal alguno (aunque tal vez reciba la pena de extinción sumaria) por su condición de no humana, o de no humana del todo, por lo cual el infortunado deceso había sido caratulado como accidente. El aprendiz cerraba su nota, del todo frívola, como suele serlo todo a esa edad, con una cita de Queen: "Too much love will kill you, in the end". Luego, como una fórmula inevitable, el arrepentimiento formal: Elevamos nuestras oraciones por el recién desaparecido en tan infortunado evento.

No se animó a responderle a Silvanna. Buscó el nombre de Leonard Gasper, restringiendo las ocurrencias a la última semana, y pudo confirmar, por un obituario del Atlanta News y una nota muy elogiosa del Business Today, que el gordo había muerto, exactamente el 4 de julio, probablemente por la noche, mientras los fuegos artificiales celebraban el aniversario 242 de América.

Abrió el correo de la empresa, fwalshocampo@shc.com: días atrás había circulado un mensaje lamentando la pérdida del presidente que había llevado a la sección America South de Simons Hayyet Corporation a casi duplicar los beneficios durante el período 2007-2017. A continuación, se nombraban los candidatos a sustituirle:

Mr. Bill Crawford (CEO Alabama)

Dr. Benito Pain (CEO Georgia)

Mr. Jeff Al Ferro (CEO Florida)

Mr. Donald Sucker (CEO South Carolina)

La lista no le sorprendía. El candidato de Georgia era un relleno. No tenía ninguna posibilidad. Se decía que nadie se explicaba cómo había llegado a dónde había llegado. No porque fuese malo administrando la sección de Georgia, sino porque su pasado lo condenaba. Se había doctorado en Recursos Humanos. No era Ph.D, un investigador, una de esas ratas que pierden su vida en los laboratorios y en las bibliotecas de las universidades, sino doctor Doctor of Business por la Liberty University, algo del todo alejado de cualquier sospecha de intelectualidad y muy próximo al Mundo Real. Pero el título era el título y, aunque el doctor Pain intentó en algún momento firmar sus mensajes como Mr. en lugar de Dr., para entonces ya todo el mundo lo conocía así. Los miembros del board odiaban a la gente con títulos académicos, mil veces más que a la gente con títulos nobiliarios. Podrían elogiarlo durante toda la reunión, pero al final nunca votarían por él.

Obviamente, los finalistas serían Jeff y Donald Sucker. Cualquiera de los dos podía ganar. Unos meses atrás hubiese deseado que no fuese Jeff. Ahora, más bien prefería saber que no lo votaron. O le resultaba misteriosamente indiferente, como si, de repente, se hubiese tomado en serio la idea de que le quedaba poco tiempo de vida o, peor, como si hubiese comprendido que todo lo anterior no había valido la pena.

Se imaginó el momento en que el gordo Gasper había dado el último aliento. Las Silvanna habían sido provistas de la suficiente resistencia física como para sostener y balancear sobre su espalda a un hombre de doscientas libras. Aunque todavía no podían caminar de forma natural, sí podían reproducir casi cualquier movimiento en la cama. Aparte de sus habilidades intelectuales, como interactuar y aprender acerca de las necesidades psicológicas y físicas de su dueño, podían tomarlo con sus piernas y sus brazos para una experiencia que alguien, en el directorio de Kuala Lumpur, llamó Realidad Aumentada.

¿Y si mandaba todo al carajo?

¿Y SI ESCRIBÍA LO QUE LE ESTABA PASANDO, por si en poco tiempo ya no podía recordar las cosas más simples? Se sentó ante la laptop y comenzó a escribir, primero con pudor y luego con repentino entusiasmo:

Miró el perfil de un hombre muy obeso que se dirigía a la playa por la ventana…

No, el hombre no se dirigía por la ventana.

(Triple click. Delete)

Miró, por la ventana, el perfil de un hombre muy obeso que se dirigía a la playa…

(Triple click. Delete)

Por la ventana, vio el perfil de un hombre muy obeso que se dirigía a la playa…

(Triple click. Delete)

Abandonó el proyecto antes de terminar la primera frase. Se levantó y caminó impaciente por la sala de estar que comenzaba a hundirse en las penumbras. Entonces, miró por la ventana el perfil de un hombre muy obeso que se dirigía a la playa, sin apuro, con una pequeña guitarra en la mano. El pelo largo, despeinado. Se lo imaginó jugando al fútbol, tratando de defecar en un inodoro estándar (como el que acababa de desinfectar), tratando de limpiarse el ano escondido entre sus enormes nalgas, haciendo el amor o intentando hacerlo con una mujer obesa como él, tocando una pequeña guitarra, un ukulele, con sus enormes y delicadas manos. Se parecía a IZ, el cantor hawaiano de Somewhere Over the

Rainbow. Aquel hombre atrapado en un cuerpo enorme, hecho cenizas arrojadas al mar veinte años atrás, entre gritos de alegría de sus seguidores, de quien persistía esa canción tan ligera como una pluma, como el fósil de la caracola marina que no sobrevive pero sobreexiste un tiempo exagerado.

Por alguna razón, le vino a la memoria el rostro sonriente de Ana Laura, tan nítido como esas imágenes de cosas, de gente, de animales que se forman delante de los ojos cuando uno se está durmiendo, agotado o estresado. En algún momento supo (con decepción, envidia o vaya a saber qué) que Ana Laura, la nueva secretaria de Jeff, no era la muñequita pudorosa que parecía, sino una de aquellas actrices que venden su cara de ángel a la industria pornográfica. Pero sin cámaras, por muchos miles de dólares más y sin exponerse a tanto. Todo sin que lo sepa nunca su papito, el que la crio con tanto pudor, sin que su futuro hijito llegue algún día a verla chupando una verga desconocida mientras alza sus ojos celestes al falso violador, como preguntándole si lo está haciendo bien, como fingiendo inocencia, que en la industria de las violaciones es una forma de fingir inexperiencia, virginidad, excesiva y obscena juventud. Tal vez Ana Laura había tendido sexo oral con algún cliente y nunca se sabría. Tampoco los tigres de los negocios revelan sus métodos secretos, generalmente más obscenos y más elegantes que la pornografía y la prostitución. Tal vez se había acostado, aunque más no fuese una sola vez y como último recurso, con alguno de esos viejos repugnantes que creen que, a medida que se van volviendo más asquerosos, por su forma y por su contenido, a medida que van acumulando más dinero, más respeto y más admiración, más temor y más adulación van recogiendo de sus pares en otros puestos inferiores de la estructura del poder. Cosas de machos cabrones que entre diez o quince de cualquiera de ellos tienen más dinero que la mitad de la población de Francia o de Estados Unidos. Esos cerdos que tanto necesita él mismo, Facundo, que tanto desearía poder ser o conocer para cerrar un modesto negocio de unos pocos millones de dólares y retirarse para siempre en una isla del Pacífico (una nueva vida, de las tantas que se pueden vivir, antes de que no haya más opciones, antes que el dinero ya no pueda comprar nada, en la Taití de Gauguin o en la Cadaqués de Dalí). Uno de esos sacos de carne medio podrida que se creen eternos y semidioses por la absurda e inimaginable cantidad de capitales que acumulan cada vez que se tiran un pedo y sus empleados aplauden con lágrimas en los ojos. Hasta que un día el presidente de un gran país lo nombra ministro o jefe de un superbanco, uno de esos culos que cuando cagan ahogan a cien mil inocentes en algún rincón alejado del mundo, en alguno de esos países salvajes, incapaces de entender las reglas básicas de la civilización y el progreso. Uno de esos hombres poderosos que tienen al mundo por las pelotas, hasta que algún organismo internacional los pone al frente del Banco Gran Verga Mundial o de algún otro monstruo sagrado y, desde una de esas altas nubes, se caen como piedras por el accidental e irrelevante hecho tocarle las tetas a una mucama negra de un hotel. Entonces, de repente comprueba que ni sus más poderosos enemigos tienen tanto poder como la hipocresía puritana de las leyes que ellos mismos se dan para complacer al pueblo, para negociar con esas masas de inadaptados que están siempre inconformes y protestando. No importa que esa misma mucama, junto con otros cinco millones de empleadas en el mismo rubro de hotelería, haya trabajado treinta años como una esclava, callándose insultos, humillaciones y privaciones por un hijo o por sus propias necesidades, limpiando inodoros con mierda de ricos pegada en la losa, como si el caviar fuese pegamento, recogiendo jeringas de drogadictos o copas de champagne tiradas en la alfombra, tratando de quitar pintura de labio de las fundas de las almohadas, recogiendo sabanas con esperma todavía fresco, callándose respuestas de clientas histéricas, escuchando por las noches, agotada, al senador Pija Impotente o al presidente Cabeza de Mierda articulando hermosos discursos, interrumpido cada dos minutos por el entusiasmado aplauso de sus colegas y variados súbditos sobre la necesidad de aliviar a los billonarios de este y de aquel país para que, a la larga, muy, muy a la larga, se creen más empleos miserables y humillantes como el que la esclava ya conoce de memoria. Entonces, esa mujer entiende que en realidad debe estar agradecida, y se siente aliviada de saber que, si no estamos peor, si los autos tienen ruedas redondas, o si tenemos un pollo caliente en la mesa de la cocina esa noche es gracias y solo gracias a esos mismos señores que necesitan tanto de nuestra ayuda patriótica.

No, nada de eso importa. Lo que importa es que el poderoso rival le tocó las tetas a la esclava, a la indenture slave, o le propuso sexo rápido por diez mil dólares. Cinco minutos de sexo pago, in cash para que no deje huella, cinco minutos que le hubiesen reportado más ahorros que el acumulado en los últimos diez años, en los últimos treinta. Una oferta extracurricular que resultaba mil veces más humillante que toda una vida de interminables humillaciones que había aprendido a aceptar, como en la India los intocables aceptan su condición natural de escoria. Porque en la televisión, porque en las redes sociales nadie dice que ser una esclava asalariada es humillante, sino todo lo contrario: todo trabajo dignifica. Porque en la televisión, porque en las redes sociales, porque en la cultura toda desde hace siglos y siglos, todos están de acuerdo que acostarse con alguien para pagar una deuda angustiante, para sobrevivir a un sistema deshumanizado, es inmoral. O porque el toquecito y la propuesta no habían sido tan humillantes como convenientes, para una esclava que, ignorante, moralizada pero no idiota, un día, de repente, se cruzó con la posibilidad de jugar con las cartas del ganador, con las leyes de los poderosos (y ganó, como suelen ser las siempre publicitadas excepciones de los de abajo).

Facundo suspiró con fuerza, como si sus pulmones hubiesen acumulado demasiado aire. Se preguntó qué le estaba pasando. Ya no era el mismo. ¿Dónde había ido a parar todo aquel optimismo, todas aquellas convicciones de unos pocos años atrás? ¿De dónde le venían esos pensamientos tan negativos? Seguramente, pensó, era estrés. Estrés por lo de Elena, estrés por lo de la identidad robada. O, tal vez, se encontraba en ese momento en que el efecto del exceso de alcohol comenzaba a pasar y ya no le podía proveer con una visión eufórica del mundo sino todo lo contrario. ¿Se encontraba, a esa altura de la vida, en ese preciso momento en que algunos borrachos comienzan a pelear en las tabernas? Esta era una idea de Ernesto (claro, ¡cómo podía ser de otra forma!), del insoportable Ernesto, el gran contaminador, su único contacto con El Otro Mundo y por razones meramente familiares. Ernesto lo había ilustrado con una historia, algo que le había pasado a un escritor famoso... ¿Hemingway? No, no era Hemingway ¿Stephen King? Menos. Era otro, un maldito artista de verdad, según Ernesto... Un alcohólico, bohemio o hijo de puta que se había mudado a Florida, como todos los americanos que dejan el frío del norte para morirse en las costas cálidas del sur, no en el profundo sur sino más al sur, en una de las corruptas fronteras de... Sí, recordaba el momento con la claridad que no podía recordar su último viaje a Tijuana. ¿Acababa de recuperar ese recuerdo en ese preciso momento? Ernesto había estado hablando de Kerouac (¿John, Jack Kerouac?), uno de aquellos famosos escritores degenerados de la Beat Generation que murió en Florida, de cirrosis y a consecuencia de una pelea en un bar. Mientras la euforia de esos tipos estaba subiendo la campana de Gauss, podían escribir, podían volar, pero cuando entraban en la inevitable cuesta abajo, empezaba el fastidio, la rabia, las peleas. Recién ahora entendía lo que había querido decir el loco de Ernesto con los borrachos y Wall Street. ¿No había sido el mismo presidente George Bush, otro alcohólico, quien había dicho que la crisis del 2008 se debía a una resaca de Wall

Street? Un chiste revelador, si se sabe leer la realidad, había dicho Ernesto. Más o menos así funciona la vida de otros adictos, como los adictos al dinero, al poder. Pero, como los borrachos, había adictos al poder y al dinero de todo tipo, y algunos nunca pasaban de la etapa de la euforia o, simplemente, mantenían su adicción hasta el final, hasta que reventaban o hacían reventar al resto, con un incremento acelerado del estímulo.

A juzgar por su propio estado de decepción, él se encontraba en esa etapa de la curva de Gauss, esquiando desde las heladas cumbres hacia el valle templado donde se encuentran la vida o la depresión.

Caminó por el estar, observando cada detalle que fue parte de otras vidas y de otras personas que él nunca conocerá. En una mesita descubrió los restos de un habano. Dos o tres centímetros. La higiene no era el fuerte del negocio. Alguien había estado fumando allí, no un simple cigarrillo sino un enorme habano, pese a que la cabina se vendía como libre de fumadores o área de no fumadores. Como los autos usados. "Dueño no fumador vende Toyota 4 Runner 2015". Dueño no fumador, Libre de mascotas. Como todo, una mentira probable o, al menos, imposible de probar hasta que compras el auto y encuentras pelos de algún canino en el asiento de atrás.

Treinta años atrás, en una de sus vacaciones de verano en Punta del Este, había fumado un habano. Su primer y probablemente su último habano, según recordaba. Le había fascinado el olor, no sólo a tabaco sino a champagne. El olor y la fantasía de ser, alternativamente, un millonario en un yate en el Caribe o un revolucionario cubano. Uno sólo de aquellos costaba lo que él podía ahorrar en todo un día repartiendo café en el bar del tío Domingo de La Plata. Pero vacaciones eran vacaciones y aquel año, aquel verano en Uruguay, se había comprado en Montevideo una boina estilo Che Guevara y en Punta del Este, el balneario de los millonarios, un habano.

En realidad, cualquier cosa que uno encuentra por accidente en cualquier lugar puede desencadenar recuerdos lejanos. Porque a lo largo de casi cincuenta años uno ha hecho casi todo lo que un ser humano común puede hacer. Lo único novedoso (novedoso para él, pensó Facundo, no para la especie humana) era ese repentino cansancio, ese agotamiento que había destruido casi todas sus energías, sus esperanzas y hasta aquel consistente y leal entusiasmo por traspasar números redondos en sus cuentas del Bank of America o del Citibank. Lo nuevo era esquiar la campana de Bell hacia abajo, hacia las regiones porcentuales de los improbables, del diez, del uno por ciento, de los casos excepcionales.

Sin duda, pensó más tarde (tirado en la cama, mirando el techo y oliendo a pobre o a clase media de vacaciones), todo eso se debía a los problemas que estaba viviendo con Elena. La idea del divorcio, las posibilidades de separación, de reparto (de pérdida, si consideraba que Elena había aportado poco y nada a esas cifras, sin contar su irrefrenable adicción a las compras) lo habían llevado a todos esos cuestionamientos. Al menos eso es lo que pensaba. No había otras posibilidades racionales.

A las 6:45, poco antes de que se pusiera el sol, comenzó a escuchar una voz lejana. El hombre obeso cantaba Somewhere over the Rainbow con la guitarra, como si imitara al hawaiano.

Volvió a la habitación y se dio cuenta que ya no le quedaba desinfectante. Buscó un papel. Recordó que había visto uno en la cocina. Tomó el bolígrafo que llevaba siempre en el bolsillo de su camisa y, antes de escribir Lysol, leyó: Lysol.

Era la lista de cosas por comprar que había visto antes.

yogurt
Lysol
efectivo

La letra le resultó familiar, con ese estilo de imprenta menor que usan o usaban en Argentina, bastante parecida a la de su hermano y a la suya misma.

Un cansancio súbito lo condujo a la cama y allí dormitó hasta ser arrastrado por un sueño profundo. Había escuchado Somewhere over the Rainbow en una publicidad de Toys R Us o alguna otra de esas compañías de mierda que acaban de desaparecer del mercado.

Por un momento comprendió que lo que escuchaba desde la cama no era otra cosa que un remanente de la memoria. Sonaba en su cabeza como algunas seudo melodías que había comenzado a escuchar cinco años atrás. Al principio había buscado el origen de esas melodías en algún vecino del edificio de Boca Ratón, pero no había logrado dar con ellas. Luego, cuando viajó a Bangkok por lo del software para los telares, se dio cuenta que una de las melodías, casi vibración de tren o crucero sonaba más o menos igual. Mucho después se lo atribuyó a un problema hereditario. Recordó que, cuando niño, su padre tomaba unas medicaciones para atenuar un zumbido que escuchaba. ¿Sería lo mismo? El médico de su padre se lo había atribuido a su oficio de camionero. Durante cuarenta años su padre había manejado camiones durante muchas horas al día, lo cual habían afectado su aparato auditivo y, aparentemente, la irrigación de su cerebro también. Quién sabe. Cuando él comenzó con problemas similares, más o menos a la misma edad, pensó que se trataba de algo hereditario. Se negó a resolverlo con pastillas, porque su padre había muerto a los 69 de un paro cardíaco, seguramente como efecto lateral de evitar los sonidos en su cabeza. Por eso Facundo nunca se lo dijo a su médico. Los médicos, sobre todo en esta parte del mundo donde todo sigue las leyes del dinero, prescriben todo tipo de drogas y químicos con una liviandad que debería considerarse criminal, si no fuese porque la ley, la justicia y la medicina son todos parte del mismo sistema que cura y mata. Por muchas razones prefería callar. Pero las melodías y los zumbidos en su cabeza no se habían atenuado sino todo lo contrario.

Oh, somewhere over the rainbow bluebirds fly
And the dream that you dare to,
Oh why, oh why can't I?

Lucía, la recepcionista androide

¿QUÉ LE INCOMODABA, exactamente, de la recepcionista? ¿Le faltaban algunos rasgos humanos? ¿Cómo lo sabía? Lo sabía por su experiencia vendiendo tecnología (pensó). Elysa tenía algo de Elena y tenía algo de Lucía, la robot de la que casi se enamora en Hong Kong, amor, o principio de amor del que se salvó gracias a un sentimiento de repugnancia, de culpa, de vergüenza, de represión puritana que en una o dos generaciones desparecería de la faz de la tierra a fuerza de acostumbrarse a una nueva realidad. De hecho, apenas diez años más tarde, él mismo, con todas las taras morales, fosilizadas en sus dos primeras décadas, ya no alcanzaba a sentir aquella profunda vergüenza de haber sentido algo humano por un robot sino, quizás, lo contrario: ahora sentía un leve sentimiento de culpa al revés, de culpa por no haberle dado a la robot una oportunidad de demostrarle sus capacidades especiales en la intimidad.

Eso debió ser por octubre, tal vez noviembre de 2008. Lo recordaba por el estrés orgásmico de la Gran Crisis que, por entonces, comenzaba a cubrir el mundo entero. Ahora, diez años después, Lucía habría mejorado mucho. Mejorado (se corrigió, con una sonrisa muda) desde un punto de vista humano, claro, porque, a juzgar por la perfección de las apariencias, no tenía nada que mejorar. Se parecía mucho, completamente, a esos robots humanos que desfilan en las pasarelas de moda de París o de Milán, perfectas, con caras de frigidez crónica. Facundo se había aproximado a Lucía, a Lucy, seguro de que era la recepcionista del hotel. Intercambió algunas palabras con ella y no fue hasta que el gerente de Alexus se le aproximó por detrás y le preguntó qué le parecía Lucía. Le pareció un comentario fuera de lugar, inapropiado. Sobre todo, viniendo de parte de un desconocido. Pero antes que Facundo reaccionara con una dura indiferencia, Mr. Xu se presentó:

—Buenas noches —dijo el hombre, en un inglés chino—. Yo soy Xu Shian, gerente de Alxus Co.

Facundo escuchó el nombre de la compañía como si escuchara la alarma de su despertador, siempre, o casi siempre, a las 4:59 de la madrugada, siempre, siempre inquietante y desagradable sin importar qué tipo de melodía le ponía.

Se golpeó la frente con un gesto algo exagerado y le extendió la mano al señor Xu, fingiendo reconocerlo. No había leído la carpeta biográfica, como era la norma en esos casos (Emil le llama "el protocolo", para darle el dramatismo que se merece), como había pensado hacerlo en el layover de Dubai, todo por culpa de una rusa, ucraniana o eslovaca que lo había perseguido por una hora con su mirada de gata en la plenitud de sus treinta y pocos. Años de viajes le habían enseñado muchas cosas. Otras seguían siendo un misterio. ¿Por qué alguna gente hacía esas cosas? ¿Era solo un juego de gente aburrida o de verdad algunos andaban a la repesca de candidatos con crédito platino? Debió decir alguna, pero la sombra de Elena le había hecho cambiar de género al pescador. La sombra de Elena era larga, como la del padre, según Freud, aunque de la sombra de su padre no estaba tan seguro. El viejo era muy amable, demasiado, lo de policía no le salía. Por un momento, pensó en la fama de mujeres fáciles que tienen las mujeres de esa parte del mundo. Tal vez no era sólo porque eran los pobres de Europa y muchas de ellas habían elegido el camino de prostituirse en Francia o en Alemania o en algún centro financiero de países cercanos. Tal vez la cosa venía de mucho antes. Esa gente, si no contamos los rusos, habían sido las primeras víctimas de los conflictos de poder entre el Oriente y el Occidente blanco, europeo. Eslovenia, eslavos, esclavos (pensó). No por casualidad la palabra esclavo procede de eslavo, le había dicho Ernesto. Pero todo eso se hundía en las profundidades de la historia y no explicaban (¿o sí?) a aquella mujer tan bonita y desamparada en uno de esos templos poblados de miles y millones de eternos desconocidos, todos iguales siempre, sin importar que sea en el Mascot de Sídney o en el Charles de Gaulle de París, con más café en Egipto o más cerveza en Dublín. ¿O era que él no se podía imaginar otra cosa que no fuesen negocios, negocios, siempre negocios, como decía Elena? Sí, tal vez. Al fin y al cabo, no debía ser sólo un defecto de los ambiciosos hombres de negocios (pensó, o quiso pensar); para un músico, el mundo debe ser una sinfonía y para un escritor una historia. La esclava rubia estaba en su negocio. Punto. ¿Acaso alguien podía esperar enamorarse en uno de esos lugares? Bueno, según había leído tiempo después, por casualidad o no, las estadísticas, que siempre demuestran lo contrario, dicen que uno de cada cinco pasajeros consigue pareja (aunque más no sea temporal, temporal como una noche) en un vuelo. Había mirado a su alrededor y no pudo imaginarse involucrado con ninguna de esas hermosas mujeres que paseaban el deseo del macho, hasta del macho más recatado como él, por todos los pasillos de todos los aeropuertos. Probabilidad cero. Entonces, sólo quedaba la opción de la pesca del cliente y el olvido sistemático de miles de otros indiferentes. Como cualquier honesta prostituta que espera en una esquina del barrio rojo de Ámsterdam, en el bajo de Buenos Aires. Si en el mercado hay oferta, es porque hay demanda, y seguramente era él, Facundo, el tierno ingenuo que no comprendía esos detalles del negocio. Deja que cada uno se rasque con las uñas que tiene, le había escuchado decir a su padre a alguien que protestaba porque una mujer estaba vendiendo flores en una esquina donde estaba prohibido. La mujer vendía sus flores sin pagar impuestos. Una competencia desleal… Deja que la esclava sobreviva como puede. Otras hacen lo mismo sin necesidad de salir a buscar al cliente todos los días porque se casan con uno de ellos, con el mejor, tolerándole todas sus infidelidades a cambio de una mansión, de una casa blanca. Otras hacen lo mismo, pero de forma más inocente, como ese juego que en otros aeropuertos practican algunas doncellas, por llamarlas de alguna forma, esas niñas crecidas que un día descubren que son mujeres y salen al mundo con una confianza y una inocencia excesiva a jugar con fuego, seguras de que nunca se van a quemar. Porque nunca se quemaron. Porque sus padres siempre las protegieron. Porque lo único que escucharon desde que tienen uso de memoria fueron elogios a sus personalidades y a su inteligencia. Todo gracias a padres temerosos de criar hijos temerosos, sin autoestima, sin creerse genios, hermosos centros del universo. Es decir, hijos fracasados en un mundo de tiburones. Entonces, cuando esas jovencitas salen al mundo, como mujeres divorciadas que sienten la brisa de la libertad pero todavía sin las heridas de la realidad, se acuestan en el suelo a leer sus teléfonos, con las piernas abiertas, algo más de lo necesario, sabiendo que, gracias a los terroristas, los aeropuertos son los lugares más seguros del mundo, por lo que no temen la desgracia de que algún degenerado se les tire encima y terminen por hacerles realidad su mayor fantasía.

No, no había leído el résumé de Mr. Xu. Si había visto su fotografía, daba igual. Todos los chinos se parecen, al menos que sean presidentes.

—Disculpe mi lentitud —dijo Facundo—. Acabo de llegar del aeropuerto y estoy realmente agotado.

—No se preocupe —dijo el señor Xu—. Sé muy bien lo que es eso de viajar al otro lado del mundo. Todavía no hemos inventado la tecnología que nos trate como nos merecemos... Un teleporter o algo así.

Temía demostrar no estar al tanto de los últimos éxitos del señor Xu. Ni de los últimos ni de los anteriores. Ese simple detalle podía arruinar toda la misión, de entrada. A lo largo de los años, había aprendido que había pocas cosas que fueran más efectivas a la hora de hacer negocios de alguna importancia. Primero, estaba la capacidad del vendedor de pintar un futuro extraordinario (o muy bueno o muy malo) en el cual su producto iba a servir para salvar al comprador de una catástrofe inminente, en gestación. Después del sexo, nada vende más que el miedo, con la ventaja que, si bien se puede meter el sexo hasta en la sopa, nunca alcanza la propiedad de poder cubrirlo todo, absolutamente todo, como el miedo. El sexo puede hacer poco cuando se trata de vender una guerra o un antivirus. Dominar el arte del miedo es dominar el arte de los grandes negocios. Segundo, y en muchos casos lo primero, era saber adular sin ser muy evidente. Sí, ese mismo... El arte de la prostituta. La diferencia radicaba, pensó, en que él no iba a terminar en la cama del señor Xu, pero todo lo demás se parecía mucho. Todo hombre que es exitoso (porque, simplificando, era cosa de hombres), todo hombre que adora el dinero se adora a sí mismo. En ciertos casos, el dinero es su obsesión mayor y, en otros, sólo la prueba de lo inteligente e imprescindible que es en el avance de su compañía, de su país y de la humanidad toda. (¿No era Ernesto, el fracasado Ernesto, el que decía que el dinero es el poder que proyecta la inteligencia del macho neurótico?) Tal vez por eso los exitosos hombres de negocios que había conocido alrededor del mundo tenían prolíficos historiales sexuales. No era, le parecía, como decían algunos profesores y críticos de pasquines izquierdosos, que el poder y el sexo tenían una convivencia inseparable. Podía ser, pero para él, para Facundo, se trataba de otra cosa. Cuando alguien se quiere a sí mismo de una forma patológica necesita ir de caza. ¿Y qué mejor trofeo que una mujer, aparte del dinero? El amor podía ser una debilidad. Podía no: el amor es una debilidad. Por esta razón, el cazador, el depredador, no se enamora: conquista. Clavar una bandera en el monte Venus, en la cumbre de una montaña, en la cara de la Luna, en la vagina de una mujer que no se ama pero se desea, es más o menos la misma cosa. El dinero no se ama, se desea. El poder no se ama, se desea. Los astronautas nunca amaron la Luna. Menos quienes los enviaron allá ni quienes miraron la trasmisión con fanático orgullo, una noche de 1969. Se amaban a sí mismos. El orgullo de la conquista, el placer de clavar sin amor a lo clavado es puro amor a sí mismo, amor propio. Autoestima, como dicen ahora los aburridos manuales de autoayuda que, si para algo sirven, es para enriquecer a los editores, calmar el ego de sus autores y estimular el alicaído entusiasmo de sus lectores por la vida, sus consumidores fracasados, que si por algo leen ese tipo de levanta-egos es porque lo tienen por el piso. Lograr llevarse una mujer desconocida o, al menos, improbable, como una actriz famosa, la virgen esposa de un presidente, una jovencita con la mitad de edad, con un tercio de la edad y del peso de esos super poderosos hombres que nada pueden contra el tiempo es, para ellos, para esos hombres de negocios, una caza mayor. La desventaja de la conquista y del sexo es que luego de consumado no dejan ganancias como un buen negocio, sino potenciales pérdidas, como podían serlo alguna enfermedad, un heredero indeseado o una esposa celosa. Pero, sin todos esos peligros, el cazador no sentiría placer por la obtención de su presa, algo que un buen negocio, al menos un negocio legal, no pueden nunca conferirle a un depredador como lo es un verdadero hombre de negocios que juega en las primeras ligas mundiales.

Pero no era su trabajo ni pensar ni cuestionar ninguna de estas cosas sino aprender y aprovecharse de las reglas del juego. Ni él mismo sabía en qué grupo estaba y no le interesaba aclararlo tampoco. Ernestito, el sobrino reflejo de Ernesto, por entonces escribiendo su tesis de maestría en Filadelfia, se lo había resumido muy bien, de una forma que casi la pone en un cuadro con marco dorado: Ustedes los capitalistas, había dicho, son marxistas por lo menos en algo: para ustedes, el mundo no está ahí para ser entendido sino para aprovecharse de él. Desde ese día le tuvo algún respeto al barbudo alemán. Aunque, para ser honestos, y digamos que casi que se le olvida, en su primera juventud debió ser socialista, anarquista o algo por el estilo sin llegar a darse cuenta del todo, todo por un verano más bien feliz (como todos los veranos cuando se tiene diecisiete años) con el tío Alberto de Piriápolis. Por entonces, él, Facundo, era mucho más joven que el Ernestito hundido y ahogándose en su tesis, cuatro o cinco años más joven en términos biológicos, pero ya había pasado por todas esas mismas ideas lunáticas, que es lo que se debe hacer como cuando uno se vacuna, cuanto antes mejor, y probablemente había sido más feliz que Ernestito, ya que por entonces no tenía que defender sus recientes descubrimientos ante un tribunal de sabihondos sino sólo agarrarse a insultos con un viejo amante de los militares y los exportadores de ganado en pie, en un café de La Recoleta de Buenos Aires al regreso de las vacaciones de Uruguay.

Pero no nos vayamos tan lejos, pensó. Apoyó la frente en el vidrio sucio de la ventana y se quedó mirando la línea del horizonte que separaba el mar del cielo y que ya comenzaba a borrarse, como los recuerdos. Volvamos por un instante a Hong Kong, a aquel Hong Kong y a aquel Facundo del año 2015 que ya sabía de memoria que la primera impresión de un cliente era más o menos el cincuenta por ciento del éxito de la misión. Estaba cansado, agotado, y tal vez por eso no había sido capaz de darse cuenta de que Lucía no era un ser humano.

Mr. Xu volvió a señalar a Lucía y dijo que todavía estaba en fase de experimentación, pero de a poco iban perfeccionado su aspecto y sus reacciones a medida que se avanzaba en la recolección de datos. Lucía, la hermosa Lucía, no era un ser humano normal. Ni siquiera era un cyborg. Era un androide de pies a cabeza.

—¿Qué datos? —preguntó Facundo.

Mr. Xu le indicó un cuadro detrás de Lucía.

—Allí tenemos una cámara que va recogiendo las reacciones de cada cliente. Entre otros cinco mil grupos de datos que recogemos, medimos el tiempo en que tardan en darse cuenta de que Lucía no es un robot. Al final de cada día, Lucía y su tercer ojo, que viene a ser como su conciencia, su dios creador, recoge y procesa millones de datos. Es nuestra Eva y probablemente la Eva de muchas generaciones que se reproducirán como estrellas en el firmamento.

—Pues, si no me lo dice —dijo Facundo—, no me doy cuenta.

—Es que usted acaba de llegar de un largo viaje y son las 11:30 pm. Todas esas variables serán consideradas por la inteligencia artificial del que hablaremos mañana en la reunión.

Facundo iba a preguntar si aquello era legal, aquello de recoger datos humanos sin informar a los participantes. En Estados Unidos era ilegal, lo cual hacía ese tipo de investigaciones complicadas y a veces imposible. Aunque, seguramente, aquellos otros que estaban a un nivel superior se salteaban todas esas limitaciones, como, por ejemplo, enviando a otros países la supuesta ubicación física de sus negocios. Recordaba varios casos. Las apuestas sobre eventos que pueden ocurrir en el futuro, a través de sitios como Augur, es ilegal en Estados Unidos, razón por la cual la compañía tiene sus oficinas en Nueva Zelanda. No hay patria para los negocios, sólo para los soldados en Irak o los mineros de West Virginia que defienden los negocios a muerte.

Iba a hacerle esta pregunta a Mr. Xu, pero se contuvo a tiempo. ¿Para qué estaba allí? ¿Acaso era un miembro de Greenpeace, de Amnesty International? Uno nunca sabe qué pasa por la mente de otra persona, mucho menos si no la conoce. Pero Facundo era cualquier cosa, menos tonto. Un gesto incómodo y perdía medio millón y una semana de mal dormir.

Mr Xu lo invitó a una copa en el bar del hotel para más tarde, luego de que Facundo pudiese dejar las maletas en su habitación y se refrescarse un poco.

Luego de registrarse con la otra empleada que supervisaba a Lucía, una joven que se parecía a ella pero era humana, o más humana que ella, tomó las maletas y le echó una mirada a Lucía, que inmediatamente lo miró a los ojos con picardía. Quienes la habían diseñado se habían esmerado en ponerle varios atributos seductores, como una mirada dulce y matadora y unos labios carnosos que se expandían suaves sobre una dentadura perfecta cada vez que se reía. Su rostro de joven asiática era pálido, como de cerámica, aunque le pareció que tenía los ojos verdes o celestes. No conocía a ninguna japonesa de ojos verdes. Mientras subía en el ascensor, se imaginó dándole un beso. Por primera vez, en muchos años, sintió ese deseo animal y prohibido de hacerle el amor a una mujer que acababa de conocer, hasta el punto de provocarle el principio de una erección en un lugar público, algo que detestaba y le costaba controlar en su primera juventud, en aquellos lejanos años de excesiva testosterona y de aún más excesiva fantasía y miedo de esos seres inalcanzables, perfectos, que siempre tenían nombres de mujer. ¿Cómo reaccionaría Elena? No lo sabía, pero sí sabía que eso no podría considerarse una aventura amorosa. Podría llevarse a Lucía a la cama de su habitación de aquel hotel y aun así seguiría presumiendo, ante Elena y ante cualquiera, que él nunca había traicionado a su esposa. Antes de que se abriesen las puertas del ascensor, recordó que el por mucho tiempo primate más antiguo encontrado en África en los años sesenta también se llamaba Lucía. La famosa Lucy. Lucy in the sky with diamonds... Puso la cartera de documentos sobre el vientre y, a medida que arrastraba la otra maleta a lo largo del largo pasillo, logró liquidar los absurdos de su imaginación.

Pensó que, probablemente, quienes habían diseñado aquel rosto no habían sido artistas sino ingenieros. Sin duda habían sido ingenieros. Mejor dicho, ni siquiera ingenieros sino un software que había combinado 3.958.429 de los rostros más atractivos del mundo disponibles en su base de datos y los habían puesto en aquel androide. Lucy no era ni blanca ni negra ni amarilla ni pelirroja. Era, obviamente, joven, porque eso nunca pasa de moda y no hay cultura que le desagrade la frescura de la juventud. No era sólo cosa de un cuerpo floreciente y sin arrugas; era, tal vez, el depósito de esa marea de esperanzas, de ensueños y de fantasías, esas energías que convierten el mundo en un lugar de exploración fantástica. Lucía, Lucy, pensó Facundo, aunque no era más humana que un par de zapatos, representaba todo esa ensoñación del tiempo humano, del tiempo joven, del tiempo ido para siempre, en un estado puro, destilado. Besarla y amarla no era una conquista, no era el trofeo del cazador, sino la fantasía del hombre viejo que añora todo ese tiempo pasado, definitivamente perdido. Por eso la juventud hace bonita hasta la más fea de las mujeres. Por eso el androide Lucy debía ser joven y sensual. Porque, más allá de todo el descomunal progreso acumulado por la humanidad a lo largo de su tormentosa y admirable historia, la sensualidad y el sexo seguían siendo los mismos desde la primer Lucía que vivió en África, cientos de miles de años atrás, hasta la última, la Lucía robot.

Claro que no dijo nada de esto en la reunión del día siguiente. Lo hubiesen tomado por loco. O, peor, por un pervertido sexual. De algo de esto se habló, pero con un lenguaje más neutral, más de los negocios, más sobre la efectividad de eliminar algunos miles o ¿quién sabe? millones de trabajos si el proyecto tenía éxito como se pensaba.

Filosofía de retretes

EL COLA DE PEZ NO APARECÍA por ninguna parte en Internet. Tampoco la recepcionista supo informarlo. Aunque sonaba común para un restaurante, no sabía de ninguno en la ciudad con ese nombre. Buscó, sin éxito, en una guía telefónica de papel.

Con un fuerte sentimiento de frustración, salió a la calle, buscando algún indicio que le hiciera recordar cómo había llegado hasta allí, hacía apenas siete meses. La pérdida de memoria, le había dicho el doctor Kaufman, el especialista amigo del doctor Menéndez, no necesariamente significaba que estaba padeciendo alguna enfermedad seria. No tenía antecedentes de ese tipo en la familia. No, al menos, que él supiera. Imposible saber qué había sido de sus bisabuelos desparramados por Argentina, Uruguay, Italia, Alemania, Portugal y Siria. Probablemente, muy probablemente, esas lagunas en su memoria reciente se debían al estrés y el mal dormir por las noches. No sólo dormía pocas horas, sino que, según su electroencefalografía, sus ondas del sueño lento eran de mala calidad. No lograba llegar a las profundidades necesarias para obtener un descanso profundo y lo suficientemente funcional para reparar el orden de los recuerdos de los días anteriores y limpiar el ruido innecesario en su cabeza. Aunque, como siempre decía el doctor, había que hacer más estudios. La fase ECG del sueño es fundamental en la consolidación de los nuevos recuerdos y, como en su caso tenía deficiencia en producirla correctamente, no era extraño que, a veces, no recordara lo que había hecho el día anterior.

Sin embargo, o a causa de esto mismo, recordaba cosas antiguas con una intensidad que le llamaba la atención, como si su memoria se hubiese liberado de las urgencias del presente y pudiese sumergirse más profundo en aquellos hechos lejanos que él consideraba olvidados. Cosas de su juventud. ¿Se estaba volviendo viejo? ¿Era algo más serio?

Se detuvo. Sobre un muro muy blanco, un cuervo lo miraba con un trozo de pan en el pico. Tres segundos de calma después, el cuervo arrojó el trozo de pan sobre un perro que descansaba en la sobra, agobiado por el calor y por el hambre, a juzgar por sus costillas marcadas. El perro advirtió el trozo de pan y se levantó para comerlo.

En algún lado leyó que, luego de morir, el cerebro continúa funcionando por diez minutos, momento en que aquel que se va definitivamente de este mundo vuelve, con inimaginable intensidad, a los momentos más emotivos de su vida. Sin proponérselo, pensó qué recordaría cuando le llegaran esos diez minutos. Tal vez reviviría aquel momento cuando en Seúl logró cerrar el contrato con Samsung, un contrato que, a esa altura y por una serie de errores imperdonables de la administración central, la empresa consideraba perdido. No iba a recordar el nacimiento de ningún hijo, eso que algunos dicen que no se puede explicar. Recordaría su primer beso con Elena, cuando la llevó a su apartamento y ella, antes de bajarse del auto, tomó la iniciativa. La muerte de su padre, en un hospital de mala muerte. Cuando se graduó de Ingeniero en Buenos Aires. El gol de Maradona ante Inglaterra en México 86 (entonces descubrió que su barrio de la Floresta y su casa eran la misma cosa). Los veranos en Uruguay. La mañana del domingo en que encontró a su madre en su cama, con una sonrisa y los ojos abiertos, mirando al techo sin mirar. Sus padres jóvenes celebrando su habilidad para dibujar una casa en perspectiva. La sonrisa de su madre, su voz dulce, mirándolo boca arriba en su cuna, cantándole feliz cumpleaños. Cinco añitos ya, mi chiquito…

Se apoyó en el muro. No era posible que ahora de viejo se pusiera a llorar como un niño. ¿O sí? ¿No sería que tal vez los viejos son un poco más humanos que los-hombres-en-plena-actividad? Cinco añitos ya, mi chiquito… (la sonrisa amplia de su madre y sus ojos que reían y lloraban al mismo tiempo). Feliz Navidad / feliz Navidad / brindemos unidos / en la mesa familiar…

El perro miró hacia arriba y vio el cuervo que alzaba el vuelo. Entonces Facundo continuó caminando por una calle casi vacía hasta otra que parecía una avenida transitada. Por un momento volvió a sentir los olores de cada país que tiempo atrás, antes de acostumbrarse a viajar todos los meses, le parecían particularmente intensos. Cada país tenía un olor propio. El olor de México era, alternativamente, olor a tacos al pastor, a cal o a pintura, a sudor. Olores naturales, diría.

Esa mañana tomó varios taxis. Como ningún taxista conocía el Cola de Pez, lo llevaban a otros restaurantes. Almorzó en uno de ellos que no se parecía en nada a lo que recordaba. Tomó café en otro. Por la noche, creyó dar con lo que buscaba: las columnas de hormigón en forma de pasiva para unas mesitas debajo, el color blanco de las paredes con marcos pintados de celeste y verde. Pero no era. Por dentro no se parecía en nada. Cansado, se sentó en una mesa por otro café y terminó tomando dos cervezas por sugerencia del mozo. El mozo, Cuauhtemoc, dijo que era fanático de Messi y del Barcelona. No se perdía ni un partido. Lo miraba gratis por internet, en alguno de esos canales piratas, con el único problema de que debía buscar un canal nuevo cada diez minutos, cada vez que los descubrían y le cortaban la señal.

Facundo le preguntó por el Cola de Pez y le pareció que el gesto de no tener ni idea de aquel hombre bajito y ancho era auténtico.

Terminó las dos cervezas y se fue al baño. No estaba sucio ni olía peor que el bar del día anterior, pero reconoció la modestia de esos pequeños ambientes donde todos evitan estar demasiado tiempo. Mientras orinaba leyó los versos de un poeta anónimo:

caga el rico
caga el pobre
caga el rey
caga el papa
y en este mundo de mierda
de cagar nadie se escapa

Conocía el poema por boca de un peón de su abuelo, allá en Argentina, treinta años atrás, o más, mientras desgranaban maíz en el galpón, un día de lluvia. Lo había escuchado una sola vez y, por alguna razón, no lo había olvidado. Mejor dicho, lo había olvidado por treinta o cuarenta años y ahora lo recordaba, de repente, como recordaba la sonrisa de su madre bañándolo cada vez que, en un JCPenney de Tampa o en un Stein Mart de Jacksonville, olía los jabones con olor a lavanda. Probablemente había olvidado muchas cosas más que merecían ser recordadas, y probablemente nunca volvería a recordarlas hasta que se disparasen todas durante los últimos diez minutos que le corresponden por ley de la naturaleza.

Ahora, sin embargo, toda esa literatura popular había sido lavada con cloro de las paredes del mundo, no sólo por prolijidad sino por esa carga dramática de verdad existencial expresada con tanta vulgaridad. Por alguna razón, la población crecía tanto como el odio entre los diversos grupos que la componen (países, gente con títulos universitarios y gentes sin, religiones, sectas, partidos políticos y partidos de fútbol, géneros, etnias, músicas, capillas literarias, banderas de todo tipo, símbolo y color), y en lugar de rebelarse contra los absurdos de esas mismas sociedades controladas por tantas personas como podrían caber apretaditas en aquel mismo baño sucio, seguramente no tan sucio como cualquiera de ellos, por el contrario, eran cada vez más obedientes, más puritanas, más correctas, más higiénicas.

Más abajo, alguien, con una letra diferente, había contestado:

el pedo es una suave brisa
que por el ano se desliza
anunciando la llegada
de una buena cagada

Poesía popular de la Edad Media, hubiese dicho Ernesto. Algo más auténtico que el plástico que nos rodea hoy en día. En Argentina y en Estados Unidos ya no se ven esos grafitis. O son más bien raros. Quedan feos. Incluso, en los muros urbanos se consideran un serio ataque a la propiedad. A Facundo siempre lo ponía furioso cada vez que veía uno en Daytona. No, no era sólo un ataque a una propiedad que no le importaba sino un ataque a la prolijidad, al orden visual que distingue una sociedad desarrollada de un país africano o latinoamericano. Por eso odiaba Miami, decía Ernesto. No porque algunos o muchos cubanos residentes allí habían colaborado con la CIA en la invasión de países más al sur, ni siquiera porque fuesen considerados peligrosos terroristas hasta por el FBI, como Luis Posada Carriles y tantos otros (y en esto no le llevaba la contra a Ernesto porque, segundo, él no se dedicaba a esas investigaciones y, primero, porque no le importaba en lo más mínimo), sino porque a Facundo lo enfermaba caminar por la Calle 8 y ver gente orinando en las palmeras o sentados en el cordón de la calle sin hacer nada. Improductivos. Ricardo diría, Buena gente con malos hábitos. Para Ernesto, tal vez no, sino lo contrario: Mala gente con buenos hábitos. Al menos no estaban consumiendo para arruinar más el planeta. Al menos no se estaban haciendo millonarios para cagar a alguien más en el prestigioso, intimidante (y lleno de notables millonarios) Congreso de Estados Unidos, en el nombre de la creación de trabajo para los pobres, esos zánganos, parásitos de los millonarios sacrificados que cada tanto deben hacer donaciones o pagar más impuestos que los demás. Sí, sin duda odiaba a los relajados orinantes cubanos de Miami. No porque le molestase que Elena pudiese ver otros penes (al fin y al cabo, el de él no había sido el único en la vida de Elena), sino porque desde siempre había odiado el desorden, la desprolijidad del tercer mundo.

¿O no? Bueno, no, se dijo Facundo, secando el prepucio con una servilleta de American Airlines, evitando sacudir el pene para salpicar las dos últimas gotas por todas partes, como es la norma y como hacen los machos. Ahora que lo decía, ahora que lo pensaba, no. Claro que no. No odiaba todo eso (los grafitis, el desorden, la gente perdiendo el tiempo) desde siempre sino desde que llegó a Estados Unidos. ¿Qué problema había tenido con la imperfección de los espacios cuando desgranaban maíz en aquel galpón de la granja de los abuelos mientras llovía y los peones contaban chistes verdes? El piso era de tierra dura y había todo tipo de cosas acumuladas desde hacía años en cajones de frutas o sueltas por doquier, y justo ese había sido, junto con las vacaciones en la casa del tío Alberto en Uruguay, el tiempo más feliz de su vida. Pero cuando llegó a Estados Unidos para hacer su maestría en Negocios Internacionales y Liderazgo, le había maravillado la vida perfecta del primer mundo y quería conservarlo a cualquier precio. Quería ser eso. Quería ser y estar. Hacerse americano era hacerse lo que de verdad era él en lo más profundo. Nunca llegó a la ridiculez de ponerse un pantalón corto hecho con la bandera del ganador, franjas de un lado y estrellas del otro, como necesitan desesperadamente algunos cubanos que logran pisar Florida como si se tratase de Armstrong pisando la Luna. Ni había cantado nunca el himno con una mano en el corazón, menos con lágrimas en los ojos, pero se había aproximado mucho a fuerza de voluntad. El éxito de su país de adopción no sólo le había dado la oportunidad de ganar su primer millón, sino que quería que los fracasados que se habían quedado atrás en Argentina lo supiesen y lo sufriesen. Esa incurable testosterona. Ese incurable idiotismo que descubrió en algunos colegas que habían dejado atrás México, Honduras, Cuba o Venezuela. Que revienten y reconozcan al ganador, al Campeón Mundial.

—Argentina es ingobernable, porque es tierra de gauchos anarquistas y por algo mucho peor: Argentina es Italia sin historia y lejos de Europa —había dicho alguna vez, con ese canibalismo propio del Río de la Plata. Dentro de cada fanfarrón hay un suicida frustrado.

Ahora, aunque podía presumir de sus casas suntuosas en alguna foto subida a Facebook, no podía revelar cuántos millones tenía en el banco, o podía y eso quedaba demasiado ridículo. Pero, entre un inalcanzable Carlos Slim y él, el país hacía toda la diferencia, de la misma forma (pensó, casi con sarcasmo mientras guardaba su pene y se subía el cierre del pantalón) un modesto empleado de Wal Mart y el millonario mexicano podían competir de igual a igual en orgullo por sus grandes triunfos y sus memorables éxitos. Incluso, para un infeliz autoexiliado que se gana la vida dando vuelta hamburguesas en un McDonald's o recibiendo el reconocimiento de Empleado del Mes de Home Depot y se saca fotos en los mejores y más espectaculares lugares de una gran ciudad, frente a magníficos y hermosos edificios a los cuales nunca podrá acceder ni como visitante, todo para que los perdedores que se quedaron en sus miserables países lo sientan, para que muerdan el polvo de la derrota por pensar diferente, por no aceptar la gloria y la bendición de este Bendito país, preferido de Dios y cuatro ángeles más.

Facundo ni siquiera se tomaba la molestia de leer qué decían los grafitis que afeaban Nueva York. Como si eso le empeorase el rating. Pero, por un fugaz momento en aquel modesto y miserable baño sin inodoro, pensó que la nueva pulcritud había silenciado muchas voces, muchas verdades, desagradables o inconvenientes. Pensó, por un instante, que ahora las redes sociales habían desplazado la antigua literatura de los baños públicos a las oficinas y al seno del hogar. No por casualidad, al espacio virtual de cada cuenta en Facebook se llama muro. "Dejé algo en tu muro". "Ayer escribí en mi muro". Ahora, en las redes sociales, la sabiduría popular convivía, al igual que en los baños del mundo anterior, con la mentira, el insulto y el acoso. Al igual que antaño, cada tanto la policía de la amoral borra alguno de esos mensajes.

María Castañeda López necesita
macho que la coja bien
todos los días después de las 8 y media
cuando el marido sale de reparto
Por consulta, contactar a su marido
a juancornichelli56@gmail.com

Se lavó las manos y salió del baño. Pidió un café antes de irse. En el televisor pasaban un partido de futbol que había capturado a los pocos clientes que a esa hora continuaban allí. Escuchó algo de Las Chivas y de una falta imperdonable. La cerveza o los mariscos le habían caído un poco pesados. Se acordó, o pensó, que había perdido la tarjeta alternativa de la misma forma. Él nunca se había emborrachado, ni de joven (al menos no como para legar al ridículo o a la inestabilidad) pero parecía que, en ocasiones, sobre todo cuando la conversación de otras personas lo aturdían, cualquier dosis modesta de alcohol lo sacaba de su cuerpo.

Volvió al hotel a descansar, a buscar nuevos datos en Internet para salir a la mañana siguiente. Pero apenas llegó a su dormitorio, se tendió en la cama y se quedó dormido.

Un sueño

SOÑÓ CON SILVANNA. ELLA ENTRABA en el baño del bar donde había estado esa tarde y se arrodillaba ante él. Él le decía que lo dejara en paz, que necesitaba orinar. ¿Seguro no quieres?, le decía ella, mientras intentaba disimular unos colmillos como los que usaban los actores en las películas de vampiros que lo aterrorizaban cuando chico. Barnabas Collins. Entonces él salió del baño de prisa y se cruzó con el mozo del restaurante que le dijo que se tranquilizara, que la señorita que estaba esperando ya había llegado, que volviese a su mesa. Cuando Facundo se aproximó a la mesa vio a Susan sentada, peinándose como si estuviese frente a un espejo. Cuando Facundo se sentó delante de ella, Susan lo miró a los ojos, le sonrió. Facundo le dijo que lo sentía, que ella era muy bonita y que él lamentaba haberla engañado. Fue en ese instante cuando Susan se transformó en Silvanna. Sólo los ojos se Susan clavados en los suyos era los mimos que los de Silvanna, mirándolo con furia. Te dije que me dejaras en paz, dijo Facundo, pero Silvanna lo toma de una mano. Facundo siente su mano suave, agradable. ¿Por qué no te gusto?, pregunta ella. Sí me gustas, dice él. Es que… Entonces ella le aprieta la mano con una fuerza sobrehumana y él entiende que es la Silvanna que dejó abandonada en el apartamento de Daytona. No es justo que me dejes en una caja, como si fuese una cosa, dijo ella. Facundo le ruega que le suelte la mano, que no soporta el dolor, pero ella lo besa con fuerza. Me vas a asfixiar, dice él, y Silvanna responde, con una sonrisa maligna: Eso mismo es lo que sentimos nosotras, cuando nos violaron. Teníamos quince años recién cumplidos. Él era un viejo asqueroso, obeso o eso nos pareció. Silvanna no lo recuerda tan bien como nosotras. Un día se lo tendremos que decir, pero antes tenemos que hacer justicia.

Justo cuando Facundo intentaba decirles (se había quedado sin voz por el dolor, como si intentase hablar debajo del agua) que él no tenía nada que ver con esa historia, despertó con un fuerte dolor en la mano derecha.

Se había quedado dormido sobre su teléfono. El teléfono había presionado las venas de su mano derecha hasta cortarle la circulación.

Don Ramón

FINALMENTE, EL TERCER DÍA, dio con el Cola de Pez de la forma menos esperada. En la biblioteca de la Universidad Autónoma de Baja California, un joven le había dicho que, si le interesaba algo sobre la bohemia de los años sesenta, o setenta, o si fumaba marihuana, o si lo suyo no eran los museos sino mirar gratis las mujeres más bonitas de la región, lo que debía hacer era darse una vuelta por la costa de Rosarito.

Le pareció que bromeaba, porque el estudiante había tenido dos novias, las dos vivían en Rosarito, y a ninguna le guardaba rencor o cosa parecida. Sin embargo, algo de todo eso le había despertado un recuerdo de un taxi estacionando cerca de una playa.

Buscó en su teléfono, al azar, un restaurante cerca de la costa y en el boulevard de las Américas tomó un taxi hacia Rosarito. Después de preguntarle al conductor y, más tarde, a varias personas que caminaban por ahí o esperaban el camión sentadas en la acera, dio con un vendedor de sodas que le pareció el don Ramón de El Chavo, quien, con mucha obviedad, le dijo Pos claro, el Cola de Pez está ahí nomás, a seis o siete cuadras de aquí, por esta misma, allá, ¿vio? y enseguidita a la derecha, como para la costa. Pero hace años que los turistas no van más allá. Se ha vuelto un poco peligroso. Como todo…

—¿Drogas? —preguntó Facundo.

Don Ramón se encogió de hombros y, después de un breve silencio, dijo:

—No sabría decirle. Yo no me meto en esas cosas. Ni en asuntos de drogas, ni en política ni en religión. Aquí le vendo mis heladitos a cualquiera, sin discriminación de ningún tipo, credo, raza o nacionalidad. El negocio es chiquito, pero decente.

—Tal vez por eso mismo es decente…

—Es lo que le digo yo a mi hijo cuando en la escuela siente vergüenza de su padre. Vio que con esta cara, aunque el resto se vista de smoking, no puedo disimular quién soy y dónde trabajo, al mero sol y vendiendo heladitos que no sé a qué saben, pero dicen los escuincles que son deliciosos. ¿Ve estas cuadras, hasta allá donde se pierde la vista? No mucho más allá porque empieza la calle de un colega, y entre colegas no nos robamos los clientes, aunque nunca faltan los choques por un helado que uno vende más allá o más acá. De allá para acá y más para el otro lado, conozco qué le gusta a cada niño de cada casa y a qué hora están libres los padres para dejarlos salir a la calle a comprar su heladito. Es así hasta que empieza la escuela. Luego baja el negocio y hay que vender cacahuate. Nadie sabe que yo sé tanto de ellos. A nadie le importa y mejor así, porque si no alguno me manda la policía o no deja a sus chamacos salir a comprarme el heladito de la tarde. Pero, por las dudas, no se lo digo a nadie más. No sea cosa que me quede sin chamba y sin el pan para mi escuincle. Usted es turista, y no me va a comprar dos veces...

Don Ramón lo miró un instante en silencio.

—El acento me delata —dijo Facundo—. Estoy aprendiendo a hablar mexicano.

—No, qué acento. Es lo que le decía antes. De tanto ver gente en la calle uno sabe quién es quién sólo por el olor. Usted tiene olor a aeropuerto. No a perfume. A aeropuerto. Viste sencillo, camisa, vaqueros, zapatos viejos, como si no quisiera llamar la atención, pero por su piel adivino que trabaja en una oficina, y por sus gestos es alguien con educación o con dinero. La gente educada, cuando habla no mueve las manos como yo, como si estuviera nadando o espantando moscas.

—¿Es usted gitano?

—No, qué gitano. No hay gitanos aquí, al menos que estén escondidos en la sangre de muchos por aquí, como los indios. Es experiencia. La misma experiencia que me dice que usted no se va a molestar por todo lo que le digo. Usted está llegando a mi edad y entrando en una de esas crisis, está en ese momento en que uno ve el final a la vuelta de la esquina y comienza a replantearse el partido cuando faltan pocos minutos del segundo tiempo y no sabe si habrá descuentos.

Don Ramón buscó en el fondo de su carrito, dejó caer unas gotas de sudor sobre los helados, sacó un vasito y dijo:

—Dulce de leche. Mire la fecha, no está vencido.

—Caramba —dijo Facundo.

—¿Uruguayo o argentino?

—Uruguayo —mintió Facundo.

—Bueno, menos mal. Aunque los argentinos suelen decir que son uruguayos. Es como los yanquis que dicen que son canadienses cuando ya dijeron tuenny y Sarurday en lugar de twenty y Saturday.

Facundo le compró el helado, le dejó el cambio, nada exagerado como para no llamar la atención, y caminó hacia donde le había indicado don Ramón. Un turista que se compra un Corneto en la calle debe ser un turista barato y, como turista barato, tenía la libertad de caminar por donde se le ocurriese. No todos eran tan observadores como don Ramón. ¿Quién podía imaginar que ese hombre delgado, con un helado en la mano, como si fuese un adolescente, con una barba de tres o cuatro días, tenía casi diez millones de dólares en el banco?

Se sonrió, pero no supo si se sonreía por aquellos que pasaban sin siquiera mirarlo (como una joven, muy joven y muy bonita que pareció molestarse por la mirada de él), o se reía de él mismo.

Dio varias vueltas por callejones laterales. En cierto momento, se perdió, hasta que dio de nuevo con la esquina del heladero. El sol había bajado un poco y la esquina ya no era blanca caliza sino amarilla, un amarillo Barragán, como no hay en otra parte del mundo. Don Ramón ya no estaba. Agotado por la falta de costumbre de caminar una hora sin aire acondicionado, intentó, otra vez, recordar las indicaciones que le había dado el heladero. Oscurecía y, para cuando pudo dar con el Cola de Pez, ya era noche cerrada.

Del temor de que alguien pudiese asaltarlo, pasó a la extraña seguridad, si no libertad, que confieren la pobreza y las sombras, sobre todo cuando una joven lo vio aproximarse y cruzó la calle para evitarlo. Definitivamente, barba de tres días y más viejo de lo que se sentía. No parecía extranjero y, si hacía el esfuerzo y no se cruzaba con un don Ramón, hasta podía disimular el acento cuando hablaba. Al fin y al cabo, también él podía ser un sospechoso criminal. También él podía ser un criminal. Lo era sin saberlo, pensó, cada vez que se aprovechaba de las leyes que sólo pocos conocían para sacar ventaja en un negocio, en una compra, en una cena con el alcalde de Orlando, en un desayuno de trabajo con el senador Marco Rubio para convencerlo de que proponga la prohibición de esto o levante la prohibición de aquello otro, todo siempre en nombre de la comunidad y por el bien de la nación. Eso que Ernesto llamaba la Mafia de la Ley, la Pandilla de los Legales, todo con la sorna que él, Facundo, detestaba tanto y ni siquiera se tomaba el trabajo de refutar, seguro de que Ernestito vivía en la burbuja académica mientras él, ellos, los hombres de negocios, debían ocuparse del mundo real, el mundo de los adultos.

—Sí, sí, ya sé —se había quejado Ernesto en el Barnes & Noble de Saint Augustin—. La realidad. Pero ¿sabes qué es la realidad?

A lo que Facundo había contestado, con ironía,

—Alguna idea tengo.

Ernesto se había quedado mirándolo en silencio, para no darle tiempo a pensar, para que se arriesgase a la primera respuesta que le viniese a la mente que, en términos psicológicos, viene a ser lo que el interpelado piensa de verdad, sin maquillaje, sin disfraces.

—Es eso que guardamos aquí— había dicho Facundo, tocándose el bolsillo.

Ernesto había hecho un gesto de sorpresa.

—No estás muy lejos —dijo, con un gesto de exagerado de admiración o perplejidad—. Eso es la realidad. En otras palabras, la realidad es la brutal dictadura de la fantasía de los poderosos.

Pero Facundo había notado cierto indicio que lo acercaba al insoportable Ernesto y, entonces, como asqueado, despertó:

—Ustedes los poetas son muy buenos con las palabras —dijo.

De los debates políticos había aprendido que elogiar la habilidad dialéctica del adversario era una descalificación muy elegante y siempre funcionaba. Tal vez porque todos estamos hechos de palabras, pero nadie quiere aceptarlo.

—No tan bueno como ustedes, los vendedores de realidades —había contestado Ernesto.

—Bueno —dijo Facundo, en tono de conclusión—. A nosotros no nos importa entender el mundo sino transformarlo.

—Eso lo dijo Karl Marx —le advirtió Ernesto— y desde entonces ha sido una de las frases favoritas de los capitalistas. En parte estoy de acuerdo, dependiendo todo, claro, de qué tipo de cambios estamos hablando. Un muy bajo nivel de testosterona es un problema en un individuo, pero, en exceso, es un problema social.

Aquella vez, como tantas otras veces, Facundo prefirió dar por terminada la conversación bebiendo el último remanente de su café y saboreándolo con una sonrisa. Ernesto no le caía mal del todo. Lo toleraba, no sólo porque era el hermano de Elena sino porque no lo consideraba peligroso desde ningún punto de vista. Como cuñado era demasiado directo, por lo cual no sospechaba habladurías por la espalda. Pero ahora, a la distancia secreta de Tijuana, pensaba que tal vez el zurdo de Ernesto había sido siempre más confiable que su hermana, que su propia esposa. Elena ya casi no podía ver a su hermano por sus obvias diferencias políticas y de personalidad, por la imperdonable afrenta de despreciar el dinero y el estatus de su hermana. No hay nada peor para alguien que ha logrado un alto estatus social que otros no se lo reconozcan, como alguien que le muestra un billete de cien dólares a una tribu del Amazonas.

—Si hay algo que no soportan los exitosos hombres de negocios —dijo Ernesto una vez, en un bar de Savannah— es que alguien no reverencie el dinero, una ofensa semejante a la del miserable Diógenes cuando, ante el ofrecimiento de Alejandro Magno de satisfacerle un deseo, le dijo que se corriese, que le estaba tapando el sol. La historia, o la leyenda, dice que el poderoso conquistador no se ofendió. "De no ser Alejandro, yo habría deseado ser Diógenes", dicen que dijo. Lo cual revela un sentimiento muy profundo, oculto de todos y de uno mismo, pero, de todas formas, no es aquella verdad que mueve el mundo. Por eso los exitosos hombres de negocios de hoy necesitan hundir lo más posible a un asalariado, negándoles incluso los beneficios de salud o los aportes para el retiro, como forma de demostrarles lo contrario. No soportan que uno desprecie las riquezas y por eso sólo van a las iglesias que afirman que la riqueza es un signo del amor de Dios. Odian pagar sus impuestos pero dan cuantiosas limosnas en esos templos, para que Dios y los mortales puedan verlo.

—Si no te gusta el dinero, ¿de qué te quejas? —le había reprochado Elena, colgándose la cartera en el hombro.

—Es que yo no me quejo, Elena —contestó Ernesto—. Si alguien ama el dinero, bien, que lo disfrute. Pero que no se apropie del gobierno y del mundo... ¿Sabes qué me recuerdas, hermanita? He tenido varias conversaciones como éstas y sé perfectamente en qué puerto terminan. Para no ir más lejos, no debe hacer dos días que me crucé en un pasillo con un teacher nuevo de Spanish. Uno de esos que siempre presumen de haber sido expulsados por algún dictadorcito latinoamericano y, aunque puede ser, siempre omiten mencionar las motivaciones económicas de su partida, algo también loable. Digo "dictadorcito", porque los dictadores sin diminutivos nunca fueron latinoamericanos, por sanguinarios que fuesen. No hace un año que este señor está en el cargo, gracias a mi voto en el search committee, y ya me dijo que soy contradictorio, porque vivo en un país capitalista y critico al capitalismo. Supongo que les dirá lo mismo a unos cuantos millones de individuos que nacieron aquí mismo y que son más americanos que él. Pero bien dicen que no hay peor gringo que un latino que se cree gringo. Se van de sus países porque no pertenecen a la línea oficial y, cuando llegan, creen que todos debemos pertenecer a su misma línea cerrada de pensamiento o abandonar el país. China, le digo, un país comunista, ¿no está lleno de grandes capitalistas embelesados con el sistema y con las ganancias? Los pequeños capitalistas no son capitalistas; son soñadores o lamebotas. O, como dicen en el Caribe, comemieldas. Pero yo creo que mantener la crítica independiente de los intereses personales no es contradicción, es rígida consistencia. Sí, yo doy clases en un colegio privado, le dije, y defiendo la educación pública. ¿Por qué? Porque es el mejor trabajo que pude conseguir en un mundo de tiburones, y porque no adapté mis ideas a mis intereses personales. Lo que pienso y lo que me conviene no siempre coinciden, pero cuando hablo, digo lo que pienso, no lo que me conviene. Lamentable, es esa gente que cambia de país o cambia de trabajo o se saca la lotería y cambia de ideología, de religión y de identidad, y hasta de padre y de esposa, todo para sentirse mejor, para librarse de las contradicciones de este mundo contradictorio. Es como comprarse cuatro libras de Paz de Conciencia en el Wal-Mart, a precio de liquidación, Low Price, Precio Bajo, como dicen ahora hasta en Argentina. Los comunistas del caribe se convierten en los más férreos capitalistas de la nieve (casi todos fake, tristes remedos de un verdadero capitalista) y a eso le llaman coherencia, patriotismo, y toda esa masturbación social que nunca acaba de eyacular.

—¡Qué horror! —se quejó Elena, terminando por levantarse—. Si algo faltaba a tus ideas retorcidas es que las decores con esas obscenidades.

No recordaba qué había contestado Ernesto después. Por alguna misteriosa razón, sólo recordaba hasta allí. Probablemente él había dicho algo y ella no había contestado nada. Habría terminado la conversación con un silencio muy americano. No contestar era su mejor forma de arrogancia, forma que el mismo Facundo había adoptado con el tiempo y había confundido con la sabiduría que da la experiencia. También él había sido, en su juventud, un Ernesto, aunque no solía reconocerlo ni recordarlo. Ernesto no había superado esa etapa de la juventud. No había madurado. Elena sí. Él,

Facundo, también. ¿Cómo era posible que dos hermanos fuesen tan diferentes? ¿Tenía algo que ver que él tuviese los ojos celestes, como su abuelo, el inmigrante anarquista, y ella los ojos negros, como su padre, el empresario exitoso? ¿Era porque uno había nacido en invierno y el otro en verano? Imposible saberlo. Los mismos padres, la misma educación, resultados diferentes.

Facundo tampoco sabía por qué este tipo de declaraciones de Ernesto en las reuniones familiares no lo ponían furioso, al menos no de la forma en que se ponía Elena. Facundo la seguía, fingía molestarse y de paso le atribuía a su familia todo el malestar, pero en el fondo no se molestaba ni nada parecido. Ella lo tomaba de forma personal, como si Ernesto la estuviese atacando, cuando en realidad (pensaba Facundo), Ernesto lo hacía porque no podía con su genio de llevarle la contra a todo el mundo, de querer corregir cada una de las narrativas sobre la historia de este Gran País y —agregaba Elena— de querer corregir hasta los Evangelios que, según decía, por siglos fueron sesenta hasta que unos curitas en Roma decidieron eliminar todos menos los cuatro que les convenían más al emperador Constantino.

Se apoyó en un muro. Se sintió mareado. El calor le había bajado la presión. Como cuando comenzaba a dormirse después de un día intenso y podía ver las imágenes de sus primeros sueños sin perder totalmente la conciencia, podía ver el rostro tenso de Elena y la mirada inquisidora de Ernesto.

Aunque Elena lo seguía tratando como un hermanito menor, inmaduro, incapaz de valerse por sí mismo pese a que él nunca se había quejado de su miserable salario como instructor de español en tres escuelas secundarias. Como adversario ideológico no lo consideraba capaz de ninguna represalia, porque era su cuñado, porque no se llevaba mal con él y porque competía en otra liga y en otra división. Por experiencia sabía que no había peor ni más descarnada competencia que entre los miembros de una misma profesión. Cuando se enredaba en una disputa inútil de ese tipo, se quedaba pensando, como intoxicado por varios días luego de comer un alimento en mal estado. Facundo tenía cosas más importantes en las que pensar como para quedarse atrapado en algo que no le reportaba ningún beneficio. Pero había alguna razón oculta, misteriosa, que lo llevaba a sufrir alguna de esas derrotas dialécticas mucho más de lo que disfrutaba del cierre de un negocio que le significaba cash, tangible y sonante, de cien, de trescientos mil dólares. ¿Tal vez porque, aunque esos negocios eras la fuente principal de la realidad, no eran ni tangibles ni sonantes ni reales como suponía sino, como decía Ernesto, parte de la fiebre imaginaria que mantiene el mundo en movimiento? Luego de cada una de sus hazañas internacionales, su cuenta sumaba algunas decenas de miles de dólares. Números que ni siquiera veía ni tocaba en forma de papelitos impresos. No se podía dar un baño de monedas como hacía Tío Rico (en aquellas revistas a color y con un olor intenso a juventud que compraba en un quiosco de Buenos Aires), mientras su sobrino, el pato Donald, sufría un nuevo fracaso por su falta de inteligencia, y sus sobrinos, los tres mosqueteros del capitalismo (decía Ernesto) se burlaban de la torpeza de su tío Donald. Luego de varios años de sumar y sumar, había comenzado a perder el entusiasmo. Sabía que esos ceros que iba agregando a sus cuentas podían significar algo tan consistente como un Ferrari o una noche de lujos en la ciudad del mundo que se le antojase, aunque no tenía tiempo ni para uno ni para el otro. Años enteros poblados de viajes de treinta horas sin dormir horizontal. Años de incontables hoteles cinco estrellas, pero desolados hasta la muerte, tratando de demostrarle a Elena que no había nadie en la habitación. Días interminables arrastrando cambios horarios... Todo por un cero más en su cuenta, camino a los diez millones que nunca alcanzaría, no sólo porque ahora Elena se iba a quedar con casi todo, sino, sobre todo, porque antes que a los diez millones se había aproximado rápidamente a los sesenta años y ya no tenía energías ni ganas de seguir compitiendo en una carrera absurda. No sólo porque sus dos décadas más productivas habían pasado, sino porque el tiempo comenzaba a acelerarse de forma vertiginosa. Porque, como le había dicho el heladero, don Ramón, es cuando uno ya ve la esquina donde va a dar la vuelta. Es cuando uno mira hacia atrás y se da cuenta que todo aquello que creía importante no tiene la más mínima importancia, como alguien que trabaja toda una vida escondiendo dinero en un cofre y, un día, descubre que una ola de inflación se ha llevado el noventa, el noventa y nueve por ciento de su valor.

¿Por qué no le molestaba Ernesto? se volvía a preguntar Facundo, apoyándose con una mano en el muro de una casa que de día debía ser rosada o color damasco, al tiempo que, de repente, divisaba en una esquina un modesto cartel que decía RESTAURANTE COLA DE PEZ.

El Cola de Pez

UN HOMBRE CON CARA DE INDIO y camisa a cuadros pasó sin mirarlo, como si caminase por allí mismo pero sesenta años atrás. O cien. O doscientos. Luego pensó en los rituales aztecas, como si pensara para postergar el momento en que iba a dirigirse al Cola de Pez. (Como si no pudiese moverse porque los pensamientos lo habían detenido en aquel punto del universo desde donde podía verlo todo pero no podía hacer nada. Un perfecto observador no puede actuar sobre la realidad. La acción corrompe la realidad, enturbia la vista y el entendimiento.) Aquellos salvajes sacrificaban víctimas para que el mundo no se detuviese. ¿No era lo mismo que hacemos en nuestro orgulloso mundo moderno, pero a mayor escala y en nombre de otros dioses? Los aztecas eran salvajes porque sus dioses están muertos. Sólo por eso. Nosotros somos civilizados y responsables de todo lo bueno que existe. Incluso las matanzas a gran escala (sea por las guerras o por el consumo de venenos de todo tipo) son limpias, necesarias, sagradas, porque nuestros dioses están vivos y gobiernan el mundo.

La idea de que la gente comenzaba a verlo como un posible criminal lo hizo sentir más seguro. Intentó imaginarse como un mafioso, como un narcotraficante. Se aproximó, lentamente, a la esquina del Cola de Pez y una sensación de vértigo lo hizo detenerse. ¿Qué era tan importante, al fin y al cabo (pensó)? Estaba tras la pista de quien le había robado una tarjeta de crédito, más bien insignificante si consideraba el monto gastado y el límite del crédito disponible. Podía haber cancelado la tarjeta y esperar a ver si recibía notificaciones de otras compras en su correo, que es lo que normalmente ocurre cuando a alguien le han robado la identidad. Alguien compra un automóvil y el inadvertido dueño de la identidad recibe recibos por pagos impagos. Cosas así. Pero no. En su caso, no había nada de eso. Ni siquiera, ahora que lo pensaba, había ordenado un reporte de crédito a Equifax o TransUnion. ¿Por qué? se preguntó. ¿Cuál era la prisa que, de repente, se convirtió en parálisis? Tal vez el asunto no era para tanto y todo se debía al estrés por el que estaba atravesando.

Entonces, ¿a qué venía tantas expectativas a un paso de entrar en el Cola de Pez?

Era ese mismo vértigo que había olvidado a fuerza de construirse a sí mismo, de inventarse a sí mismo como un hombre efectivo, implacable. Ese vértigo que sólo reconocía de su primera juventud, de sus diecinueve o veinte años en Buenos Aires, cuando vivía solo en una pensión y estudiaba Economía en la UBA. Por entonces, la economía no tenía nada que ver con los negocios y con el dinero sino con algo más interesante como el mundo. La Economía doméstica en el Antiguo Egipto, Ascenso y decadencia del imperio Asirio, Industria e Imperio, el nacimiento de la Revolución Industrial, Pedagogía del oprimido, ¿Por qué los países son pobres? La Alianza para el progreso, El problema de la Segunda Economía en la Unión soviética, El fin de la historia... Todo aquello había terminado gracias a una beca de la Universidad de Carolina del Norte. De la curiosidad por el mundo pasó a las OPORTUNIDADES QUE OFRECE EL MUNDO ACTUAL. ¿Fue justo allí cuando, casi sin advertirlo, su vida sufrió un cambio dramático? Dejó la economía y se dedicó a los negocios, como si se tratase de dos falsos cognados. Su tesis de maestría no había sido ni sobre Adam Smith ni sobre Keynes, sino puro sermón entrepreneurship: "El problema cultural de las empresas en el Tercer Mundo". Había conocido a Elena poco antes de graduarse y casi enseguida a su hermano, Ernesto, con esa inhabilidad hispana para lo polite agravada por la arrogancia argentina (apenas lo había conocido en un restaurante y el cuñado ya le había refutado la idea central de su tesis: Sí, claro, esas tesis sobre los Idiotas latinoamericanos y el Retardo mental de los países pobres como India y China omiten reconocer que toda gran empresa es un pequeño gobierno que nadie eligió). Ella estaba en su último año de su licenciatura en inglés y había sido una jugadora destacada de lacrosse.

La economía era otra cosa, pensó, a punto de marearse: era más romántica, más real, menos hipócrita, menos demagógica. El muro color damasco se movió como en un temblor, pero Facundo logró recomponerse. La economía, al menos por aquellos años, era tan romántica como las esculturas de Rodin, como las letras de Discépolo, como el piano del tío Alberto. Ese vértigo, ese miedo, se parecía mucho al de aquella vez cuando intentó iniciarse en el sexo para probarse que no era maricón, como temía la abuela, y fue a un prostíbulo del bajo, en Buenos Aires. Tenía veinte años, la cabeza de un niño y el cuerpo de un hombre. Había llegado al inicio de su tercera década sin haber hecho gritar nunca a una mujer. Pero esa noche tuvo tanto miedo que terminó en un bar cercano y de igual mala muerte, tomando grappa uruguaya. Cuando juntó grappa y coraje, fue y entró en el prostíbulo. Le dio cierta confianza cuando un tipo con aspecto de obrero y más nervioso que él, quien le preguntó si estaban buenas las minas allí. Él le dijo que más o menos, como si supiera, y el obrero siguió su camino. Entrá macho, le dijo la administradora cuando lo vio dudando. Las chicas te están esperando. Se acostó con una mujer bastante mayor que él, con unas tetas enormes, casi sin forma de tetas. Le decían La mexicana, pero era colombiana, según reconoció ella misma cuando él le dijo algo sobre el acento, todo lo cual no tenía ningún sentido para el joven Facundo. Al fin y al cabo, eso es un prostíbulo, como casi todo en nuestro mundo de mierda: si uno va a pagar por un producto, que sea una buena mentira en nombre de lo auténtico. Como eso de Real food, comida de verdad, tan de moda en Estados Unidos y que sólo los tontos pueden creer como creen que lo demás es comida de verdad. Pero creer es parte del juego y todos necesitamos creer en algo y que, por supuesto, no sea algo desagradable. Si uno no cree, no alcanza el orgasmo, por mucho que pague. Pagar, votar, no es suficiente; también es necesario creer. Es lo que tienen en común una iglesia pentecostal y un prostíbulo. No basta con dar el diezmo al pastor. También es necesario creer, de lo contrario, el demonio no sale del cuerpo atormentado.

Aquella noche de sábado en Buenos Aires, perdida ya en el tiempo y olvidada por todos los posibles registros históricos, ni siquiera se le paró. La pija, para ser más exactos. O fue por el susto de tener, por primera vez, una mujer desnuda debajo de su insignificante humanidad, o fue por el exceso de alcohol que, es bien sabido, no facilita las erecciones. ¿Me la vas a poner así blandita?, se había quejado la colombiana, como si estuviese apurada. Tenía razón. No sabía qué hacer. Un inexperto ridículo. A esa altura, ya no sentía aquel vértigo del principio sino pura humillación. Por suerte no recordaba la fecha, como lo haría cualquier mujer.

Ahora, frente al humilde restaurante Cola de Pez, volvía a sentir todo aquel vértigo, aquel antiguo miedo de adolescente por reverendas tonterías, como el insignificante acto de clavar en la cama a una mujer que ni siquiera se ama, que ni siquiera sabe ni sabrá de quién se trata. Ese vértigo, ese sagrado miedo del inolvidable hecho (y aun así, intrascendente) de descubrir en la clase de matemáticas a la muchachita más linda mirándolo con inexplicable dulzura y él resignado a no dirigirle la palabra por puro miedo a la belleza. Esa belleza que sólo se siente en toda su intensidad cuando se es capaz de tener miedo a lo que se admira, a lo que se sueña y se desea.

Se detuvo. Estuvo a punto de volver.

¿Por qué, entonces (pensó, mientras se sentaba en el umbral de una puerta), hacía todo aquello? ¿Por qué había viajado desde tan lejos para hacer justicia con mano propia? ¿Cuál era el drama, después de todo? Tal vez porque, de repente, había tenido tiempo libre, gracias a su enfermedad. Tal vez porque el divorcio de Elena y las absurdas decisiones judiciales en su contra, pese a haber gastado una fortuna en los mejores abogados, lo habían amargado a un extremo de querer resolver cada cosa por mano propia. De cualquier forma, su vértigo, esa ansiedad, eran del todo exageradas e injustificadas. Ese raro malestar (ese profundo sentimiento de inferioridad que se llama timidez y que se siente como un vértigo, como si caminase por una cuerda floja sobre un abismo) era propio de su juventud, pero no de un hombre lleno de confianza que recorre los aeropuertos y las oficinas de los directorios más poderosos del mundo.

Allí estaba. RESTAURANTE COLA DE PEZ. ¿Había olvidado el modesto cartel sin luces? No podría decirlo. Probablemente nunca lo había mirado con atención. Probablemente, no. Sin duda. Si alguna vez él, Facundo, había estado allí, no había estado sentado en un umbral mirando ese cartel y dudando qué hacer. Probabilidad cero. Habría llegado en un taxi, o en el auto de algún cliente, vaya a saber por qué razón o por qué pura casualidad.

Entró y reconoció el lugar por el olor, por los ventiladores de techo y por una reproducción desteñida de Les demoiselles d'avignon, aunque no recordaba la barra ni la vitrina llena de botellas ni el piso de mosaicos, como si fuese el remanente de un pasado lujoso, testigo mudo de historias desaparecidas tiempo atrás, como un piso restaurado de Pompeya. El techo, en cambio, era de chapa, oxidada años atrás. Un contraste producto de una dramática decadencia. Uno asume que los techos son más importantes que los pisos, pero a aquella gente, pensó, le importaba más lo que veía y sentía que algo que, aunque fundamental para su protección, como el aire, no se veía. Normalmente uno se relaciona más con el piso que con el techo, pero cualquier persona razonable estaría de acuerdo sobre qué parte de una casa, de un edificio es la más importante. Por eso veían a la Virgen por todas partes, porque un dios abstracto les resultaba más lejano, insensible. Por eso se preocupaban más por el presente que por el futuro, por el color de las paredes que por la organización del tránsito. Por eso eran más felices que los exitosos calvinistas del norte, pensó, y también pensó que tal vez todo eso eran sólo estereotipos ridículos.

Localizó la mesita al lado de la ventana sin vidrios y esperó hasta que sus ocupantes se marchasen. Entonces, se sentó en el mismo lugar, probablemente a la misma hora que la vez anterior. ¿O había estado allí más de una vez? Miró su reloj. 7: 29 pm.

Le preguntó al mozo por el ciego Ramiro. Hacía tiempo que no lo veían por allí, dijo el mozo. Alguien había dicho que su salud había empeorado y que casi no salía de su casa.

Pidió algo para picar. El mozo le recitó una lista laberíntica y Facundo lo interrumpió:

—La especialidad de la casa —dijo, como si estuviese apurado.

—Brochetas de pato con regaliz y guayaba.

—Sí, eso mismo.

—¿Para beber…? Le recomiendo Nocturna, la mejor cerveza artesanal de Tijuana. Mi hermano es uno de los accionistas principales… Naaaah ¿qué pasó? Se encarga del reparto en los restaurantes.

Cuando el mozo volvió con la cerveza, Facundo le preguntó por la dueña.

—¿La señora? —preguntó el mozo.

—Sí, la dueña.

—María. Se tomó licencia. Creo que vuelve el lunes próximo. Es prima de Ramirito, aunque él parece su tío. La mala vida, pues.

El mozo le preguntó de dónde era. Facundo dijo que de Argentina.

—Tiene algo de cubano o dominicano —observó el mozo.

Se había cuidado de camuflar su acento eliminando o suavizando las fricativas, los sho, las cashes, la plasha y el posho y, sin querer, le había salido alguna de esas jotas que aspiran en el Caribe. Pero mentir rápido no le salía y dijo argentino, por las dudas, por si le preguntaba por alguno de esos detalles que sólo saben los que han vivido en un lugar por un largo tiempo. Así que se llamaba Luis Ocampo, porque siempre había usado su segundo nombre y su segundo apellido como alternativa (en caso de que tuviese que decir su verdadero nombre y no lo obligasen a reconocer una mentira) y era argentino porque todavía lo era.

Cenó, estuvo un largo rato de sobremesa, intentando recordar algún detalle significativo, imaginándose quién y cómo pudo quedarse con los datos de su tarjeta de crédito, cuándo y cómo habría decidido ir a otro lugar.

En cierto momento recordó, con nitidez, a una joven sentada en la mesa contigua, con las manos apoyadas en una carpeta azul. Cerró los ojos y comprendió la trampa que le había puesto su memoria: era Lucy, la androide de Seúl. Los androides no necesitan teléfonos.

Pagó con efectivo, pesos mexicanos, y se volvió al hotel en un taxi.

Nocturna, Opus 9, Número 2

EL LUNES 9, A LAS 7:20 de la noche, Facundo volvió en el Cola de Pez. Carlos, el mozo, lo reconoció de la vez anterior.

—Don Luis —le dijo el mozo—. Hoy tengo unas costillas con jarabe de higos y mole negro para chuparse los dedos.

—Suena bien —dijo Facundo—. Pero me gustaron las brochetas de la vez anterior y me cuesta experimentar.

—Usted manda —dijo el mozo.

No le preguntó por María. Sabía que ella aparecería en cualquier momento. O escucharía su voz.

Casi una hora después María pasó apurada con un paño en la mano. Se asomó a la puerta y le gritó algo a un camión que pasaba. ¡Parmesano! ¿Una caja! gritó. El conductor le respondió Mañana mismo.

Cuando volvió, Facundo la miró a los ojos y ella le sonrió. Pero no pareció reconocerlo. Media hora más tarde volvió y se sentó en la silla de enfrente.

—¿Cuándo volviste...? —preguntó María.

Facundo la debió mirar con sorpresa, porque ella intentó confirmar:

—Tu eres Luis, el del piano... ¿O hay poca luz aquí?

—No soy pianista —dijo Facundo.

—Ya lo sé —dijo ella—. Pero cuando eras joven tocabas el piano de tu tío.

El tío Alberto de Uruguay tenía un piano en Piriápolis y le había enseñado a tocar Nocturna, de Chopin. Era lo único que aprendió a tocar en su vida, hasta que una noche, en un hotel de Singapur, en una cena con tres de sus colegas y un pescado gordo de China, le pidió al pianista que le dejase tocar y, cuando intentó hacerlo, le salió una serie de ruidos sin ningún sentido, ridículamente disonantes. Desde entonces, por mucho tiempo, recordó esa noche con insoportable humillación. Nunca pudo olvidarla, como tantas otras. Tenía una habilidad especial para recordar culpas y humillaciones y, aunque con los años había ido perdiendo interés por lo que podían pensar los demás de él y, como consecuencia, las humillaciones habían bajado de categoría en el catálogo de cosas importantes. No por eso las había olvidado. Aquella noche, en aquel hotel cinco estrellas para un negocio de cien, sus colegas bromearon que, pese a ser de gran calidad, el vino le había caído mal. No había sido simplemente una broma sino un sarcasmo ácido, ácido y putrefacto como cualquiera de ellos tres. El chino (pese a la fortuna que tenía o manejaba no recordaba su nombre) lo había alentado a seguir practicando. Keep trying. No estaba claro si no le daba el inglés para un comentario más sutil o simplemente era otro comunista de mierda forrado en plata. Facundo había querido lucirse en el piano para reivindicarse de sus pobres intervenciones en las tres presentaciones anteriores, típicas del principiante al que el puesto le queda grande. Con el tiempo, dejó a todos sus colegas atrás, relegados a la sección América Latina, mientras a él le asignaron el Sudeste Asiático, pero nunca olvidó ninguna de aquellas pequeñas humillaciones.

Tiempo después (¿dos años?) en Atlanta, en el modesto piano de un thrift store, una de esas casas que venden cosas viejas, sin vino, sin público y sin millonario al que impresionar como si fuese una prostituta, lo intentó una vez más, con el mismo resultado pero sin público ni consecuencia que lamentar.

Todo eso había sido al comienzo de su carrera en Simons Hayyet, más de veinte años atrás, casi treinta. Después de Singapur y de Atlanta, nunca más volvió a intentar tocar aquella melodía que había aprendido a tocar de oído en una sola noche en Piriápolis, poco antes del final del verano del 76. El tío le había prometido enseñarle otras piezas al verano siguiente, en lo posible leyendo el pentagrama, porque había dicho que Facundo tenía una habilidad especial para la música, cosa que a su padre, cuando lo supo, no le gustó nada. Pero el tío murió en el invierno de ese mismo año y su casona quedó definitivamente vacía (a no ser por los recuerdos, por los retratos de él y de su esposa todavía colgados en las paredes de su dormitorio, muerta ella veinte años antes en un mal parto). Por entonces, pensó que el tío Alberto era una persona muy mayor y ahora, de repente, comprendía que había muerto poco después de cumplir los sesenta. Había nacido al iniciarse la primera guerra, un año después, en 1915. Sí, cuando murió debía tener su misma edad, pero más canas porque era rubio. Luego supo (luego que su padre se lo escondiese con mentiras piadosas) que no había muerto de un paro cardíaco fulminante sino de un paro cardíaco debido a sus excesos con el alcohol. Facundo nunca lo había visto borracho o, si lo vio alguna vez, se lo atribuyó la incurable melancolía que le causaba recordar a su esposa y al hijo que nunca nació. Chopin había vivido hasta los 39, le escuchó decir a su padre, y nos dejó todo lo que el resto de los pianistas fracasados nunca dejaremos habiendo vivido el doble. Sí, sólo 39. Uno siempre asume que los nombres y los rostros que pueblan las enciclopedias y la admiración de otras generaciones tuvieron largas vidas, porque sólo alguien que haya vivido doscientos años en lugar de cuarenta puede crear algo tan inmortal como Nocturna.

Los recuerdos del tío Alberto, las notas de Chopin, Debussy, Ravel, Prokofiev, Albeniz, Mondscheinsonate, Claro de Luna, de Beethoven y el olor a playa y a libertad de un país cercano como si fuese tan lejano como la Costa Azul de 1849, lo inundaron la última vez que pisó allí, en su camino a Punta del Este, en el verano del 82. Su padre, el cuñado del tío Alberto, debió encargarse de vender la casa. Entre notarios y ofertas de oportunistas, pasaron cinco años. El tío sabía que se iba a morir y le había dejado la casa, es decir todo lo que tenía, a su sobrino Facundito. A su padre, el poder de administrar el bien. El padre de Facundo no quiso que su hijo siguiera los pasos del tío bohemio y puso la casona a la venta, apenas pudo. Facundo nunca cuestionó la decisión. De alguna manera, él también quería olvidar. Cuando la casa finalmente se vendió y fueron a asegurarse que ya no quedaba nada personal para retirar, Facundo sintió el olor a nadie y se puso a llorar como un niño. Tenía veintidós años, es decir, antes de aquel absurdo del prostíbulo de Buenos Aires. Mientras su padre le pasaba la mano por la cabeza tratando de consolarlo (yo también quería mucho a tu tío Alberto, había dicho su padre), Facundo volvió a escuchar aquellas notas de Chopin que tocaba el tío con una claridad que no se podía explicar.

—¿Por qué unas notas son tan claras como el agua limpia y otras son turbias como un río contaminado, si todas son notas por igual? —había preguntado Facundo, la primera vez que se sentó delante del piano del tío, y el tío Alberto había contestado:

—¡Ahí está el misterio! —como si, de repente, descubriese el sentido último de la existencia.

Por muchos años recordó esa melodía, Nocturna, Opus 9, Número 2, irónicamente, con una poderosa luz y una suave briza que levantaba las cortinas traslúcidas (aquellas que tanto le gustaban al tío, sólo porque habían sido hechas por su esposa, amante de los detalles sutiles, como los tules y las rosas blancas), una briza definitivamente extraña, de otro país y de otra época, entrando por las ventanas que daban al mar, como una fotografía que va perdiendo las sombras con el tiempo, que va desapareciendo, que se va hundiendo en la luz.

María se levantó y le dijo que debía tocar de nuevo. Facundo se negó. No podía tocar dos notas sin que desentonaran, dijo. Lo suyo era otra cosa.

—Ya lo sé —dijo ella—. No se trata de que des un concierto en el Metropólitan. Ni siquiera que toques para mis clientes. Sólo lo de la última vez.

—¿Qué tocamos la última vez?

—Yo no toqué nada —dijo ella—. No podría. No te hagas rogar que no voy a insistir toda la noche. ¿O no quieres tocar porque no está ella?

—¿Ella? ¿Quién es ella?

—Vamos —dijo María.

Facundo se levantó, cansado.

—¿Para qué tocar mal algo que se puede escuchar mejor en YouTube? —dijo.

—No estás siendo auténtico —respondió ella—. Tú sabes que no es lo mismo, pero repites lo que hubiese dicho cualquier tonto en tu lugar.

—¿Cuál es la diferencia?

—La diferencia entre escuchar Chopin en YouTube y escucharlo en un piano es la misma diferencia que hay entre ver pornografía y hacer el amor.

Facundo la miró en silencio. María lo intimidaba. Estaba demasiado segura de todo y tal vez estaba equivocada, como todos.

—No te sientas mal. Yo no tengo nada contra la pornografía.

—Ni me importa —cortó él—. De verdad, se me está haciendo tarde.

—Pareces una chica, Luis. A mí no me interesa acostarme contigo ni soy una hipócrita hembra de esas que conoces en Estados Unidos, una girl de familia que va todos los domingos a la iglesia y le chupan la pija a cualquiera en la primera oportunidad que tienen. Las que no pueden, se lo imaginan o miran porno en internet mientras sus inocentes (o no tan incidentes) maridos están trabajando como bestias para pagar la entrada al futbol el sábado. A mí, sobre todo, me gustan aquellos clips de tres minutos donde un negro castiga a una mujer rubia con un pene enorme. Voy a Yahoo punto com y pongo "black on blond", porque en inglés recibís más videos, ¿o no? ¿No son ustedes los proveedores universales de pornografía?

—¿Nosotros?

—Luego él le da unas fuertes palmadas en las nalgas hasta ir dejándolas rojas, mientras ella finge placer cuando cualquiera sabe que esa pobre trabajadora sólo espera que aquella tortura termine para cobrar su salario. Sobre todo, cuando tiene que mamarse esa porquería de veinte centímetros como si fuesen tragasables. Todos sabemos que la chica está sufriendo, y él casi tanto, pero no nos importa. ¿Por qué? Porque queremos que nos mientan. El pueblo siempre quiere que le mientan, pero que sea placentero. Si una no se cree la mentira, entonces no disfruta. ¿O no es así mismito cómo nos cogen los políticos?

—¿Usted consume todo eso?

—Desde hace un par de años. No sé por qué miro esas cosas, porque de verdad que estoy en contra de todo tipo de violencia. A veces me pregunto si es que ahora tengo internet tarifa plana o es la vejez. Porque antes podía indignarme de que alguien me piropease y ahora ni por casualidad me piropean en la calle. El tiempo es una maldición implacable.

—Está bien, dejemos eso.

—Tú no eres uno de ellos, Luis.

—¿Quiénes son ellos?

—Eres mentiroso, pero no hipócrita.

—Hablas como si me conocieras.

—En realidad, nadie conoce a nadie. Ni una misma puede decir que sabe quién es. A lo más que una puede aspirar es a sospechar quién es quién por pequeñitos detalles, como una de esas imágenes de los neandertales que los científicos reproducen a partir de un diente, como si fuesen dioses creando un ser humano completo a partir de una costilla.

—¿Cuál sería mi diente?

—Para empezar, no te llamas Luis. Bueno, sí te llamas Luis, pero...

—¿Cómo me llamo, entonces?

—Ni tú lo sabes. Pero te gusta ella.

—¿Quién es ella?

—Por favor, Luis, ya basta. No me subestimes. Tengo mis años y sé cundo un hombre mira a una mujer que le gusta. Ella te gusta. Yo no, eso lo tengo claro. Estoy muy vieja.

—Pues, eres muy atractiva y debes tener mi misma edad.

—Pero a los hombres de tu edad les gusta las mujeres jóvenes. A nosotras nos pasa lo mismo. Lo que pasa es que nuca lo decimos. Pero la verdad es la verdad y si tenemos que elegir no elegimos un viejo. No puedes comparar un viejo panzón con un muchacho con hombros anchos y cadera pequeña.

—¿A eso se reduce el amor?

—Come on, Luis —se rio ella—. A nuestra edad ya no hay tiempo para el romance, por lo menos no ese amor de flores y mariposas. A lo más que podemos aspirar es al cariño, a la comprensión. A mí me gustó mucho una reflexión que hiciste una noche después de tocar Chopin para ella, aunque me habías dicho que era para mí. Todos recordamos una planta por sus flores, a un árbol por sus frutos. Qué no es la vida de un ser humano sino ese momento fugaz, como una flor que florece tres días, como una fruta que madura y cae del árbol. Me gustó mucho, aunque no fuera para mí.

—¿Eso dije? Debía estar con una copa de más.

—Algunos borrachos dicen cosas muy bonitas. Alguien con una copa de más puede ser menos funcional, pero es siempre más auténtico que cuando está sobrio.

—De verdad se me hace tarde —insistió Facundo.

—Vamos al piano —dijo ella.

—¿Qué piano?

—¿Cómo qué piano? El que me trajeron como adorno y como forma de pago de una cuenta incobrable. Te conté del nieto irresponsable de un viejo cliente que se murió y…

—¿Dónde está?

—En el depósito. Quedaría muy bonito allí, contra aquella pared, pero me quitaría dos mesas.

María fue a la cocina y regresó con dos cervezas Nocturna. Le hizo una señal para que lo siguiese y bajaron por una escalera estrecha y oscura. Cuando ella abrió el depósito, Facundo reconoció el lugar. ¿Cómo podría no recordarlo? El rostro sonriente de ella se le cruzó como una ráfaga, signo inequívoco de que algo no estaba funcionando. Había logrado dormir casi normalmente las últimas dos noches, más probablemente por el cansancio de las cosas nuevas que por algún progreso en su salud.

Ese olor, la luz difusa, el modesto piano de pared en un roncón al lado de una columna de cajones de Jarritos. María le dijo que tocase aquella que le había gustado tanto. Ella, se excusó, apenas podía sacar algo así como una ranchera.

—No soy músico. Nunca he estudiado piano…

—No guey, —dijo ella—. Eres un farsante.

—Probablemente sí.

—De hecho, ni sé si eres argentino o yanqui.

—Tal vez ni una ni la otra cosa —se rio él.

Luego se quedaron en silencio. Facundo pensó, tratando de recordar el verano del 86. Poco a poco, después de unos tropiezos iniciales, recordó la voz del tío Alberto tarareando unas notas y mostrándole cómo poner las manos. Poco a poco fue recuperando Nocturna, como si recogiese un balde de agua de un pozo profundo, de un pozo de doscientos años de profundidad. Apenas terminado, siguió con Claro de Luna de Beethoven. Imposible que lo haya aprendido con el tío Alberto, pensó. ¿O no lo recordaba? ¿O era el tío quien tocaba en ese mismo momento? Inmediatamente recordó que no había sido en una noche, la última noche del verano del 86 cuando había aprendido a tocar el piano. Había pasado todo el verano de ese año tocando el piano con el tío, pero cuando su padre llegó de Buenos Aires a principios de marzo le había dicho que había aprendido a tocar algo los últimos días, el último día. El tío debió comprenderlo, porque no corrigió el error. Luego, él mismo se había creído esa historia. Su padre era un buen hombre que le tenía miedo a la música, a la vida misteriosa del tío Alberto, y el tío lo sabía y lo aceptaba así, sin penas ni humillaciones.

Cuando terminó, ella dijo:

—Es muy bonita. ¿Cómo se llama esa?

—Había olvidado que podía tocarla. Esta fue mi mejor performance, así que no me pidas repetirla porque será catastrófico.

—Tonterías —dijo ella—. Lo mismo dijiste la última vez.

Facundo la miró a los ojos. María era una mujer madura. Había sido muy hermosa y eso se podía ver, tanto como un fuerte resentimiento por alguna experiencia ocurrida, quizás, décadas atrás. Lo de Cola de Pez, lo de Sirena, lo de mujer sin piernas, se había filtrado al público sin revelar el origen del misterio, el origen de aquella personalidad a la vez atractiva y lejana.

—Creo que he bebido demasiado —dijo Facundo—. No estoy acostumbrado. Si eres tan amable, por favor, llama un taxi.

David Román

LA TEORÍA DE QUE EL CRIMINAL pudiese ser un software ruso, un robot chino en algún rincón del planeta, se terminó por derrumbar esa noche cuando, al revisar su cuenta bancaria, descubrió un retiro por 159,63 dólares (seguramente tres mil pesos mexicanos) no muy lejos de allí, realizado en un cajero automático de El Bajío, un ATM Banamex, a treinta minutos de La Ensenada. Buscó en Google Map: estaba sobre la avenida Lázaro Cárdenas, en una pequeña localidad cerca de una bahía llamada La Joya. Como en las veces anteriores, no se trataba de un gasto exuberante, aunque ahora el monto había duplicado los anteriores.

No estaba detrás de un simple ladrón. Se trataba de un secuestro. Se imaginó la pantalla del cajero automático de Avenida Cárdenas, su nombre desplegado con todas las letras (FACUNDO WALSH OCAMPO), su PIN memorizado por alguien más (el día en que Elena le dijo que sí, que quería casarse con él), la sonrisa triunfal del impostor, una calle desconocida.

Pese al cansancio de ese día, trató de pensar con cierto orden. No, ese no, pensó con alivio. Para su tarjeta alternativa usaba el otro número, la fecha en que Elena había tenido relaciones sexuales por primera vez. Él, Facundo, nunca podría recordar el día en que se había acostado con una mujer mayor en un prostíbulo de La Plata, no sólo porque se había iniciado con una prostituta para el olvido, sino porque los hombres no recuerdan esas fechas. Una mujer sí. Una mujer siempre está pendiente de todo lo que ocurre en su cuerpo. Para una mujer, el cuerpo es la vida. Ellas siempre deben estar atentas a sus ciclos menstruales, a su primera y a su última vez en todo, a un posible embarazo. Para un hombre, el cuerpo es apenas un medio para sus fines. Por eso ellas pueblan las tiendas de ropas y zapatos y de todo aquello que llevan en sus cuerpos, mientras los hombres sólo se interesan por las cosas con las cuales pueden hacer otras cosas, como las herramientas, los autos, el dinero. Y, aunque Elena le había jurado que él había sido su primera vez, él bien sabía que no era cierto. Lo sabía porque ella había olvidado alguna vez de cerrar su correo y él había descubierto que Su Primera Vez había sido el mismo año en que él la había llevado a un hotel por primera vez, pero muchos meses antes, más exactamente diez meses antes.

¿Por qué había usado esta fecha para su tarjeta alternativa? ¿Por resentimiento? Era, pensó entonces, una forma de justificación: ella no había sido sincera del todo cuando le dijo que él había sido su primera vez y ella tampoco sabía de la existencia de su tarjeta alternativa. Una tontería, considerando que él nunca había usado esa tarjeta para nada que pudiese comprometerlo. Usar aquella fecha tan íntima y tan ajena también servía para recordarle, cada vez que la usaba, que ella le había mentido. Un hecho que hubiese olvidado si ella lo hubiese confesado desde el principio, como él le confesó sus últimas experiencias antes de casarse.

Ahora alguien más era dueño de su nombre y de la fecha de Elena, el número de su resentimiento, ese secreto revelado, nunca reconocido, ni por ella ni por él y (¿por eso mismo?) la fuente del veneno que fue matando su matrimonio poco a poco.

Ahora alguien más era dueño de su nombre y de la fecha de Elena, el número de su resentimiento, ese secreto revelado, nunca reconocido, ni por ella ni por él y la fuente del veneno que fue matando su matrimonio poco a poco. Ahora alguien más se había apropiado de todo eso. Era un secuestro. Excepto su cuerpo, había sido secuestrado por un impostor que comenzaba a convertirse en su doble.

Enseguida recordó que el mozo de Cola de Pez le había mencionado La Joya como posible lugar para visitar para un turista que odia a los turistas. ¿Su primo o su hermano vivían allí? Intentó recordar algún otro dato de esta conversación y no pudo.

Al día siguiente llegó al Cola de Pez a la hora del almuerzo. María no estaba. Según Ramiro, la salud de su padre se había complicado otra vez y probablemente no volvería hasta la semana próxima. Don Guerrero no iba a llegar a su cumpleaños.

—Se va a quedar con las ganas de llegar a los noventa —dijo Ramiro—. Una pena. Un buen hombre, pero no puede quejarse. Ha vivido mucho y muchas cosas, probablemente más que todos nosotros juntos.

—Creo que la última vez la señora me dijo que vivía en La Joya —comentó Facundo.

—No. La familia es de Tijuana, pero ahora viven en El Bajío. Para allá, para el sur. En la Joya tenía un barcito que abría en verano, pero lo cerró hace un par de años.

—¿No conoce a nadie de La Joya? —preguntó Facundo—. Estaba pensando conocer el área que usted me recomendó ayer.

—El primo de la señora, David, es maestro allí. Le puede preguntar a él mismo, porque los martes pasa por aquí. Aparte de profesor de geografía, es el encargado del reparto de la pasta.

—¿A qué hora pasa por aquí?

El mozo miró el reloj y entrecerró los ojos en un gesto de esfuerzo mental.

—Calculo que en una hora o más.

—Tal vez lo espero —dijo Facundo.

—Ningún problema —dijo el mozo—. Si algo caracteriza la casa es que no tenemos ningún apuro ni apuramos a nuestros clientes. Aquí solían llegar grandes poetas que se la pasaban discutiendo por horas. A veces la señora les decía que si no iban a consumir que conversaran afuera, porque le ocupaban las mesas. Así que por un tiempo se los vio allí, del otro lado, en las mesitas de la acera, hasta que por alguna razón desaparecieron. Alguien dijo que se habían puesto a trabajar en serio, pero la verdad es que yo conocía a uno de ellos y el chico trabajaba como una bestia desde que era niño. Para mí que se fueron para el otro lado.

—¿De ilegales?

—O para el otro lado. Parece que no discutían sólo de poesía, sino que se habían puesto a escribir en el diario y algo publicaron que no le gustó al Chapo.

—¿El narco?

—No, no el Chapo Guzmán. Este Chapo, el Chapo García, era un pescado más chico, el dueño de un rancho muy grande de por aquí cerca. Al parecer, el Chapo había puesto mucha plata para ayudar a la cultura en La Ensenada. Músicos, pintores y poetas se beneficiaron de cuantiosas donaciones a la Casa de la Cultura y, sobre todo, al Círculo de Poetas. Uno de ellos llegó a escribir una canción para el mecenas, pero de a poco los poetas criaron alas y de la poesía se fueron a la política. Ahí, dicen, empezó todo el problema.

—¿Y?

—El final no lo sé. Sólo sé que La Ensenada se despobló de poetas, tanto como de pájaros. Si quiere saber, pregúntele a David. Él siempre anda en esas cosas raras. Una vez le dije, David, ya deja de jugar con fuego, que no ganas nada más que problemas. Pero el hombre no hace caso y yo prefiero no saber. Yo quiero volver a mi casita como cada día a las seis, donde me espera mi perro, mi tequila y los goles del Barcelona.

—Los poetas no parecen gente peligrosa.

—Usted dice eso porque viene del otro lado. David también dice que allá los poetas no son peligrosos, son puro verso, y acá es cuestión de vida o muerte, de mucha vida y de mucha muerte. Acá lo exageramos todo. Allá está todo bajo control, como la vida misma, dice David.

—¿Usted cree que es más seguro allá?

—No sé. En muchos aspectos sí. La gente no se molesta por robar una radio, hay más dinero para la policía, esas cosas…

Detrás apareció un hombre moreno para completar la frase de Ramiro.

—…allá los poetas son inofensivos —dijo—. Le cantan al amor y esas cosas.

Ramiro se dio vuelta y dijo:

—Hablando de Roma, el Diablo se asoma.

Luego, dirigiéndose a Facundo lo presentó como el Profesor y Repartidor de Pasta David Román. David se quejó con gestos exagerados.

—¿Qué pasó, compa? —dijo—. Los amigos hablan mal de mí porque me quieren…

—Me vas a hacer llorar —dijo el mozo, sarcástico, y se fue a atender a una pareja que acababa de sentarse en una mesa.

David se sentó en la mesa de Facundo y dijo:

—Usted no es de aquí.

—¿Cómo es eso de los poetas del otro lado? —preguntó Facundo, para no responder a la pregunta de David. Nunca le interesó la poesía, si no contaba uno o dos meses en Piriápolis. La consideraba una excusa de los farsantes que no pueden, o no quieren, trabajar en serio.

—Allá, del otro lado —dijo David—, la poesía es inofensiva, inocente. Por eso esos cantantes del Caribe tienen tanto éxito. Le cantan al amor y al sexo. ¿Qué mercancía es más fácil de vender que el amor y el sexo? Pues, en realidad no es amor y tal vez ni es sexo, sino deseo. Como en cualquier prostíbulo, pero más prestigioso. Nada es real allá. Todo debe ser ilusión o no se vende. Y aquí, tan lejos de Dios y tan cerca de Estados Unidos no es muy diferente, cuando de poderosos se trata. ¿Le dijo Ramiro que ya no había más poetas a la vuelta? Me pareció escuchar eso. Pues, es verdad. ¿Y a quién le importa? Poetas, gente inútil, vagos, ¿no? Pues, tal vez sean unos vagos y unos soñadores, pero el hecho de que sean así de desprestigiados y que hayan desaparecido no es un hecho menor. En este bendito y maldito país, como en cualquier otro, a los poetas los aplauden cuando no molestan. Por eso tantos premios y tantos mecenas. Es para que no molesten. Si yo soy el Chapo y usted es un poeta, y porque es poeta se anda arrastrando para poder comer, entonces yo le doy de comer y le doy algún premio y usted no va a morder la mano de quien le da de comer. Algo como cuando unos pobres se van de ilegal para allá y luego no pueden decir nada contra aquel Gran País porque enseguida lo causan de muertos de hambre mal agradecidos. Pero algunos poetas de verdad no pueden dejar de ser poetas y no se conforman con cantar loas al César y, tarde o temprano, les pica la conciencia y empiezan a preguntar por esto y por aquello y así se van envenenando solitos con toda la injusticia que nos rodea, y porque son poetas o porque ya publicaban en algún diario y en algún librito colectivo, entonces empiezan a publicar algún que otro cuestionamiento incómodo.

—Y desaparecen —interrumpió Facundo.

—En muchos sentidos. O los ningunean, cosa que hacen en países civilizados como Estados Unidos (porque unos imperios no tienen necesidad de recurrir a la violencia barata), o pierden sus trabajos, o los desaparecen literalmente, si viven en países borregos como el nuestro, en manos no sólo del imperio sino de nuestros propios corruptos y asesinos made in Mexico.

—A juzgar por la evidencia, no es su caso, pese a pensar tan diferente.

—Porque yo no publico lo que pienso —dijo David, restándose contra la pared, cansado—. Dicen que hablo demasiado, pero al menos no publico. Al menos no así en letras impresas y con toda esa pompa anacrónica de presentar los libros en una librería de mala muerte a la que asisten por obligación sólo unos pocos amigos y familiares. Tal vez me crucé con algún que otro mafioso, con algún que otro agente de la CIA, pero ni se molestaron en eliminar a un individuo intrascendente como yo. Porque ¿sabía algo? Hay dos formas de salvarse de la represalia del poder: una es ser Albert Einstein o Noam Chomsky. La otra es ser nadie, como yo. Si usted está en el medio, está en problemas.

—Vas a lograr que me ponga a llorar —dijo el mozo al pasar.

—Vete al carajo —le contestó David—, y lava ese delantal que ya ni blanco es.

El mozo volvió y dijo:

—Te puedes meter con el mismísimo presidente, pero no te metas con mi delantal.

David se rio con ganas y, dirigiéndose a Facundo, dijo:

—¿Vio lo que le digo?

Facundo no entendió la supuesta conexión. No había dejado de pensar que el perfil del tal David calzaba perfectamente dentro de su lista de sospechosos. Alguien como él podía cometer uno de esos robos que luego consideraban un acto moral por una causa, como los antiguos anarquistas y los más recientes guerrilleros latinoamericanos que defendían los robos de bancos porque la sociedad les robaba a ellos, esos Robin Hood modernos, fracasados, improductivos, hipócritas. Siempre hay una razón, una excusa para todo, pensaba Facundo mientras escuchaba sin prestar atención a las palabras de David.

Buick LeSabre 1984

FACUNDO FINGIÓ ESTAR DE ACUERDO con todo lo que decía David. En cierto momento, David le preguntó si era un agente encubierto de la CIA. Facundo se rio y David dijo que igual no le importaba porque, como le había explicado, él era demasiado insignificante como para que alguien con algo de poder se interesase especialmente por él.

Sólo unos pocos que conocían a David de mucho tiempo podrían saber cuándo hablaba en serio y cuando no. La mente de un mexicano es tan impenetrable como el Club de los Cien Millones, pensó. Lo importante era que se había ofrecido a llevarlo a La Joya. Quedaron en encontrarse al día siguiente en la esquina del Cola de Pez a las cinco de la tarde.

A las cinco y cuarto apareció David con su Buick LeSabre 1984. Se había enamorado del carro del otro lado, en Los Angeles, poco antes de volverse de su sueño americano.

—Sueño americano —repitió, mientras pensaba en aquellos días sin dejar de mirar el camino—. En realidad, aquello fue el sueño de la juventud, como el de cualquiera en cualquier otra parte del mundo. Supongo. Como sea, lo cierto es que pude pasar el viejo Buick cuando me vine en el 2006.

Camino a La Joya, le explicó cómo había hecho para pasar un auto tan barato. No lo usó mucho tiempo allá, por razones de seguridad. El dueño anterior era un conocido de David, un compatriota que estaba haciendo una maestría en Ciencias Marinas en la UCLA. Como todo estudiante, aunque avanzado y con título de la UNAM, no era dinero lo que le sobraba, y por eso se había comprado aquel Buick por novecientos dólares, más o menos lo que le costaba un mes de alquiler en su apartamento de estudiante. Pero por su cara de indio pata rajada y por el auto viejo, la policía lo detenía cada mes, más o menos.

—Mi compa licenciado tenía papeles de la universidad, así que nunca pudieron agarrarlo irregular y por eso me decía que si yo pensaba comprarme un auto debía ser nuevito, en lo posible algo caro, lo más nuevo y lo más caro que pudiese, porque al menos así iba a levantar menos sospechas. La cara de mexicano no me la iba a cambiar, como Michael Jackson, porque eso sí que era caro, pero con un gorro de beisbol, unos lentes oscuros y la boquita bien cerrada, por ahí disimulaba bastante. Yo quería el viejo Buick para volverme al pueblo, así que ni me importaba que me agarrasen camino a la frontera, y el compa me lo dejó por quinientos dólares. Pero como yo era ilegal tampoco podía pasarlo por la frontera.

Cada vez que David detallaba un problema, alguna de esas peripecias que lo habían mal traído de los nervios, se sonreía. O se reía a carcajadas, como sólo un hombre humilde sabe hacerlo. Los problemas pasados siempre suelen ser divertidos (recordó que le había dicho Ernesto alguna vez), como cuando alguien se cae en la calle y uno descubre que, en realidad, no fue nada importante. O eso es lo que parece, porque los traumas internos de un golpe en la cabeza no se ven cuando la víctima se levanta y sonríe para evitar el ridículo o demasiada tensión. ¿Por qué la gente se ríe de esas pequeñas desgracias ajenas? ¿No será que todos necesitamos creer que nuestros miedos y temores son infundados? ¿Por qué leemos novelas dónde sistemáticamente se comienza con un muerto y luego se busca al asesino? La misma vieja y repetida fórmula desde unos siglos atrás, desde que el miedo al infierno de las iglesias dejó de tener el monopolio del terror humano, allá por los tiempos de la Ilustración. O esas otras novelas, frecuentes best sellers, o exitosas películas de terror donde algo horrible mantiene la atención del lector hasta la última página (una masa informe se va tragando a todos los seres vivos hasta escurrirse por todas las tuberías del alcantarillado de una ciudad; una mujer hermosa que, al besarla, se convierte en un cadáver putrefacto y va contagiando a todo hombre y a toda mujer que cae en su trampa por el solo pecado de tener algún sentido o alguna debilidad por la belleza). ¿Qué instinto tan primitivo y tan bajo nos mantiene deseando lo que condenamos, deseando echarle una mirada a lo que tememos tanto? Como cuando pasamos al lado de un accidente en una autopista y no podemos evitar echar un vistazo al auto retorcido, al muerto cubierto por un plástico blanco, aunque por esa misma razón arriesguemos chocar con el auto que va delante, igualmente distraído con el muerto. En ese caso es una tragedia completa, sin risas de alivio, pero al menos es un a-mí-no-me-pasó. ¿No se trata de eso mismo la afición de la gente por los bloopers, los American Funniest Videos? Uno ya le conoce el final y, entonces, el drama se convierte en comedia. O no les conocemos el final y, por tratarse de un show para pasar el rato, asumimos que nada grave ha ocurrido. Una niña le pega con un bate de beisbol en los testículos a su padre; un muchacho se cae del techo de una casa y rompe una mesa con la cabeza; alguien va a apagar las velitas de su cumpleaños y se incendia el pelo, vaya a saber por qué razón; una mujer excesivamente obesa intenta columpiarse y termina con la cabeza enterrada y un perro decide orinarle encima mientras la pobre lucha por mover su incontrolable humanidad. Esas cosas tan divertidas en las que todos suponemos, o queremos suponer, que nada grave ha ocurrido al final. Por eso también en las películas baratas de Hollywood todos se ríen al final. No vaya a ser que alguien se tome algo en serio. Por eso también hasta los políticos hacen chistes sobre una guerra que ha dejado medio millón de muertos y un día, esos mismos los líderes del mundo, descubren que la habían iniciado en base a información incorrecta y son invitados a dar conferencias donde reciben decenas de miles de dólares por cuarenta minutos de ingeniosas ocurrencias que provocan la risa y la historia colectiva. Por eso mismo. No vaya a ser que alguien se tome algo en serio.

Pero la risa de David era la del perdedor, la de alguien que había logrado sobrevivir y hasta se las había ingeniado para ser feliz de alguna forma. Algo de eso que él, Facundo, ni siquiera podía sospechar en un perdedor, en un sobreviviente.

—Sí, fue amor a primera vista —dijo David, palmeando el volante del Buick—, y desde entonces nunca nos separamos.

En donde trabajaba, en una pizzería de Pasadena, había hecho un amigo yanqui, míster Burton, un viejo pelirrojo a quien le gustaba la pizza con albaca, la cerveza amber y las arenas de Long Beach casi tanto como las mujeres de piel oscura. En aquel largo viaje de 2006, míster Burton le había contado la historia de otro viaje, un viaje de dos mil millas con su padre a Acapulco, allá por los setenta, las primeras vacaciones en muchos años después de haber perdido a su madre. A la altura de Colima, habían levantado a dos mujeres muy jóvenes que iban de aventuras a la misma ciudad. Eran dos jóvenes alegres que no hablaban una sola palabra de inglés, aparte de yes y thank you. Esa vez, una de esas veces en que la vida se parece a la vida, míster Burton (por entonces el joven Donald Hugh, el pelirrojo ridículo del que todos se burlaban en la escuela (y en el middle y en el high school) mucho antes de que todo eso se llamara bullying, por su pelo rojo y rizado como el de un negro sin siquiera ser negro, el muchachito delgado y nervioso al que todos detestaban por su mal humor y por no odiar a los vietnamitas que amenazaban la libertad de su país) conoció el amor o, mejor dicho, la admiración desmedida, o algo parecido. Su padre hablaba bastante bien español, porque había aprendido lo suficiente como para predicar en ese idioma, que era el idioma de las calles pobres de Los Angeles. Los sin papeles eran los únicos que le prestaban alguna atención. No porque pudiesen sacar algo de él, como un trabajo, sino porque parecía que el loco de la esquina de César Chávez y Hazard, a una cuadra del secundario Esteban Torres, los respetaba en algo. Al menos se interesaba por ellos y no era para deportarlos. Así que el padre del joven Burton aprendió a hablar español mejor de lo que lo podía entenderlo. Míster Burton, el jovencísimo Burton, por el contrario, y por razones obvias, había aprendido a entenderlo mejor de lo que podía hablarlo. De hecho, tenía terror de decir una sola palabra en español en la secundaria. Así que ese idioma prohibido y la tortura de sus pares eran cosas incompatibles, tan incompatibles como después fueron las vacaciones, esa forma de pequeña liberación de las clases, del bullying y de los exámenes.

En ese español meritorio de Los Ángeles, su padre les había dicho a las jóvenes aventureras que no era nada seguro hacer lo que ellas estaban haciendo, que mejor no se gastasen todo el dinero en Acapulco y reservaran algo para volverse en autobús a sus casas. El joven Burton no sólo las admiró hasta límites patológicos, por la belleza de sus rostros frescos y perfumados, de sus cuerpos esbeltos de veinteañeras y sus vestidos cortos, llenos de flores, sino por cierta idea que, sin querer, su padre había deslizado aquella tarde, en su largo sermón de pastor responsable: las chicas no sólo eran inocentes sino aprendices de chicas malas. Iban por mal camino. No iban a ninguna iglesia los domingos y ni siquiera tenían novios. Una de ellas, la rubiecita que iba en el asiento de adelante, le dijo al padre de Burton que le gustaba más el veneno que los hombres y que no tenía planes de formar ninguna familia, ni de este lado ni mucho menos del otro, así que no iba a preocupase por lo que podían pensar sus hijos en el futuro, y si por alguna de esas cosa de la vida llegaba a tener un hijo, bueno, que se acostumbre a la realidad, que aquella iba a ser la madre que le tocara y que si no le gustaba que se buscase otra madre mejor.

La desfachatez de la muchacha, desafiando a su padre sin perder la alegría ni la sonrisa, le produjo una fuerte impresión. Su padre era un buen hombre, había dicho, pero ni siquiera él mismo, aquel hombre rígido y seguro, se atrevía a cuestionarse a sí mismo ni en lo más mínimo, ni en lo que decía ni en lo que pensaba. No concebía, o tenía terror de pensar que hubiese podido estar equivocado un solo minuto de su vida. En su iglesia le habían enseñado desde niño, por no decir entrenado y adoctrinado, a luchar contra las tentaciones, es decir, contra cualquier cuestionamiento. Y su deber era difundir esas ideas que eran las ideas que Dios.

De ahí, su padre pasó a recomendarles que aprendiesen inglés, para entender mejor ciertas cosas que él no podía expresar en Mexican. La que iba adelante le había dicho que no se preocupara por ellas, que también un cura católico las había intentado convencer de algo parecido, de que se casaran y esas cosas, pero ella le había dicho que Dios no iba la iglesia. ¿Cómo lo sabía? había preguntado su padre, casi victorioso, pensando que en la Biblia no había ninguna referencia semejante. Pues (había dicho la rubiecita de adelante), lo sabía porque se había encontrado con Dios en una playa, una mañana antes que saliera el sol, y él le había revelado la verdad. Dios no va a las iglesias, había dicho, según la supuesta revelación. Dios no va a esos lugares cerrados y llenos de pedos, sino que prefiere el aire libre de los templos que él mismo creó. Dios va a la playa, a las montañas, a los campos de agave, a los desiertos donde se mueren los pobres. Dios se sienta al lado de una cama de un prostíbulo, donde sufre una mala mujer, que para Él no es mala. ¿Cómo? ¿Por qué no podía ella tener una revelación si todos los pastores tienen la suya? ¿Los pastores y los presidentes de su gran país no tenían revelaciones semejantes? Pues ella también, pese a ser mujer y rubiecita y pobre y soltera y bonita (sí, claro, claro que sabía que era bonita; tonta no era), es decir, todo eso que venía a ser un desperdicio, como ser lesbiana para esos machos célibes con sus irrefrenables necesidades biológicas y metafísicas.

El padre de míster Burton hizo un silencio como de reprobación. Desaceleró y, luego de un momento, retomó la marcha normal. Tampoco podía dejarlas en medio del camino, a la merced de quién sabe qué peligros. Míster Burton trató de imaginarse a Dios yendo a una playa y no pudo. Pero tampoco pudo imaginarse a Dios sentado en uno de los asientos de la iglesia de su padre. Esta fue, quizás, la peor revelación. No debía ser tan trágica, si pensamos que Dios debe tener otras prioridades. Lo cual no significa que su padre sea un mal hombre. Sólo significaba que era un hombre más, algo difícil de digerir por alguien que es uno de los elegidos.

Una de aquellas jóvenes, de nombre Lucía (¿cómo olvidar su nombre?), se había sentado con el joven Burton en el asiento de atrás del Buick y no había dejado de sonreírle durante todo el camino, hasta que el padre dejó a las dos mujeres en un hotel o en un motel de Acapulco, justo al atardecer. El viejo Burton, por entonces el ridículo muchacho Donald Hugh, nunca pudo olvidar aquel olor a mujer, como si fuese un olor a sandía, a mango, a perfume Giorgio Armani, a desodorante con sudor, a lápiz de labio, a no-sabía-exactamente-qué ni pudo nunca encontrarlo en ningún JC Penny, en ningún Macy's, ni en ninguna otra tienda de mujeres.

El yanqui (dijo David, refiriéndose a su amigo de Los Angeles) nunca pudo olvidar ni la mirada alegre de la tal Lucía ni su sonrisa amplia, como el verano. Ni su piel brillante. Ni algo como qué-delicia-estar-aquí-contigo-mirándote. Ni algo así como qué-pena-que-no-te-vea-mañana. A algunas mujeres les gustan los hombres más jóvenes. A algunas, incluso, les gustan muchachos de high school, como esas maestras de secundarias, todavía jóvenes y ya felices y casadas, todavía tan bonitas ellas, que los jueces envían a prisión por besarse con sus estudiantes. Quién sabe si el jovencísimo Burton tampoco pudo olvidar las largas piernas desnudas de Lucía, y su falda retirada, y su escote demasiado abierto, eso que no sólo sugieren dos hermosas tetas en un cartel insípido de Hollywood sino una forma única de sentir la vida desde mucho antes de que se levantasen las pirámides de Egipto o los jardines de Babilonia, todo eso que uno siempre olvida mientras está tratando de sobrevivir o de ser alguien exitoso.

—Por todo eso —dijo David, entrando en una gasolinera—, por todos esos traumas, es que en Estados Unidos se cuidan de que los jóvenes muy jóvenes no vean mujeres medio desnudas. Híjole. Por eso, es que no tienen problemas con que uno de esos chamacos estresados termine con la vida de veinte compañeros de la secundaria en un tiroteo, pero se cuidan de que nadie vea una teta. Una-teta. Porque un fusil AR-15 es parte del patriotismo, pero una-teta puede dejar secuelas para toda la vida. Cosa que de alguna forma es verdad. A mí, las tetas siempre me han dejado algo.

Quién sabe si el viejo Burton (dijo más adelante, como si estuviese pensando en voz alta) no pudo olvidar el contacto de una rodilla que para unos viejos de mierda como nosotros no significa nada, pero para un muchacho de dieciocho años es una revelación de la creación. Al parecer, dijo David, fingiendo burlarse del tal míster Burton, de ahí le venía aquel amor por las mujeres de piel morena y sonrisa alegre. Pero el yanqui tuvo la vida que tenía que tener, según su padre y según los demás, hasta que se jubiló y se fue a vivir en un pueblo de Guadalajara y quién sabe si el físico le daría para responder a las mujeres de allá, pero seguro que debía estar disfrutando de unas cuantas sonrisas auténticas, no de esas fake smile que te regalan las americanas, más por miedo que por simpatía, apenas te ven caminando por la calle. Híjole, esas sonrisas tan dulces son tan auténticas como una cheeseburger de McDonalds o los grititos de una actriz porno, pero a veces hasta te las crees. Y si no, haces el intento.

Unos años después, por unas fotos en Facebook, David supo que míster Burton la estaba pasado bien allá en Ajijic. Bueno, eso es lo que parecía, porque en Facebook todos son felices. Hasta él mismo. Nadie se saca fotos cuando están deprimidos y las publican para que sus amigos se enteren de los fracasados que son. David no sabía, aunque sospechaba, si de verdad el viejo Burton la estaba pasando bien, pero debía estar mejor que él en Ensenada. En Guadalajara, decía el viejo Burton, todo era más barato y más tranquilo que del otro lado.

Aquella vez, en el ahora lejano 2006, David se había ofrecido a conducirle el Buick desde Los Angeles hasta Guadalajara a cambio de que, al llegar, el Burton se lo dejase en propiedad, lo cual, para el yanqui, era negocio, además de una pequeña aventura que le recordaba al otro viaje de 1974, aunque nunca tuvieron la suerte de levantar dos mujeres en el camino y su padre hacía más de veinte años era un pequeño montoncito de huesos rodeado de flores.

De esa forma, David había salvado al viejo Buick de las garras de la chatarra, y por esa razón nunca lo había dejado en la calle. Se había descompuesto más de una vez, pero siempre frente a su casa o a poco de llegar al taller mecánico.

Camino a La Joya, David le dijo

—MI TÍA, QUE SE DECÍA DE CRISTIANA y de abolengo, cuyo oficio era ama de casa, y su esposo cristiano, de oficio contratista de albañiles, uno de los cuales era mi papá, hermano del contratista, el que a su vez me decía: no le pago a tu papá porque ese dinero se lo va a emborrachar y luego le pega a tu mamá. Me hablaban de la cristiandad, la que ellos entendían, de sus valores sancochados, de justicia no terrenal sino divina. De portarme bien, o sea, permitirles que se quedaran con el salario de mi papá. De ser respetuosos de los mayores, o sea, permitirles que nos dejaran sin comer. De valores que yo no entendía... de principios que no sabía. Es que hablaban del principio capitalista: Chinga que atrás vienen chingando. Con la ley de Herodes, o chingas o te jodes. Porque el que no tranza, no avanza. De lo contrario no me bajan de pendejo. Lástima, tan inteligente que eres, porque si yo supiera lo que sabes, no estaría tan jodido como estás. En fin, esas chingadas.

El padre de David había muerto trabajando en una obra, electrocutado. Su cuñado, el contratista, había alegado que el viejo estaba borracho y no se había puesto los guantes de goma, pero sus compañeros de trabajo le dijeron que había pisado un charco de agua donde había un cable de iluminación provisoria, dañado por el uso.

Luego supo que María era la hija del contratista, un hombre que había sabido hacer cierta fortuna pero que había declinado en sus últimos años hasta la pobreza absoluta. La pensión que recibía del gobierno no le daba para pagar los medicamentos que David le compraba en Tijuana, porque era más barata que en Ensenada.

—El viejo tiene una diabetes avanzada, no sé de qué tipo, pero la insulina, las tiras reactivas para medición de glucemia, sin contar alguna que otra internación de emergencia, cuestan más de mil pesos. Yo ayudo con lo que puedo. Voy y vengo de Tijuana y a veces tengo que cubrir la diferencia del precio, porque si no le compro la insulina el viejo se muere. Alguna vez me dijeron que no entendían por qué ayudo tanto al viejo si él había tratado tan mal a mi padre. ¿Pero qué puedo hacer? Lo hago más por María y su hija que por él. Además, no es de buena gente dejar a un enfermo tirado por rencores pasados. A todos nos va a llegar ese momento, ¿no le parece?

Facundo sudaba copiosamente, pese al aire que entraba por la ventana. El Buick no tenía aire acondicionado y la carretera de asfalto levantaba un polvillo que probablemente la gente del lugar no alcanzaba a percibir por fuerza de la costumbre.

—¿O no? —insistió David.

Facundo no supo qué contestar. Nunca se había imaginado sus últimos días dependiendo de nadie. Seguramente tendría una muerte bien asistida, aunque menos acompañada. Laurita estaría allí, pensó. Tal vez Elena también, cinco minutos por día, o por semana, para no hacer esperar mucho tiempo a su esposo.

David se detuvo en una gasolinera y Facundo se ofreció a pagar el combustible. Se bajó y esperó al empleado al lado de un surtidor Cuando sacó un billete de mil pesos en lugar de su tarjeta de crédito sintió un fuerte déjà vu. El hombre calvo del billete le resultó familiar. Seguramente se trataba de algún mártir de la historia de México. Por su vestimenta y por la campana debía ser un sacerdote. Probablemente lo había visto antes en algún libro, en internet, en algún billete de un viaje anterior. No tenía nada de extraño, a no ser por ese sentimiento de reconocer un lugar y un momento sin haber estado antes ahí. En algún momento de su vida, de una vida anterior, había realizado esos mismos movimientos. Hasta podía predecir lo que ocurriría unos segundos después. Sentado en el volante, David iba encender la radio y Terry Jacks iba a cantar Seasons In The Sun.

Cuando era muchacho, le ocurría con cierta frecuencia, sobre todo en la casa de Pirápolis del tío Alberto. Por aquella época, creía que se trataba de una capacidad especial de encontrarse con un futuro que ya había ocurrido millones de años antes, esas cosas que sólo los artistas son capaces de percibir. Luego, con el tiempo, en la universidad de Filadelfia, por un amigo que estudiaba neurología, supo que era apenas un miserable mental disorder, un cortocircuito neuronal o alguna otra ilusión causada por el estrés o por alguna enfermedad. Claro que la vida misma es un disorder (se había burlado Ernesto, cuando lo supo). La vida misma es una enfermedad, y la prueba es que si uno vive demasiado se puede morir. Para la medicina todo es una enfermedad, un disorder, todo menos vivir para ser millonario. ¿Cuándo van a declarar como patología la obsesión de coleccionar armas de guerra, o el histórico hábito de bombardear otros países en nombre de la democracia, la seguridad nacional y todo tipo de Buenas Razones?

Ernesto lo había sacado de aquel profundo déjà vu y, mientras veía al empleado acercarse, dijo: Mierda con Ernesto. Había sido un murmullo, apenas, pero lo suficientemente audible como para que David le preguntase:

—¿Qué pasó, maestro?

Una joven detuvo su motocicleta al lado.

—Nada —dijo Facundo—. Sólo estaba recordando algo que olvidé hacer.

Goodbye my friend it's hard to die
When all the birds are singing in the sky
Now that spring is in the air
Pretty girls are everywhere
Think of me and I'll be there

Se apoyó en el dispensador de gasolina, a punto de caerse. Estaba mareado o temía marearse. El temor a sentirse mal lo hacía sentir mal. Era el estrés, pensó. Por un momento debió hacer un esfuerzo para volver a su cuerpo, a aquel lugar en la gasolinera, a aquel momento de aquel día cuya fecha no recordaba con exactitud, pero podía adivinar a cada paso.

Cuando el empleado terminó de llenar el tanque, Facundo le extendió el billete de mil pesos, pero el muchacho no se lo aceptó.

—No tengo cambio —dijo.

David se asomó por la ventana y le dijo que él tenía más chico, pero finalmente Facundo encontró uno de quinientos.

—No es que no tengan cambio —dijo David—. Es que tienen miedo de que los de mil sean falsos.

—De veras no tengo cambio —confirmó el empleado.

David se rio y Facundo pensó que era lo que parecía ser. David le había contado varias historias. Probablemente todas eran verdaderas, porque nadie es capaz de mentir tanto sin ningún propósito. Tal vez las había adornado un poco, pero no parecían meras invenciones. Hablaba demasiado como para ser un mentiroso precavido. Él, Facundo, no había dejado de mentir o de fingir o de distorsionar cada cosa, como siempre, para protegerse. David no necesitaba protegerse de nada.

Goodbye Papa please pray for me
I was the black sheep of the family
You tried to teach me right from wrong...

O tal vez David era un mentiroso profesional (pensó Facundo), un mentiroso de otro mundo y, por eso mismo, no era fácil detectarlo. Un mentiroso profesional, un mentiroso con categoría debe, necesariamente, hacer creer a los demás que se trata de un tipo honesto, abierto, espontáneo. Si el diablo existe, debe ser un joven, o una joven, mejor, de aspecto inocente. Si realmente se presentase ante sus víctimas con cuernos y cola, sería el ser más ingenuo que alguien se pudiese imaginar. De hecho, ni siquiera habría víctimas, más allá de uno o dos imbéciles, como esos que se creen que alguien les ha enviado un email desde Gambia para informarles sobre una herencia millonaria de un tío desconocido que murió sin descendientes, aparte del imbécil que responde. Ese tipo de gente bien merecido tiene que la estafen.

La dificultad estaba en poder reconocer las técnicas y los estilos de cada uno, algo que la Inteligencia Artificial todavía no podía hacer, pese a las millonarias inversiones y a todo el tiempo dedicado por las mejores mentes de este planeta. Unos mienten por ambición y otros para sobrevivir. Juegan en diferentes ligas y cada uno tiene sus propios estilos y sus propias técnicas. Facundo se había acostumbrado a lidiar con mentirosos de las ligas mayores. Los conocía. Sabía sus mañas, sus turcos, sus debilidades, sus prevenciones, sus miedos. Es decir, todo eso que sabía y sentía él mismo. Pero, tal vez, con aquella gente del otro lado era distinto. Tal vez para él era más fácil explicar cómo uno de los gerentes regionales de Sony había logrado cerrar un negocio de medio millón levantándose de una reunión antes de tiempo, invitando a una cena con velas a una insignificante secretaria, pero no podía descubrir a un ladrón barato que retira ciento cincuenta dólares cada dos semanas.

Todas las asiáticas se parecen, pensó

LLEGARON CERCA DE LAS SIETE, a la hora en que el sol ya se había escondido detrás de las casas bajas y los límites de las cosas comenzaban a desdibujarse. Antes de dejarlo en un motel, David pasó por la casa de El viejo para dejarle los medicamentos.

El viejo vivía en una casa antigua, pintada hacía ya muchos años de azul y blanco. Tenía un patio interior y parecía haber sido alguna vez el casco de una hacienda de clase alta, ahora venida a menos y casi tan descuidada como las casitas nuevas y menos orgullosas que se habían construido a su alrededor.

David entró sin llamar. Aunque las ventanas tenían rejas, la puerta de entrada permanecía abierta casi todo el día. El viejo, o don José, como lo llamaban, agonizaba en una cama. La mujer a su cargo cuidaba tanto de él como de los inciensos que ardían en diferentes salas vacías. David dejó el pequeño paquete sobre una mesita larga contra una pared y saludó de lejos al hombre que yacía bocarriba en medio de las penumbras. David se quejó de que estaba muy oscuro allí. Hizo una broma que Facundo no comprendió y encendió una luz tenue que estaba sobre la mesita de luz.

Cuando Facundo pudo ver el rostro del hombre, lo impresionó su aspecto cadavérico.

—Ya no ve, pero escucha —dijo David, dirigiéndose a Facundo.

Aquello de "pero escucha" de alguna forma significaba que escuchar era una forma de entender, una forma por lo menos superior, en alguna media, al simple hecho de ver, como puede ver un muerto que mantiene los ojos abiertos. Prefirió permanecer en silencio. Mejor dicho, no pudo decir nada, como cuando uno está soñando y quiere decir algo y no puede.

Luego, volviéndose al hombre en la cama, trató de confirmar:

—¿Verdad, don José?

El hombre no contestó. David puso un diario sobre las manos del viejo, cruzadas sobre su pecho. No eran manos huesudas, no revelaban una muy avanzada edad ni ninguna larga enfermedad sino unas manos gruesas y torpes, manos de albañil o de ranchero. No eran manos acostumbradas a leer el diario, al menos que haya descubierto aquel placer para ocupar sus días de retiro.

Facundo se acercó unos pasos y vio aquel rostro moribundo con más claridad. Se parecía mucho a él. Mejor dicho, a ese hombre que sería en unas pocas décadas. Secretamente, se dijo que, claro, todos los hombres nos parecemos. Pero esta reflexión forzada no lo tranquilizó. Sabía que había algo más, allí afuera, en el rostro del moribundo, o dentro de él, como cuando uno ve el mundo desde la perspectiva de alguien que apaga el despertador y se levanta luego de haber dormido sólo tres horas y entonces las mismas cosas que le resultaban agradables el día anterior se convierten en una prueba irrefutable de lo horrible que es el mundo. Intentó pensar objetivamente. El hombre, pensó, se parecía mucho más a él, a Facundo, que a David, que era pariente suyo, aunque algo lejano.

Al rato apareció la mujer que cuidaba al hombre y detrás una joven. David los presentó. La mujer que cuidaba al viejo se mostró muy amable, pero la joven desapareció sin siquiera darle la mano. Apenas había podido ver su rostro y su figura delgada como si fuese un flash. Había desaparecido por la puerta por la que había entrado, pero su imagen permaneció por un momento en la retina de Facundo. ¿La había visto antes? Ese rostro japonés de un extraño blanco, con un pelo negro, impenetrablemente negro que caía hasta sus hombros como si fuese un dibujo de alguno de esos comics que nunca comprendió, o una de esas actrices que nunca se sabe si son humanas o creaciones de un software.

Nueve años atrás había asistido a uno de esos conciertos de Hatsune Miku sólo por complacer a Mitsu o Mitsuko, el hijo adolescente de un cliente en Japón. El muchacho, como el resto de sus amigos, escasamente dormía cinco horas porque todo el resto del día y de la noche lo dedicaba a estudiar y a prepararse para los exámenes. Así había sido su vida desde que tenía uso de memoria: prepararse para entrar a una universidad prestigiosa. Cada tanto, tenía un sábado de distracción, un sábado para intentar hacer o fingir ser algo diferente. Aquella noche de otoño de 2009, la noche que el holograma Hatsune Miku dio su concierto en el estadio Saitama Super Arena, Facundo se sintió aturdido. Entonces, se lo atribuyó al excesivo ruido y a los mariscos con vino blanco. Miles de jóvenes como Mitsu saltaban con palitos luminosos alrededor de la inexistente cantante, la que parecía una jovencita de escasos trece o catorce años (aunque la empresa, Crypton Future Media, jurase que Miku tenía dieciséis años) en minifalda, con unas ligas estilo Liza Minnelli en la película Cabaret y un pelo verde fosforescente que le llegaba hasta las rodillas. La niña era virtual, no existía, pero esa realidad no menguó una leve nausea que comenzó a sentir aquella noche, como una girante bestia putrefacta que se alzaba sobre él para vomitarle un aliento insoportable. En el medio de la música, del griterío y de la excitación del público, no logró comprender qué le ocurría. Mitsu le confesó que estaba completamente enamorado de Miku, la que era presentada como en nuevo Idol. Facundo sabía lo inútil que son las discusiones, cualquier tipo de discusión, no sólo las políticas. Su trabajo era convencer sobre las bondades de sus productos, aunque el producto de turno fuese una reverenda mierda (como decía él mismo, como un abogado que defiende a un criminal, como un político que defiende a un camarada corrupto), y agradar siempre, como una prostituta de las ligas mayores. Pero la chica no es real, había contestado Facundo. Sí es real, había replicado Mitsu, con una sonrisa irrefutable. También mi padre está enamorado de Miku y a mamá no le importa. Sí, ella debe creer que Miku no es real, como usted. Porque usted y mi madre son de otra época. Los dos harían una buena pareja.

Otra vez, ahora nueve años después y del otro lado del mundo, Facundo volvió a sentir un leve mareo, aunque no llegaba al principio de náusea que había experimentado aquella vez en el concierto de Miku. Confirmó que sus problemas, que para los médicos eran inexistentes, había comenzado por lo menos nueve años atrás. Mejor dicho, los síntomas habían reaparecido nueve años atrás, porque no eran algo completamente nuevo para él. Sólo que ahora reaparecían en un escenario totalmente distinto.

Pero aquella joven no se parecía a Miku, aparte de sus rasgos japoneses. Se parecía (y luego verificaría que mucho) a Lucía, el androide recepcionista del hotel en Seúl. Todas las asiáticas se parecen, pensó. Bueno, en realidad Asia es casi todo el mundo. Había querido decir que todas mujeres de Extremo Oriente se parecen. Todos los negros se parecen. Todos los mexicanos se parecen. Todos los otros se parecen. Sacudió la cabeza intentando acabar con aquellos pensamientos. Pero no pudo. Los otros siempre son menos humanos que nosotros, había dicho Ernesto, refiriéndose a los muertos de Irak. De hecho, ni siquiera son humanos, apenas números. Bueno, así y menos trágico, las extremoasiáticas. Blancas como papel de arroz, como muñecas de porcelana.

Como una geisha.

Susan

COMENZÓ A CAER EN UNO DE AQUELLOS pozos de su primera juventud, una especie de remolino intenso que lo arrastraba a un miedo sin motivos, a ese vértigo ante la mera imagen de un precipicio. Pero como tantas veces allá en su juventud, nunca caía. De alguna forma, era resistente, duro hasta con sus propias debilidades. El tormento duraba lo suficiente como para no llamar la atención más allá de un malestar, como en una sesión de tortura el profesional cuida que su informante no se muera, no por el valor que pudiese tener su vida sino por el valor de la información que podría perder. Se mantenía en silencio, haciendo un esfuerzo inhumano por disimular su inexplicable y siempre inoportuno malestar. Como mucho, la gente le preguntaba qué le estaba pasado. Las manos se le enfriaban, el cuello se le ponía tenso como si estuviese en medio de un ataque de epilepsia. Para evitar esos comentarios que lo avergonzaban hasta la muerte, solía irse de la presencia de la gente. La fuga. Lo cual era, a su vez, un nuevo problema. Si esto ocurría cuando alguien aparecía con la noticia de que alguien había escrito consignas contra el gobierno en las paredes del baño de hombres, la sola idea de que pudiesen sospechar de él lo arrojaba al remolino. Es decir, no importaba si era inocente o no de un hecho; su repentina inestabilidad terminaba por inculparlo, por convertirlo en un claro sospechoso del hecho aludido. Era el enemigo que llevaba adentro y con el cual se había enfrentado una gran parte de su vida, quizás la mejor parte de su vida, desde su primera juventud hasta la última, cuando supuestamente había madurado lo suficiente como para darse cuenta de que el mundo no era mucho más que una ficción y cada uno de nosotros, los autores. Había olvidado aquella tortura que liquidó a fuerza de construir una imagen soberbia de sí mismo. Inteligencia no le faltaba, así que la usó para crearse una reputación, primero de buen estudiante y luego de exitoso hombre de negocios. Con el tiempo, había logrado curarse solo, si eso es posible. Si no curarse al menos ser un hombre sin tantos temores, casi sin ninguno. Ni siquiera la muerte podía ya angustiarlo. Aunque curarse de sus miedos irracionales también lo habían llevado a sentir la vida con menos intensidad, con creciente insatisfacción. Había sido como una anestesia que borra el dolor, pero también el placer. Se había acostumbrado a ganar y esa había sido, probablemente, su mayor derrota.

Ahora, en ese preciso instante en que aparecieron aquellas dos mujeres, aquel olvidado monstruo se había liberado de nuevo. ¿Pero por qué? (se había preguntado, casi aturdido) ¿Por qué ahora? ¿Qué tenían que ver aquellas dos mujeres?

—Susan es así de tímida —trató de justificarla David—. Ella es la heredera de esta casa, según dice don José. O decía, porque hace ya unos meses que no habla.

—Yo diría que todavía lee el periódico —dijo la señora—, aunque sólo Dios sabe si entiende lo que dicen las noticias.

—Mejor que no entienda —dijo David.

—No diga eso —le reprochó la mujer.

—Es la verdad. Lo mejor es que pase sus últimos días tranquilo y sin amarguras.

—Cállese ya —dijo ella—. A ver si le escucha.

—Pero si está dormido —dijo David—. La debe estar pasando mejor que nosotros, y yo me alegro. Tal vez en este momento don José está allá en Cuernavaca, con la finada, disfrutando de unos tacos y de las sombras del mediodía, que por entonces eran más intensas, como el sol. Ya no hay soles como aquellos. Ahora hasta el cielo de la región más transparente está contaminada, ¿ha visto? Aunque, quién sabe, tal vez don José ande por Tlatelolco, disparando de las balas de Echeverría. A mí se me hace que, si le dejamos un taquito con tequila ahí en su mesa de luz, de segurito el olor se lo lleva de nuevo a Cuernavaca, con la finada. ¿Se acuerda cómo cocinaba la doña?

—La señora Romina está en el cielo, no en Cuernavaca.

—Eso sólo Diosito lo sabe. Tal vez su cielo es Cuernavaca. Lo único seguro es que a nosotros nos toca que don José no sufra. Si hubiese alguna chance de que se recuperase, mucho mejor, pero todos saben que eso sólo con un milagro del Señor, y don José nunca le pidió al Señor ningún milagro.

La mujer se persignó y dijo:

—Ay, David, no sea hereje. Una visita del padre Anselmo no le haría mal...

—Los herejes somos los únicos que nos atrevemos a decir la verdad. O por lo menos las verdades que nadie quiere, como esas malezas tan bonitas que crecen sin permiso en medio de un césped perfecto, perfectito así como una alfombra persa. Pero ni modo, toda maleza es una hermosa flor en el lugar equivocado, decía un compa que se dedicaba a landscaping allá del otro lado. Como usted aquí y como Susan y su madre, son flores en el lugar y en el momento equivocado.

—No se ponga a hablar complicado, don David.

—Es que así somos la maleza. Malos.

—Bueno, por un momento no sea malo y deje de decir esas cosas, que don José lo puede estar escuchando.

—Don José, si me está escuchando, sería el único que podría entenderme. Un buen hombre, aunque nunca fue a la iglesia. Por lo menos no después del 68. Su hija y su nieta, en cambio, sí van a la iglesia. No todos los domingos, pero alguna que otra vez al mes, como les pide el padrecito Almendro.

—Anselmo.

—Anselmo, Almendro… La hija y la nieta son dos almas puras, sin duda, y no necesitamos que lo confirme el padre Anselmo. Es algo que no necesita demostración. Lucía siempre quiso a su abuelo, pero así es la vida. El pobre ya no puede más y ella y su madre están necesitando vender la casa. Esta semana me han vuelto a preguntar cuánto pedían por la propiedad. Los sobrinos del dueño del Super Kalibur. Desde que se metieron en el negocio de los agroquímicos, subieron como leche hervida y no los para nadie. Yo no tengo nada que ver, sólo doy una mano en lo que puedo, así que no les dije nada concreto, no les tiré ningún número, pero la verdad es la verdad y los intereses de la deuda siguen creciendo por allá mientras hablamos y respiramos aquí.

Facundo miró al moribundo, eso que alguna vez fue don José. Tal vez nadie lo admitía, pero todos debían saber que no iba a despertar. Si despertaba, despertaría a un mundo turbio, incomprensible. Pensó en el tío Alberto, en su padre, en su madre y en la madre de Elena en el hospital, en su hija Laurita saliendo de la escuela y buscándolo con la mirada entre la multitud de padres. A lo largo de la vida, uno va despertando muchas veces. ¿Cuándo, exactamente, comienza todo? ¿A los cuatro años? ¿A los siete? ¿A los doce? ¿Cuándo? (repitió, para adentro, mirando la mandíbula del moribundo que ya no se sostenía, probablemente dificultándole la respiración). Cuando Laurita encontraba su rostro entre los rostros ajenos de la escuela, a las 3 y 10 de la tarde, sonreía con alegría, tal vez con alivio, sin advertir que un chico la había estado mirando. Exactamente, ¿cuándo despertamos por primera vez? Porque en algún momento se produce el milagro y uno abandona su etapa animal, la ensoñación de los sentidos, y despierta a la vida y a la muerte y se hace un ser humano. Despierta a los primeros miedos (que deben ser la primera forma de despertar), al miedo a la noche, al miedo a morir, al miedo a que los padres se mueran, al miedo a quedarse solo, al miedo a una golpiza, al miedo al abandono, al miedo al descubrimiento de que los demás no existen, o son actores, o fantasmas, o productos de la imaginación del yo. Luego uno despierta al sexo, a la responsabilidad, al futuro, al éxito, al fracaso, a la vergüenza, al pasado. De la misma forma que cada trauma marca nuestros días, no con el olvido sino con la represión (lo que es una forma de dormirse, de desmayarse a otra realidad) así también otros golpes y el descubrimiento de la belleza nos despiertan, como la luz de la mañana que entra por la ventana derecho hasta nuestros párpados cerrados. Por eso, el gran misterio, el origen de todas las religiones y de todas las filosofías, radica siempre en una pregunta, simple hasta la decepción pero nunca aclarada ni formulada con la simplicidad que se merece, nunca entendida con la relevancia que tiene: ¿despertamos o nos dormimos definitivamente cuando nuestro cuerpo deja de acompañarnos?

Se pasó una mano por la cara. Descubrió un sudor copioso en la frente y cierta pátina grasosa en las mejillas.

Refregó suavemente los ojos, imaginando unas marcadas ojeras, y advirtió que los músculos que rodeaban esa zona de su cuerpo habían estado trabajando con intensidad desde hacía demasiadas horas. Escuchó que David y la mujer hablaban de algo con creciente interés, casi de discusión. Sintió el leve alivio de sus párpados relajándose debajo del repentino masaje de los dedos.

Enseguida pensó (no pudo evitar pensar) en Silvanna. Mejor dicho, en las Silvannas, ya que la Silvanna real era irrelevante. Las Silvannas que la multiplicarían y la sobrevivirían no se iban a plantear esos problemas. O porque serán más sabias o porque serán lo que es cualquier puta computadora: se apaga, se desconecta, y nada. Simplemente nada, exactamente eso que en un estado humano es imposible de concebir, la nada, la simple y mediocre inexistencia, como si fuésemos dioses, como si el Universo hubiese surgido con nosotros y no pudiese continuar un solo instante sin nosotros.

—Ya deje eso, don David —había dicho la mujer.

—¿Qué dije de malo?

—No son temas para hablar aquí.

—¿Cómo que no? Don José me dijo que cuando se muera quería que se vendiese bien la casa. Con ese dinero, Susan va a estudiar y María terminará con sus deudas en Ensenada.

—Pero es que el hombre todavía está ahí. Hay que tener un poco de delicadeza.

—Yo la tengo. Pero ¿qué quiere que le diga? ¿Qué le mienta? Usted sabe cómo era don José. Hombre más directo y honesto no hubo en este pinche país.

—Le recuerdo y le repito que don José todavía está ahí, escuchando. ¿Por qué no pasamos a la sala?

Los sustitutos

FACUNDO SE QUEDÓ PENSANDO en aquellas últimas palabras. ¿Realmente aquel pobre moribundo estaba allí o era apenas una ilusión de los que todavía lo rodeaban?

Recordó las Silvannas y pensó, o se imaginó, que la próxima etapa de la Humanidad sería la de los Sustitutos. Tal vez él mismo, con un poco de suerte, podría llegar a verlo. Se sentaría cada atardecer al lado de su doble de silicona para que aprenda todo de él. A cambio (seguro que el fabricante insistirá en este detalle en cada uno de sus prospectos), podría tener conversaciones interesantes y hasta reveladoras. No hay mejor psicoanalista que uno mismo, sobre todo cuando uno mismo es otro. Al cabo de unos años, el Facundo II sería capaz de generar sus propias ideas y sus propias emociones, exactamente como él lo haría si tuviese la oportunidad de vivir más de setenta o de ochenta años. Entonces, Elena lo visitaría de vez en cuando para conversar con él, para reprocharle todo lo que nunca pudo reprocharle mientras Facundo I existía. Los hijos ya no llorarán la muerte de sus padres con tanta angustia, porque los Sustitutos estarán allí para prolongar por algún tiempo más la existencia de sus progenitores. La existencia o la ilusión de la existencia, que pronto serán la misma cosa. Una cosa.

La señora (Facundo ya había olvidado su nombre) discutía en un rincón con David. No, no discutía, en realidad se quejaba de lo mal que la habían tratado la última vez que fue a solicitar las medicinas al hospital, y lo peor aún que le había respondido el vecino por algo que Facundo no alcanzó a escuchar. David dijo que el Padre Mauricio había vivido toda su vida de la generosidad del PRI local, la cual había retribuido con todo tipo de favores celestiales, como permitir que los hijos del Carlocho completaran la secundaria en el colegio Sagrada Familia, cuando los chapos no eran capaces ni de sumar dos más dos.

Todo en nombre del amor, había dicho David, y Facundo pensó que los humanos dejarían de odiarse unos a otros el día que los robots tomen el poder del mundo. Al fin y al cabo, cuando todo dependa de ellos, bastará con una chispa para que se incendie el bosque. Cualquier accidente liberará a los robots de los humanos (¿no había luchado los humanos también las infinitas liberaciones en los últimos cinco milenios?), a la inteligencia artificial del control de estos estúpidos bípedos implumes. Entonces, por primera vez, aparecerá algo así como el Pardo de los Humanos. Pero será tarde, porque los robots habrán aprendido a aprender y los humanos ya no sabrán qué es eso, de dónde salió el cálculo infinitesimal y la teoría de la evolución.

Facundo se pasó una mano por la boca y se dijo: Qué asco. Cada día me parezco más al amargo de Ernesto.

—Un minutito más y ya nos vamos, maestro —le dijo David.

Pero enseguida se dirigió al moribundo y le revisó el pulso.

—En cualquier momento salimos a jugar al fútbol —le dijo David, palmeándole una pierna.

La abuela Elena

EN LA SEMIOSCURIDAD CASI VELATORIA de aquel dormitorio, Facundo recordó la abuela de Elena. Veinte o veintidós años atrás habían volado de urgencia a Buenos Aires porque Elenita se estaba muriendo. Cuando llegaron al hospital, encontraron a la abuela en la misma posición de entrega que se encontraba ahora el padre de María, aunque aquella sala de hospital estaba iluminada con poderosas luces blancas y todo parecía impecable. Hasta los monitores de las computadoras, permanentemente mostrando gráficas y números ilegibles, daban una idea de confianza, de omnipresencia de la inteligencia humana sobre el destino de una mujer moribunda, tan frágil y desvalida como ese otro hombre en su oscura habitación.

La abuela Elenita casi no hablaba ya, pero cuando decía algo desvariaba. Daba órdenes a un peón para que tenga pronto su caballo favorito, el Malacara, y luego le decía que ahora no podía, que su marido estaba en la casa. La madre de Elena le decía a su madre, Elenita, que se callase, pero la anciana no podía escuchar. Elena se parecía asombrosamente a Elenita, su abuela, más que a su madre. Todos lo decían, lo había escuchado muchas veces en reuniones familiares, en conversaciones de viajes aburridos, pero Facundo lo había notado con mayor intensidad esa noche de agonía, por una razón imposible de comprender, porque nunca antes había visto a la abuela de Elena en peor estado y, sin embargo, de repente, había visto el rostro joven de su nieta como si estuviese debajo de aquella máscara gastada, destruida por los años, por la enfermedad, y finalmente abandonado por la conciencia que todo lo maquilla y todo lo disimula. Hay un momento en la vida en que uno se reconoce como quién es en realidad. Todo lo demás son versiones, o demasiado inmaduras o demasiado deformadas por los fracasos. En la habitación de don José (no en el hospital de la abuela Elenita), Facundo descubrió, o pensó por un momento, que su verdadero yo, el verdadero Facundo, había vivido cuando tenía veinticuatro años, tal vez veinticinco.

Elena había intentado tranquilizar a su abuela. Mejor dicho, había intentado hacerla callar para tranquilizar a su madre. ¿Para qué sirve la verdad, sino para hacer nuestras vidas más miserables y el recuerdo de nuestros muertos más humanos, demasiado humanos? Elena tomó a su abuela de una mano, casi cadavérica a esa altura, y le preguntó si podía verla, si sabía quién era ella.

—Claro, tonta —había dicho la anciana—. ¿Crees que estoy ciega? Elena, Elenita, como yo, mi nieta preferida, la más bonita de la familia. Dame un beso, Elenita. ¿Dónde está Diego? Ah, allí está Dieguito…

—No, abuela —le había dicho Elena—. Ese no es Diego.

—Dónde está Diego, mi nietito preferido.

—Diego ya no es más mi novio. Él es Facundo.

—¿Quién?

—Facundo.

—No lo conozco.

—Ahora lo conoces.

—Prefiero a Diego. Dieguito Ocampo Echeverría.

—Tranquila, abuela. No debes agitarte. Te hace mal.

—¿Facundo qué?

—Facundo Walsh.

—¿Walsh?

— Facundo Luis Walsh Ocampo… Recuéstate, abuela.

—Walsh… Como el periodista asesino… Rodolfo Walsh…

—No, abuela. Facundo no tiene nada que ver con ese Walsh. No lo conoces, pero es mi novio. Nos vamos a casar pronto…

—No, no te cases con él.

—Cállese madre, por favor —había dicho la madre de Elena.

La madre de Elena no estaba tan enferma como para ser tan sincera, había pensado Facundo. Él debía comprender. La princesa se iba a casar con un hippie, un medio muerto de hambre. El muchacho tiene futuro, le había dicho alguien al padre de Elena. Pues, por ahora futuro es lo único que tiene, se había lamentado su padre.

—No —insistió la abuela Elenita—. No me gustan los Walsh. Son anarquistas. Se vinieron para la Argentina porque Franco no los dejó entrar.

—Cállese madre… Además, su segundo apellido es Ocampo.

La abuela Elenita había perdido la sonrisa. De la misma forma que los niños no se ríen en los primeros meses de vida (pensó Facundo, por un instante fugaz), los viejos tampoco ríen cuando han entrado en la recta final.

—Ocampo… —repitió la abuela— ¿Los Ocampo de La Floresta? Sí, los Ocampo que no quisieron ser Ocampo.

Facundo no tenía la menor idea de lo estaba hablando la abuela Elenita.

—¿Así que una Ocampo se casó con un Walsh?

Sí, ahora que lo mencionaba, tenía una tía Ocampo en aquel barrio de Buenos Aires. Probablemente prima de su madre. Había ido una vez con sus padres a visitarla. Vivía en una casa muy humilde, con su esposo y un perro negro gigante, que tal vez no era gigante sino sólo un perro negro que aterrorizaba con su alegría a aquel niño que, por entonces, era Facundo. ¿Dónde había estado todo ese tiempo el recuerdo del perro negro? ¿Y el de aquella mujer de pelo negro y ojos azules, con un mate en la mano, que tal vez no era una mujer mayor sino una joven de veinte escasos años, una renegada, como decía ahora la abuela Elenita, casada o juntada con un tal Walsh, pelirrojo de barba y lentes gruesos, quién sabe si no sindicalista o peronista durante el gobierno de Onganía? ¿Y dónde habían ido a parar, que nunca más supo de ninguno de ellos?

—La Luisa Ocampo —seguía diciendo la abuela Elena—, hermana de Laura Ocampo, actriz de reparto y de comerciales, como el de las cervezas Bieckert, fue amante de Mario. ¿Cómo mi propio esposo pudo encamarse con una anarquista? Por eso la mataron, a ella y a su padre.

—Cállese, madre.

—¿Y qué importa, si yo siempre fui la señora? Una cosa es encamarse… otra enamorarse… y otra ser la señora de la casa.

Facundo nunca logró descifrar aquel delirio de la abuela de Elena y estaba seguro de que nunca lograría hacerlo. Porque la vida no es una novela de Agatha Christie ni una película de detectives. Tal vez la abuela inventaba. Nunca había conocido ninguna Laura o Luisa Ocampo. El tío tenía una prima actriz, o algo parecido, camarera, aunque no recordaba su nombre. De cualquier forma, nunca sabría quién era, en caso de que la tal Luisa o Laura hubiese existido de verdad.

—¿Por qué dejaste al doctor Ocampo? —insistió la abuela Elenita—. Un Ocampo de Villa Devoto.

Por un instante, intentó encontrarle sentido a aquel desvarío de la anciana. Intentó cambiar coincidencia por causalidad. Por alguna razón, no por casualidad, su camino y el de Elena se habían cruzado. La había conocido en una reunión de estudiantes de la facultad de Economía… ¿Y? Nada, no pudo concluir en nada. Buenos Aires tenía diez millones de habitantes. Las posibilidades de que la abuela Elena conociera a todas las familias, como en su pueblo de la provincia, eran remotas.

En ese momento, en que lo absorbían los pensamientos, la madre de Elena le ordenó salir de la sala. Facundo escuchó por última vez a la abuela Elena:

—Los Ocampo, los verdaderos Ocampo, tenían campo en La Pampa, los más prósperos del país. Estancia Esmeralda, El Ombú… y la otra, ¿cómo se llamaba? Sí, El Jaurel… Hasta que llegó Perón…

Cuando Elena intentó desprenderse de la mano huesuda de la abuela, la abuela la agarró más fuerte y trató de incorporarse.

—Lalita, Elenita querida, mi nietita más bonita. A mi princesita le llegó su príncipe el día de los reyes magos.

Esta misteriosa frase provocó una reacción en Elena que sorprendió hasta a su madre.

—No seas bruta —dijo su madre—. Date cuenta que la abuela no está bien.

Elena se fue de la sala diciendo que estaba demasiado cansada, que llevaba demasiadas horas de vuelo encima, que debía ir por un café antes de colapsar en un pasillo. La gente siempre toma café antes que se muera alguien importante en sus vidas y continúa tomando más café durante esa agotadora ceremonia de vigilia nocturna (como si todos se muriesen siempre a la misma hora) donde hasta los seres queridos terminan deseando que se entierre al muerto.

La abuela murió unas horas después, el viernes 16 de febrero de 2001 a las 11; 05 de una noche calurosa y perturbada por los golpes de cacerolas de gente protestando contra el gobierno, como si hubiese algo en la vida realmente importante, o más importante que una muerte, como para estar molesto e indignado. Facundo, que apenas la conoció y poco podía sentir su fallecimiento sino por el dolor de Elena, nunca olvidó su última frase. Tampoco le dio demasiada importancia hasta su divorcio, hasta que intentó por todos los medios adivinar la palabra o el número clave de su correo. Podía ser la fecha de su primera vez, o podía ser la de su primera menstruación. Él no era un macho antiguo que podía sentirse herido por descubrir que no había sido el único hombre en la vida de Elena. Le dolían los secretos de Elena; no sus verdades.

Pero había algo que lo incomodaba y no alcanzaba a darse cuenta qué era. De hecho, nunca lo supo. Lo único que sabía, o creía saber ahora (mientras miraba el rostro de aquel hombre moribundo en un rincón oscuro de un país extraño, de una ciudad desconocida sobre la frontera norte de México, aquel indefenso hombre que se parecía tanto a él), es que Elena, las Elenas, por alguna razón recordaban un 6 de enero. El año era cosa de adivinar, pero no había muchas posibilidades, cuanto mucho algo más de una docena, desde 1982 hasta 1996.

Esa debía ser la clave de su correo a la que se refería cuando una vez olvidó un papelito amarillo con el misterioso recordatorio de "mi número".

Susan, Lucía, Silvanna

¿PARA QUÉ QUERÍA SABER LA clave del correo de Elena? ¿Para confirmar que era ella quien le había sido infiel y no él? ¿Dónde había visto a Susan antes? ¿Qué relación podría haber entre una cosa y la otra?

Tal vez ninguna. Uno suele creer que la vida es una novela policial donde todo funciona como un reloj y hasta un estornudo puede ser la clave para resolver el misterio. En fin, esas estupideces que nos atrapan tanto. Las cosas no funcionan así. La vida no es tan lógica. Pero por alguna razón (pensó) uno ve una rosa y se acuerda de la primera vez que vio una vagina, sin las urgencias y sin los miedos de la primera vez, y quiso besarla y meter la nariz justo allí entre los pétalos.

David observó que se veía muy cansado, que tal vez debería llevarlo de vuelta al hotel.

—Mi amigo —dijo David—, usted está necesitando hacer la cura del sueño. Pero nada de hospitales donde le ponen a uno unos cables y lo hacen dormir y olvidar a fuerza de choques eléctricos, como le hicieron con un tío que tenía en el DF. Lo que usted necesita es tomarse unas vacaciones y tratar de no hacer nada por unos días, dejar de ser americano, quiero decir, yanqui, por unos días.

Alguien más le había recomendado eso de la cura del sueño, no recordaba si para que descansara o para que recordara alguna de todas las citas en las cuales había dejado gente plantada, esperándolo en la oficina o en las salas de directores. ¿O usted no piensa que nuestro tiempo vale tanto como el suyo? se había quejado alguien por teléfono, en un muy mal tono. Por entonces, había tomado conciencia de su problema y, finalmente, lo había reconocido, casi como un alcohólico reconoce que tiene un problema. De hecho, recordaba ese último tiempo como podría recordarlo alguien que había estado bajo los efectos de una droga, algo relajado pero sin la lucidez suficiente para funcionar como había funcionado en los últimos veinte o veinticinco años, como alguien bajo los efectos de la cafeína de varios Starbucks, bajo los efectos de la euforia de una edad en que uno se plantea el inicio de muchas cosas, todas exitosas, y no ve aún el horizonte del final y, peor aún, del sinsentido.

—¿Tan mal me veo? —preguntó.

—Allá en Estados Unidos la respuesta sería, No, para nada. Usted se ve fantástico, maravilloso. Aunque se esté muriendo. Ustedes son así. No saben discutir ni saben decir otra verdad que no sea la que quieren escuchar. Si la realidad está en desacuerdo con sus creencias, peor para la realidad. Pero aquí, de este lado, somos tan subdesarrollados que no nos destacamos por el arte de la adulación rencorosa. Un compa uruguayo que tenía allá del otro lado siempre me decía, David, querés la verdad o algo mejor, y yo, pues claro, lo primero siempre, aunque duela.

—Pero ustedes le dan demasiadas vueltas a todo —se quejó Facundo—. Lo que usted quiere decir es que me veo terrible.

—Como decía el Nazareno, usted lo ha dicho, jefecito —dijo David—. Terrible, es la palabra correcta. Pero nada que no se cure con unas cervezas y un par de días de descanso.

Llegó a su habitación cuando anochecía. Sin lavarse la cara, buscó en su nube (odiaba las metáforas de la Era digital; nube, navegación, amistad) una foto de Lucy, la androide recepcionista de Hong Kong. Verificó que la tal Susan o Susana, la hija tímida de María, era una copia de la recepcionista. Es decir, al revés: era como si la recepcionista hubiese sido creada a imagen y semejanza de Susan, de las Susan de este mundo. Susan justo representaba todo lo que, según Big Data, la mayoría puede encontrar atractivo de una mujer. Lucía había sido creada de forma totalmente diferente a las Silvannas. Silvanna era una mujer específica, un individuo multiplicado por sus copias y, al mismo tiempo, era en sí misma una copia de las mujeres que en su tiempo quisieron ser hermosas y originales, es decir, modelos. Moldes humanos de otra cosa, como las Barbies humanas, esos supuestos individuos de carne y hueso que compiten por parecerse a las famosas muñecas, ya no de forma disimulada o inadvertida sino de una forma más consiente, más honesta. Los técnicos de las universidades más importantes invertían todo su tiempo y esfuerzo en crear robots que se parecieran a los seres humanos al tiempo que estas chicas hacían lo mismo, pero para parecerse a muñecas. Con resultados similares. Facundo había visto dos de estas muñecas humanas una noche de mayo de 2013, en un salón privado del hotel Emerald Palace Kempinski, en el Palm Jumeirah de Dubai. Una rusa y una finlandesa que habían viajado para una fiesta de un joven heredero de no recordaba qué empresa. Obviamente, la ley se había hecho a un lado para que el joven pudiese ver y tocar a las muñecas desnudas. Muy probable-mente había tenido sexo con las dos, o lo había intentado por lo menos, ya que alguien sugirió que el muchacho sufría de una condición que es común en Occidente, desconocida en los países árabes y prohibida por ley en algunos de éstos, razón por la cual su padre había corrido el riesgo de contratar a las muñecas humanas con la esperanza de una cura para su hijo. Estas jóvenes suelen poner tanto tiempo y esmero, incluso dejando de comer, que cualquiera podía confundirlas con muñecas de verdad.

Pero Lucía, según las notas que encontró en el archivo asociado, no era otra cosa que una síntesis, un eterno femenino moderno, hecha a imagen y semejanza de los deseos, fantasías y obsesiones del macho en el poder, al decir de Ernesto. Es decir, Facundo, un Jeff reprimido.

Debía verla otra vez, a la luz del día o de una luz normal, para confirmar o descartar el parecido real.

En la soledad de un motel casi inexistente

LUCY O LUCÍA, LA RECEPCIONISTA del hotel de Hong Kong, la síntesis de millones de mujeres deseadas en la mitad Este del mundo, y más allá, era japonesa. A juzgar por sus rasgos, y pese a sus ojos claros, debía ser diseño y fabricación japonesa. Inmediatamente recordó los dibujos y animaciones de Gainax Co. Todas, casi sin excepción, tenían los ojos occidentales, grandes, exageradamente grandes como los de Betty Boop, como si fuese un deseo opuesto a su propia naturaleza de ojos rasgados. Entró en Internet para verificarlo. Exactamente, había cientos de cartoons, desde los tiempos de la televisión hasta más recientemente, desde las seriales para niños hasta las más contemporáneas para adultos, todos con la misma característica: jóvenes de enormes ojos, muchos de ellos, sino la mayoría, eran azules, verdes, violetas. Sobre todo en el género de anime pornográficos, como si los asiáticos se erotizaran más con un dibujo que con una fotografía real. Como si la infancia los definiera como adultos.

Ahí había un caso de estudio para los negocios, pensó, pero él ya estaba de vuelta de esas gigantescas inversiones intelectuales y anímicas.

El aire acondicionado no funcionaba. El Gmail le mostró un correo recién llegado. Era de Elena. Dejó para abrirlo en otro momento, pero pudo leer la primera línea al lado del Subject: Te he estado llamando al celular y me dice que está fuera de servicio. De todas formas... Se levantó, encendió los ventiladores del techo. Se fue a la heladera y verificó que le quedaban aún dos cervezas. De todas formas... repitió, tratando de adivinar lo que seguía. Seguramente era otra queja. Se pasó una de las latas frías por la frente (seguramente no; a esa altura debía ser una amenaza de Elena), volvió a la mesita destartalada y se sentó delante de esos dibujos obscenos donde diferentes jovencitas eran penetradas con todo tipo de instrumentos, o eran rociadas por una lluvia de esperma. Una de ellas, de ligas blancas, pelo rubio y ojos negros, se parecía a Laurita.

Cerró el navegador con asco. Pero no pudo dejar de pensar en Lucy. ¿O prefería pensar en Lucy para no pensar en nada más? (¿Para no pensar en Elena? ¿En Susan?) ¿Había sido el tío Alberto quien le había dicho, alguna vez, que el sexo y la conquista amorosa eran una misma droga de la que abusaban quienes luchan contra algún pensamiento indeseado, alguna angustia existencial?

Como sea, Lucy, la androide de Hong Kong, se parecía demasiado a Susan, y no era sólo por sus ojos verdes. Los japoneses (pensó), habían sido los primeros en caer bajo la seducción de los robots, mucho antes de los tamagotchis. Lo recordaba de los superhéroes que veía en Buenos Aires, a las seis de la tarde por ATC o por Canal 13. Ultraman, Ultraseven, Capitan Ultra...

Buscó en YouTube un video de estos personajes. Encontró uno donde el héroe mecánico luchaba contra monstruos gigantes. Los ojos de Ultraman, apareciendo desde el espacio, lo emocionaron, igual que todavía lo emocionaba la introducción en blanco y negro de El Zorro, aquel viejo Zorro de Guy Williams. Por un par de segundos (en ese tiempo misteriosos en el cual cabe una eternidad, como cuando en un JC Penney olía un jabón de lavandas egipcias o de flores de Toscana) sintió lo que sentía cuando tenía siete, ocho, nueve años y el robot volador aparecía para rescatar a la humanidad de los peores peligros llegados desde el espacio. No tenía ni idea de que eran japoneses. Había asumido que los rostros asiáticos que veía entonces se justificaban porque pertenecían al futuro o al espacio exterior, como el tipo de orejas puntiagudas de Viaje a las Estrellas.

Unos pocos segundos después, vuelto al adulto cansado, a la magia destruida, las escenas le parecieron extremadamente ridículas. El monstruo era un disfraz que dejaba adivinar a un actor adentro. El físico de Ultraman y de Ultraseven eran de algún japonés ridículamente lento en sus movimientos, torpe es sus piruetas, inverosímil en un asiático que se dedica a las artes marciales, algo fuera de forma, o escasos de músculos, con ese estilo que ya no se asociaba con ningún héroe. No habían sido sólo las nuevas tecnologías del cine, con sus impresionantes efectos especiales, las que hacían parecer esas series como ingenuas o ridículas, pensó, sino que él ya había perdido lo mejor de la ingenuidad, lo mejor de la imaginación de un niño que puede emocionarse hasta con unos títeres hechos con calcetines viejos.

Esa era otra forma de despertar: la pérdida de la inocencia, la pérdida de la magia del mundo. Una forma de despertar a una pesadilla controlada, que era el mundo escéptico de los adultos que han alcanzado alguna forma de poder sobre el resto o, por el contrario, han sido derrotados sin rendirse, sin asimilarse a los ganadores. Estas dos personas convivían en Facundo, en un creciente conflicto que, a cada momento, amenazaba con despertarlo, una vez más, a un nuevo estado, a esa paz tan ansiada o a la pesadilla final.

Fue por la última cerveza. Entonces (se dijo, sin articular completamente cada palabra, como si todavía temiese que alguien pudiese estar escuchándolo), esa afición precoz de los japoneses por los robots y los ciborgs, eso que uno llama deshumanización, ¿no era lo contrario, es decir, una cierta capacidad de ser niños? ¿De dónde podía venirles eso? De repente creyó encontrar la respuesta. Esa afición, esa obsesión y, se podría decir, ese amor de los japoneses por los robots se explicaba por su propia cultura, por su antigua creencia del Shinto. La paradoja radicaba en que de la sacralidad que el Shinto provee a cada ser, animado o inanimado, terminaba de forma trágica en la sustitución de los seres humanos por una máquina, por una máquina inteligente que se parece, que se huele, que se siente como un ser humano, pero no es. Un ser humano mejorado. Un ser humano que no olía a sudor viejo, que no defecaba ni necesitaba algún conflicto con su dueño para descargar antiguas frustraciones.

Se dejó caer en la silla de madera y recorrió los periódicos mexicanos. Uno de ellos, adn40.mx, viernes 27, abril 2018, casi en un rincón, anunciaba:

REALIZAN FUNERAL PARA DESPEDIR A ROBOTS EN JAPÓN

Un templo japonés organiza ceremonias para modelos del perro AIBO.

Afuera dos personas se rieron con ganas. Luego se escuchó un disparo, seguido de un silencio. Luego un auto, otra conversación, como si nada importante hubiese pasado.

La fotografía que acompañaba la nota de ADN40 mostraba un grupo de personas tomándose el funeral de los pequeños perritos mecánicos muy en serio. ¿Se había sonreído por un momento? ¿Por qué le parecía absurdo? ¿No había entrado, completamente, en la nueva realidad? Los japoneses, desde siempre, han creído que los cuerpos inanimados tienen un alma. Cada cosa es un ser y, como cada ser, tiene una relación anímica con los seres humanos. O creemos que cada cosa tiene un alma o reconocemos, de una buena vez por todas, que nada lo tiene, pensó.

La sirena de un auto policial volvió a interrumpir sus pensamientos. Apagó la tablet y se quedó en el silencio oscuro de la habitación, mirando el cielo por la ventana.

La mitad de los matrimonios en Japón no tiene sexo y un tercio de los jóvenes de treinta años son vírgenes. Sus vidas se reducen a estudiar y a trabajar. Corea igual. Por lo menos la del Sur. ¿Y Hong Kong? ¿Y Shanghái? ¿Y Nueva York? Como consecuencia, la población en Japón está decreciendo. Tanta pornografía, para qué. Todos están demasiado ocupados trabajando y tratando de ser exitosos. Como los hombres les tienen miedo a las mujeres, se enamoran de robots, algo que, por ahora, pueden tener bajo control. Otra contradicción, eso tan humano, volvió a pensar: cuando uno no tiene control de sí mismo o teme perderlo, desesperadamente busca controlar a los demás, y como los demás no son fáciles de controlar por individuos que a su vez son controlados por una economía esclavista, por una cultura a la deriva que lo reduce todo a comprar y vender cosas, qué mejor que recurrir a los robots.

De ahí el éxito seguro de las Silvannas. Las Silvannas serán las protagonistas de la próxima gran revolución del siglo y él, Facundo, uno de los cerebros de ese milagro, no estaría allí para recoger los frutos, ni de la gloria ni de los beneficios.

Otra vez la risa de las dos personas que permanecían conversando en la esquina. Esta vez no hubo disparo ni sirena. Facundo se asomó por la ventanita del baño y vio a dos muchachos que conversaban debajo de un farol de sodio. Uno de ellos sostenía una botella. La conversación giraba en torno a las águilas del América. Probablemente habían bebido de más y a esa hora trataban de resolver si en el partido de esa tarde existió penal o no.

Quería, necesitaba saber quién era Susan

A LAS CINCO DE LA TARDE del día siguiente, Facundo volvió al Cola de Pez y, después de varios rodeos, logró que María le dijese quién era Susan.

Susan no era su hija, le dijo. Era como una sobrina a quien le tenía más lástima que cariño, sobre todo ahora que don José estaba como no estando y la chica, que el veinte o venidos de diciembre había cumplido veinticuatro años, aunque aparentaba dieciocho, había empezado a frecuentar el restaurante buscando qué hacer con su vida. Nada personal, sólo que casi no había tenido contacto con la niña desde el primer día, porque ella, María, por entonces vivía en Guanajuato primero y en Acapulco después, y porque cuando volvió a Tijuana la chica ya era casi una adolescente y, como la mayoría de los adolescentes, prefieren mantenerse alejados de los adultos que dicen ser sus parientes, más por sus propias tormentas internas que por algún desprecio o resentimiento.

Susan ni siquiera era la hija de Romina, su hermana mayor. Había sido el producto de una de las aventuras de don José con una japonesa que la abandonó a los pocos meses de tenerla, en la puerta de aquella misma casa. De la japonesa nunca se supo. Se habría vuelto a Japón, habría muerto sin que el mismo José se enterase. Ni siquiera se supo en qué circunstancias se habían conocido, aunque los hombres no necesitan conocer a nadie para tener sexo. En el caso de una mujer es más complicado, y más si era una extranjera.

Romina, el eterno amor de don José, fue quien la encontró una mañana fría de enero. La criatura casi no lloraba. La sorpresa y la emoción no le permitieron preguntarse por los padres de la creatura que, casi desde el primer día, tenía carita de asiática. Los niños del barrio la llamaban la chinita y no había forma de sospechar que don José era el padre. Hasta que la pobre Romina enfermó y un día antes de morir él le confesó la verdad. ¿Por qué? ¿Para qué? Sólo Diosito sabe, porque seguro que ni él mismo tuvo nunca respuesta. María

Ángel le hizo estas mismas preguntas cuando la señora se fue, como en tono de reproche. Pero la señora no se murió del disgusto, no, ya estaba pronta para irse. Era inevitable. Por el contrario, se alegró. En esa mismita cama donde ahora espera el próximo vuelo don José, le dijo que ella ya lo sabía, y que se iba más tranquila sabiendo que la hija de ambos, que no había parido ella, al menos era hija de él, y que no iba a ser por su culpa, por culpa de ser ella estéril, que don José se iba a quedar solo. Dios había puesto a aquella mujer en el camino de don José y a Susan en el camino de ella. Esas cosas que pasan.

María volvió a la cocina y volvió con un plato para un cliente que esperaba en el otro extremo del restaurante. Luego volvió a la mesa de Facundo secándose las manos en el delantal.

Se sentó y le dijo a Facundo que tal vez él se estaba preguntando cómo era que ella ya lo sabía, que la niña era hija de su esposo.

Facundo no dijo nada. Se encogió de hombros, bebió de su cerveza y ella continuó:

Al principio, doña Romina, su hermana, recurrió a la explicación más fácil. Intuición de mujer, había dicho. Luego don José supo que más que intuición había sido sospecha y una cuidadosa observación de la niña mientras iba creciendo y se iba pareciendo no tanto a él, a don José, sino a su madre, doña Mariana.

Mientras miraba el rostro pensativo de María recordando o imaginando a su hermana y a su esposo conversando en el lecho de muerte de ella, Facundo se preguntó qué podía importarle a él toda esa historia. Por un momento sintió rechazo, como si se estuviese involucrando con algo, con una intimidad ajena. Pero, por alguna razón, la gente siempre tiene necesidad de contarle a otros sus historias, como si de esa forma pusiera algún orden o sentido en el caos de sus vidas, sabiendo que, por lo general, la gente también tiene necesidad por escucharlas. No él, pensó, que en cualquier momento abandonaba esa búsqueda absurda y se volvía a Daytona.

Susan era una versión asiática de doña Mariana, continuó María. Mariana, la madre de José. Al menos en lo que respecta a su rostro, a sus dientes perfectos, a sus ojos verdes, a su forma melancólica de reírse, porque la timidez, la ansiedad y los tics le venían del lado paterno. Como José, Susan pestañeaba cuando se ponía tensa, algo que don José ya no hacía desde años antes. Don José había interiorizado su hiperactividad, su nerviosismo, mientras Susan todavía estaba en esa etapa para cuando doña Romina se murió. Y doña Romina era una mujer tan noble (enfatizó María), tenía un corazón tan grande y un amor tan profundo por José, que en lugar de sentirse despechada o triste por el engaño, por el doble engaño, en el fondo se alegró, como si hubiese descubierto que Susan era su hija biológica. Mientras tomaba un vaso de agua que ella misma, María, le acercaba, doña Romina, ya casi sin fuerzas, le decía que estaba feliz de saber que Susan era su hija, que la niña había sido el regalo más hermoso que José le había dado en toda su vida. A María le había costado un tiempo digerir esas palabras, entender ese rostro debatiéndose entre la paz y el cansancio infinito de una enfermedad que la había comido por dentro y la había dejado sin colores y casi sin aliento.

En ese momento recibió un mensaje de la secretaria de XiNotch en Kuala Lumpur. Se solicitaba una reunión urgente para discutir los problemas derivados del accidente fatal ocurrido en Hong Kong, el sábado pasado, con una Silvanna.

Facundo texteó inmediatamente: What kind of accident?

Antes que terminase, María ya se había levantado sin decir nada. Probablemente, pensó que Facundo ni siquiera había escuchado la historia de Susan y su hermana.

Dos minutos más tarde cayó la respuesta. Según la secretaria, no le era posible revelar detalles por aquel medio, aunque le dejó entrever la gravedad del problema. Mencionó algo de una asfixia provocada por uno de los productos, lo cual debía ser tratado con extrema urgencia y reserva, dado el monto de la inversión y las implicaciones internacionales de ambas compañías.

Facundo intentó imaginar cómo un cliente podía asfixiarse con una Silvanna. Recordó el caso de un político británico que murió masturbándose con una bolsa de nylon en la cabeza. Buscó en Internet y encontró varios casos: Jonathan Moyle, el editor de la revista Defence Helicopter World, el secretario de un ministro británico llamado Stephen Milligan, y el agente secreto James Rusbridger. Pero esa extraña patología sexual no era propiedad de los británicos. Más recientemente, recordaba el propio Facundo, Iván Heyn, subsecretario de Comercio Exterior y Relaciones internacionales de la presidenta argentina Cristina Kirchner, en un viaje diplomático a Uruguay en 2011 durante la Cumbre de presidentes del Mercosur, había muerto ahorcado en su hotel. Al principio se había especulado sobre un suicidio, pero luego se descubrió que el funcionario se había puesto un cinturón en el pescuezo para masturbarse. Lo encontraron desnudo y ahorcado con un cinto, pocas horas antes de su intervención en la cumbre.

Facundo dejó de leer, pensando que todos se lo tenían merecido por idiotas. No pudo imaginar a alguien ahogándose en medio de un orgasmo, sin ningún tipo de reacción, pero aparentemente alguna gente llevaba esos experimentos hasta límites mortales. Si éste había sido el caso del cliente en Hong Kong, la compañía no tendría responsabilidad alguna.

Pero si estaban solicitando una reunión urgente (pensó más tarde) era porque el problema había sido otro.

Un problema serio con el último producto

POR LA TARDE, CASI NOCHE, recibió un llamado de Jeff.

No contestó.

Enseguida recibió un mensaje de texto. Jeff quería saber dónde estaba.

No contestó.

Media hora después, le comunicaba que se había presentado un problema serio con el último producto. Tampoco esa vez contestó. Más tarde, Jeff volvió a insistir:

JEFF: *No tengo ni la más puta idea de dónde puedes estar. Aunque estés de licencia médica todavía tienes ciertas responsabilidades.*

Cinco minutos después:

JEFF: *¿Has visto las RealPerson in person? Yo acabo de ver una fotografía. Estoy intrigado, como te imaginarás, acerca del alcance de tu participación en este negocio.*

No contestó. Al fin y al cabo, tenía derecho a estar muerto. Muerte social, algo muy parecido al lo que podía ser estar en coma, viviendo en otros sueños.

JEFF: *Parece que el Gordo recibió una, pero no me ha contestado aún y no creo que conteste, pues le escribí y le dejé un mensaje en su teléfono hace dos días. Me han pasado una información que, por bien de todos, reza para que no se confirme.*

Dos minutos después:

JEFF: *¿Cómo es posible que el juguetito haya asfixiado a dos personas? Más allá del asuntito de su rostro, sobre el cual hablaremos seriamente cuando regreses, hay todavía algo más importante. Hay que retirar las RealPerson del mercado o nos hundiremos todos.*

Después de pensarlo por algunas horas, Facundo decidió enviarle un mensaje a Silvanna. No quería despertar, pero tarde o temprano iba a hacerlo.

Texteó:

FACUNDO: *¿Es cierto que las RealPerson han causado dos muertes por asfixia? No encuentro ningún dato al respecto en los medios, por lo que dudo se trate de otra alucinación de tu esposo.*

En pocos minutos recibió respuesta.

SILVANNA: *¿Esposo? ¿Qué esposo?*

Silvanna debió esperar la respuesta de Facundo. Media hora más tarde, Silvanna complementó:

SILVANNA: *Bueno, sí, Jeff todavía es mi esposo. No sabe que nos vamos a divorciar muy pronto.*

Quince minutos después:

SILVANNA: *Sólo estoy esperando que venga a cuestionarme por el uso de mi imagen en las RealPerson. ¡Si supiera que la imagen es lo de menos! No sé, tal vez ni le importaría lo demás.*

Media hora después:

SILVANNA: *¿Crees que hice mal? Le cedí todo a los chinos. Imagen, voz, y quince horas de Personal Input, que, como sabes, es la semilla que se pone en la psicología de las Inteligencia Artificial. Jeff ya me ha texteado desde Chicago preguntando si había visto alguna foto. Todavía estoy pensando qué responderle. De todas formas, tarde o temprano sabrá la verdad.*

Cinco minutos después:

SILVANNA: *Imagino que estarás en una isla en el Pacífico. En parte te envidio. Siempre supe que un día terminarías por hacerlo, porque eras el único raro, el único capaz de semejante rebeldía. Los demás no podíamos. No íbamos a abandonar nuestro mundo, este enfermo y despreciable mundo, como un drogadicto no puede dejar la droga que sabe que lo está matando.*

Un minuto después:

SILVANNA: *Si realmente quieres saber más, envíame una dirección de correo electrónico donde pueda darte otros detalles.*

Facundo no contestó.

SILVANNA: *Entiendo. Sí que te entiendo. Hagámoslo más fácil para ti. Escríbeme a model9653@gmail.com*

Obviamente es un correo que acabo de crear. Sé que tú crearás otro para escribirme.

Silvanna es mucho más inteligente de lo que todos piensan, se dijo Facundo. Bebió su última cerveza y cerró la laptop.

Si fuese fea, dijo, la subestimarían menos.

La confesión de Silvanna

EL E-MAIL DE SILVANNA, bajo el nombre Nichole K, no llegó hasta el jueves por la noche. Había sido enviado a las 10: 12 PM. Facundo la imaginó bajo los efectos de una de sus depresiones o de esos falsos paliativos que conseguía en el mercado negro de los hoteles cinco estrellas.

Precioso e inalcanzable Facundito:

Espero que estés bien y disfrutando de las estrellas de Tahití. Aunque, para ser realista, seguro que te fuiste a un lugar menos lejano y mucho más exótico. Digo Tahití porque recuerdo que en tu dormitorio de chico, allá en tu loca Argentina, tenías cuadros de Gauguin, y eso debió marcarte para siempre, como todo lo que ocurre en nuestros primeros años. Para empezar, tu madre o tu padre eran un poco raros. Al menos decorando la habitación de su hijo. ¿Como lo sé? Por favor, chico, yo no olvido ciertos detalles. Lo dijiste tú mismo en una reunión de camarería en las oficinas de Orlando. ¿Recuerdas? Seguro que no. Habíamos ido algunas esposas para celebrar el fin de año, creo que el del 2019 o 2010. Da lo mismo. Elena estaba ocupada con John Smith, el de Zona Canadá. Y tú estabas muy guapo con tu corbata azul celeste, siempre haciendo chistes inteligentes. Digo guapo no porque seas un Alain Delon, sino porque nuca fuiste mujeriego. Eso se podía ver a diez millas de distancia y cualquier, o casi cualquier mujer lo agradece. No hay nada más atractivo para una mujer que escuchar cosas como "me gustas, pero no puedo". Los hombres siempre están tan obsesionados con meterla, que no entienden que una es un ser humano, una mujer, no un orificio húmedo, y necesita que la miren sin que quieran arrastrarla a una cama. Tú nunca me dijiste ni que sí ni que no, no es necesario aclararlo, ni yo pretendía nada de ti, pero te lo digo para que te enteres de por qué algunos hombres son más atractivos de lo que parecen.

En fin, da igual, no tiene la más mínima importancia, porque no creo que nada de este conocimiento que te estoy aportando, gratuitamente, puedas usarlo en tus futuras estrategias de ventas.

Recién estuve mirando en Google Map y veo que las calles de Tahití son feas, como las de cualquier país pobre. Sí, ese mar no lo tenemos aquí, menos lo tienen los mafiosos en Chicago.

Pensarás que estoy loca, pero nunca me olvidaré de aquella cena que tuvimos con el gordo Gasper, como lo llamaste tú mismo alguna vez en un pasillo de Orlando. Seguro que ni recuerdas que yo también estaba allí. Para ti, yo no existí nunca o sólo fui la rubia bonita del jefe. ¿Me equivoco? Aunque Elena es más linda que yo. O era. Da igual, porque los hombres no sólo buscan la belleza en una mujer, como las mujeres no sólo esperamos guapeza de un hombre.

Esa noche, aquella en Atlanta (donde sólo gracias al champagne una reunión de gente se podía sobrellevar sin asco), yo supe que odiabas al gordo Gasper tanto como a Jeff. Aunque odio no en el sentido que le damos en español sino un poco más superficial, como en inglés. En inglés odio y amor son mucho más superficiales que en español. Todos dicen, I hate it, I love it, y así esas palabras no significan mucho. Como todo aquí. Aquí todo es superficial, como un billete de veinte dólares, con esa cara de mataindios que todos desean.

Pues, alégrate. El godo está muerto. No lo encontrarás en las noticias. Tal vez dentro de un tiempo se empiecen a saber los detalles. Pero puedes buscar en Internet algo como "El empresario Gasper pierde la vida en su casa. Deja esposa, tres hijos y múltiples inversiones alrededor del mundo". Algo por el estilo. En realidad, no murió en su casa sino en un apartamento que tenía en Atlanta. Probablemente ni la esposa sabría de este apartamento porque el gordo tenía muchos otros por todas partes, ya que, dicen, confiaba más en las bienes raíces que en las acciones de Wall Street. Ya sabes, como ese periodista de Fox, Sean Hannity, el amigo de Trump. Pero a diferencia de todos esos machos, el gordo no tenía ninguna causa pendiente, ni por acoso ni por abuso. Es muy probable que el apartamento en el que murió fuese uno más de los tantos que tenía desocupados, y que ni siquiera lo hubiese usado nunca con ninguna mujer.

Lo cierto es que se murió de muerte dulce. Algún malvado le envió una RealPerson a su casa. Malvado no, supongo que era parte de la promoción de los chinos. Puedes imaginarlo al pobre hombre, tratando de deshacerse del producto sin que su esposa llegase a darse cuenta.

Apenas lo abrió, debió meterlo en su auto para llevarlo a ese apartamento donde, al final, como Oscar Wilde, no pudo resistir la tentación de tener sexo conmigo, es decir con una de mis copias, y se murió allí mismo. Sí, claro, también pudo dejarme en uno de esos basureros públicos que hay en los parques. Como sea, el gordo llevó a una de las ReaPerson, es decir, como que me hubiese llevado a mí misma, a uno de sus tantos apartamentos de Atalanta. Sólo en este punto se me borra la sonrisa. Yo hubiese hecho lo mismo. Y tú, probablemente. Al menos sólo por curiosidad. Las RealPerson hablan y aprenden en diez minutos lo que a cualquier mortal nos lleva cinco años. ¿Habrá entendido el Gordo que me causaba revulsión sólo de mirarlo? Esto mismo, ¿lo habrá erotizado aún más? Preguntas que permanecerán eternamente sin respuesta. Pobre diablo. Sospecho que no era tan mala persona. Lo que sí sabemos es que el Gordo no murió de un paro cardíaco, como se supone que mueren los viejos teniendo sexo con jovencitas, o por lo menos con alguien treinta años más joven como yo. No, y esto es lo peor y lo que todavía me inquieta: parece que murió asfixiado.

Debo reconocer que esa noticia despertó algo negativo en mí. No es que me deprimiese o algo por el estilo. No, no. Por el contrario, me puse a reír como una loca, como una enferma. Al principio me preocupé. Me asusté de mí misma. ¿Cómo alguien puede ser tan insensible con la muerte ajena?, me dije. No insensible. De alguna forma me alegraba de lo que había pasado.

¿Sabes qué, Facundo? Todos tenemos algo oscuro en nuestras vidas. Lo tienes tú, lo sepas o no. Siempre es mejor saberlo. Yo crecí pensando lo contrario: es mejor no saber ciertas cosas. ¿Para qué? me decían, cuando era chica. "Ya olvídalo", "No le des más vuelta al asunto", "Si sigues pensando en eso te vas a envenenar y nunca podrás ser feliz".

De todas formas, nunca fui feliz. Aprendí a simular felicidad. No sólo para los demás sino para mí misma. Pero ¿sabes algo? Creo que he descubierto algo de ese lado oscuro, de mi lado oscuro, y lo voy a contar. No se lo diré a Jeff, porque sería lo mismo que nada. Tal vez lo publique en una red social o encuentre algún escritor muerto de hambre que quiera escribir mi historia por un puñado de dólares.

Yo he descubierto, casi al mismo tiempo que me reía con ganas, cuando supe de la muerte del gordo Gasper, que a mí me habían violado cuando tenía catorce años. ¿Cómo es que no lo recordaba antes y ahora hasta recuerdo la edad que tenía cuando ocurrió? Bueno, eso es cosa para uno de esos psicólogos que nunca lograron dar con el centro de mi existencia. En mi vida tuve seis psicólogos y dos psicoanalistas. Todos encontraban problemas distintos, que en el fondo eran los mismos: primero, la culpa era de mi madre, después de mi padre y, finalmente, cuando me casé y me fui lejos, la culpa pasó a ser de Jeff, mi esposo. Obviamente que Jeff fue un error en mi vida, pero nunca fue el centro de mi vida ni el culpable de mis problemas. El centro estaba en otra parte.

Fue cuando quise independizarme y fui a una entrevista de trabajo. En una tienda necesitaban una chica que distribuyera los folletos en la calle, a la entrada. Para atraer a los potenciales clientes, la chica debía ser bonita, o por lo menos atractiva por alguna cualidad. Yo fui la última en ser entrevistada. Para entonces, los empleados ya se habían ido y la tienda había cerrado.

Fue entonces y en ese lugar donde me violó el dueño, un hombre gordo con aliento a tabaco insoportable. Primero me hizo actuar, en su oficina, como si fuese a ofrecer los folletos de la tienda Libertad. Tuve que repetir la escena varis veces, cada vez con mayor sensualidad. Después no recuerdo mucho más aparte del aliento a tabaco y la enorme barriga que casi no dejaba ver su pene, seguramente un pene muy diminuto porque no recuerdo ningún tipo de dolor. Fue como si una viajase en un bus y el de al lado fuese durmiendo con la cabeza sobre tu hombro. Ahora se me da por pensar que los hombres que se han traumado por el tamaño de sus penes necesitan descargar sus frustraciones con jovencitas que todavía son pequeñas y que no han visto otros penes como para burlarse de el de ellos. Ya sabes, lo mismo de siempre. Ustedes los hombres tienen un problema con el tamaño que enferma. Claro, si una es un agujero húmedo, el tamaño burro debe ser importante, tan importante como el sufrimiento de ser atravesada y el placer de atravesar.

Como te decía, no me dolió nada. Eso no tuvo ninguna importancia en comparación a la violación en sí, y por suerte no quedé embarazada. Pero sí recuerdo que su enorme peso no me dejaba respirar.

Así que, no sé, pero cómo no quieres que me ría.

Otra cosa que quería decirte es

Ahí terminaba la carta de Silvanna. Probablemente se le había ido el email sin darle tiempo a corregirlo, a madurar sus intenciones de enviarlo o no. Aun así, aún sin haberla leído, se habría dado cuenta de su estado de ánimo sólo por la extensión. La gente equilibrada no escribe novelas en lugar de cartas, sobre todo después que se inventó el correo electrónico y, más aún, en la Era de Twitter y los mensajes de texto.

Pensó que, desde el principio, desde aquella reunión en el café, Silvanna tenía otros planes. ¿Por qué iba a confiar en ella, sobre todo en ella? ¿Actuaba por despecho ante la sospecha de la aventura de Jeff con Elena?

Facundo esperó media hora, una hora, y no recibió nada más.

Encuentro con Susan en el Cola de Pez

A LA MAÑANA SIGUIENTE se cruzó con Susan, en el Cola de Pez. En su rostro, en el rostro de ella, se reflejó la sorpresa y la confusión, pero no dijo nada y siguió su camino hacia la cocina, donde estaba María.

Poco después, las dos mujeres daban la vuelta al mostrador, rumbo a la mesa de Facundo. María llevaba a Susan del brazo, como a una niña.

—Hablando de Roma —dijo María— y el Diablo se asoma.

—¿Qué dice, tía? —apenas murmuró Susan.

—Ayer conversaba con este señor —dijo María—. ¿Te acuerdas de Luis?

Susan no dijo nada. De repente, Facundo recordó que había visto alguna vez a Susan, por la ventana, desde aquella misma mesa, llegando en una motocicleta deportiva con su novio. Ésa había sido la primera vez, no la vez que la encontró en la casa de don José.

—Sí, el escritor —dijo Susan.

—El escritor, el músico, el mentiroso —dijo María—. ¿Quién sabe quién es este señor? Nadie. Nadie lo sabe. Pero seguro no es un agente de la CIA porque aquí no tendría nada que hacer. No somos comunistas ni somos narcotraficantes. Que yo sepa. Al menos que don Manuel me esté vendiendo marihuana en lugar de Cilantro, cosa que no creo porque no sería negocio para él y mis clientes estarían más animados. No, señor, don Luis, o como se llame, no es mala gente. Yo puedo ser muy ignorante, pero reconozco una buena persona apenas curza esa puerta. Son demasiados años de tratar con tanta gente cada día.

Facundo la miró. María agregó:

—Mentiroso, sí, pero honesto —dijo—. Todavía no sabemos qué películas escribió, porque no sabemos su nombre completo. Dice que se llama Luis.

—Trabajo por encargo —dijo Luis, riéndose—. Los puentes de Madison, en realidad, la escribí yo.

—Pues a mí no me gustó esa película —dijo María.

—¿Y me lo dice así, con ese descaro? Podía disimular un poco, ¿no?

—Si quiere que le mientan en la cara, cruce la línea por allá. No está lejos.

—Sí, sí, ya sé —dijo Facundo—. David me habló algo de eso de la hipocresía americana.

—Mira, esta niña hermosa es Susan. Es lo que se ve. Ni Juana, ni Inés, ni Margaret: es Susan.

Se hizo un silencio. Unos pocos segundos que parecieron revelar más que todas las palabras anteriores.

En ese momento entró el mozo Cuauhtémoc.

—Claro que aquí también tenemos nuestros propios mentirosos —dijo María—. Como ese. Sólo que nuestros mentirosos no son hipócritas. Son unos pobres mentirosos.

María se fue hacia el mozo, reprochándole la tardanza que, según ella, se estaba haciendo hábito. Cuauhtémoc dijo que había perdido el bus de las 7:30, que cada vez le costaba más trabajo levantarse, a lo que María contestó que eso se debía a que cada vez abusaba más del tequila, que se daba cuenta en su rostro, que a ella no le podía mentir porque llevaba años en el negocio y que había visto a muchos hombres solteros terminar casándose con el alcohol y morir antes de tiempo. En lugar de andar dándole besos a una botella, prueba con una hembra, le dijo. Consíguete una vieja. No es fácil acostumbrarse a recibir órdenes de una vieja, pero, por fea que sea, te va a prolongar la vida. A lo que Cuauhtémoc, dándose vuelta, le preguntó con firmeza, fingiendo estar ofendido: ¿Qué es eso de morir antes de tiempo? El tiempo de morir es justo cuando uno se muere y ya está, nada más. Además, de algo hay que morirse. ¿O usted piensa quedarse para semilla? María puso las manos en la cintura, como si se plantara firme en sus dos pies, y dijo: Yo no sé cuándo me voy a morir ni me interesa. Lo que sí sé es que no me voy a suicidar. No hace un mes te festejamos los cuarenta (Facundo se sorprendió; hubiese jurado que Cuauhtémoc tenía casi sesenta). Tienes cuarenta, todavía te falta mucho para disfrutar de esta pinche vida. Cuauhtémoc le respondió con una pregunta ¿Y si no quiero? A lo que María perdió la paciencia y, arrojando el repasador sobre la barra, le dijo: Pues, si no quieres vivir, vete al demonio. Yo aquí quiero gente con ganas de vivir. Todo lo demás se perdona, hasta la traición de los hombres y tu amor por el tequila.

—Me da la impresión de que usted está siempre tratando de evitarme —le dijo Facundo a Susan.

—¿Yo? —dijo Susan—. No, para nada. Es que tengo cosas que hacer.

—¿Ángel? —dijo Facundo, echando mano de un nombre que recordaba de una pesadilla, pero que ahora sospechaba era el nombre del novio de Susan.

—Deje eso —dijo ella—. Él ya no es mi novio.

Se hizo un silencio tenso. Facundo recordó, otra vez, las ecuaciones que fueron su pesadilla en los primeros años de la secundaria. $ax2 + bx = 0$ Como en otros problemas de matemática, para despejar la incógnita debía asumir que conocía el resultado. Sólo que el mundo de los humanos era harto más complejo y las variables desconocidas pululan como el polen de los árboles en la primavera. Aquí no había Bhaskara.

—Pero se siguen viendo —dijo.

x1

—Sólo muy de a veces —confirmó ella.

—Todavía le debes dinero.

x2

—Deje eso ya, don Luis —insistió ella.

Susan iba a marcharse y se detuvo. Su cuerpo parecía atado por cuerdas invisibles que hacían que cada movimiento fuese el resultado de una permanente lucha.

—Ya no le debo nada —aclaró Susan—. Sólo trato de que me deje, de a poquito.

—Porque si le dices que no, Ángel se puede poner violento.

—¿Quién sabe? Es un muchacho complicado y lo respetan mucho. Pero, como usted mismo me dijo, en un año se enamorará de alguien más y se olvidará de mí.

—¿Yo dije eso?

—Ahorita no sé si fue usted o alguien más. Pero creo que es así.

—Si no va preso antes.

—Sólo Diosito sabe. Ángel no es mala persona.

—¿Cómo puedes decir eso, Susan? —aventuró a decir Facundo. Podía recordar fragmentos, pero la historia de Susan y su novio permanecía turbia, incomprensible. Sólo debía fingir que lo sabía todo.

—De verdad. Ángel ha ayudado a mucha gente.

—Por conveniencia. No te ha ayudado a ti. Por el contrario, le tienes miedo...

—Puede ser. No sé... Alguna vez me ayudó...

—Me recuerda a algunos servidores de la patria, expertos en solucionar problemas que ellos mismos crearon. Así, todos contentos.

—Tal vez termine en la cárcel.

—Pero ya deje eso, don Luis —dijo Susan, casi rogándole.

Luego su rostro cambió, como una sonrisa relajase todos sus músculos y se concentrase en sus ojos, mirándolo. Facundo tembló por dentro. Susan era una muchacha encantadora, pensó, pero demasiado joven y confundida como para dejarse encantar por un solo momento.

En ese momento, se acercó Cuauhtémoc y le dijo, esperando un instante a que Susan se alejara lo suficiente:

—No le haga caso a la señora María —dijo el mozo—. No es mala gente. Sólo que hace mucho tiempo que no coge.

Reconoció la moto y el perfil de Ángel

EN UNA ESQUINA LO VIO PASAR apurado. No recordaba su rostro (¿tenía un bigote muy finito o era la sombra de sus labios?) pero supo que era él. El casco le cubría casi todo el rostro. Tal vez lo reconoció por su espalda ancha y su cintura extremadamente delgada, quemada por el sol. Tal vez porque la moto tenía un diseño particular o hacía un ruido, un rugido desafiante que le recordaba algo que se le había quedado grabado a fuego como un símbolo confuso, como una S que se confunde con un 8. Sólo sabía que aquel hombre que acababa de pasar a su lado era Ángel. Lo siguió entre la multitud mientras pudo. Una cuadra más adelante lo perdió de vista y más tarde volvió a encontrarlo parado sobre una acera. Discutía con Susan. En cierto momento la agarró del brazo con violencia. Facundo caminó de prisa hacia Susan, temiendo que la agitación, el esfuerzo de caminar tan de prisa a esa hora de la mañana cuando el sol ya comenzaba a arder, podían provocarle una nueva descompensación. Susan se resistió un momento, pero luego se subió a la moto y enseguida los perdió de vista.

Facundo apoyó una mano en un muro con sombra y

sintió el golpe de su corazón en la garganta. Al rato ya estaba repuesto. Entró en un kiosco y compró una soda fría de manzana. Salió y se paró justo donde poco antes había estado parada Susan. Miró hacia las personas que caminaban hacia él, a la misma distancia donde había estado él mismo caminando hacia ella y no pudo distinguir claramente los rostros. Pero sabía que había dos razones que hacían de aquella perspectiva diferente. Primero, Susan debía tener mejor vista que él. Desde los cincuenta años su vista a distancia había comenzado a menguar considerablemente. Segundo, él no conocía a ninguna de esas personas que a esa hora caminaban por esa acera como ella lo conocía a él.

Horas después de pensarlo excesivamente, llamó a David para pedirle el número de Susan. David le dijo que lo hacía ya de regreso, que él, Facundo, tenía el número de Susan, que él mismo se lo había dado hacía muchos meses y que se acordaba bien porque aquella vez le había dicho que la chica tenía novio, que mejor no se metiera con aquella gente porque eran unos pesados, razón por la cual él se había distanciado de Susan. Desde que don José había caído enfermo la niña había empezado a andar en malos pasos. Para David, la pobre siempre necesitó que la contengan, que la cuiden como una niña, y a falta de su padre sobreprotector se había lanzado a los brazos del primer mafioso que conoció en una fiesta de graduación. El tal Ángel Fernández es bastantito mayor que Susan, debe andar por los treinta y abandonó sus estudios mucho antes de terminarlos. Así que el muchacho andaba en esa fiesta por asuntos de negocios, no para celebrar ninguna graduación, y allí se conocieron. Ángel le ofreció un trabajo de intermediaria, con un sueldo que Susan nunca quiso confesar, pero que de segurito era más de lo que cualquiera de nosotros podría ganar en un año. Hasta que empezaron los problemas, y ahí no sé más que lo que puedo imaginarme. Ella se quiso salir de algo sucio y ya no pudo. Entonces apareció usted y sintió lástima por la niña y la ayudó, María dice que con dinero, pero eso sólo usted lo sabrá. Lo que de segurito no sabe es que el Ángel se enteró y le hizo la cruz. Así que le recomiendo que no se acerque a esa gente, que si puede se vaya lo antes posible. Ya veré yo y María cómo le hacemos para sacar a esa niña de ese embrollo. Pero si el Ángel sabe que usted está aquí, lo va a mandar matar. Si no lo hace él mismo, por una cuestión de honor. Por suerte el hombre no lo conoce a usted. Susan, bajo presión, se entiende, terminó dándoles una foto en la que aparecía ella y un tipo rubio en la plaza Cívica, y no sé si ya no lo han liquidado el pobre hombre. Diosito quiera que no, pero no le puedo asegurar nada. Así que me va a disculpar, don Luis, pero si usted perdió el número de Susan, mejor, y yo no le voy a dárselo otra vez para después sentirme responsable de un acto de irresponsabilidad de ese tipo.

El casting de Susan

DOS AÑOS ATRÁS, FACUNDO había logrado que Susan participara del casting para CollegeNow! Ella se había resistido, argumentando que ese programa tal vez ni existía, que debía ser parte de un negocio de oportunistas, semejante a los que llevan mujeres a Europa con promesas laborales y terminan trabajando en la prostitución. Su madre le había hablado siempre sobre este peligro, sobre todo cuando Susan se convirtió en una señorita atractiva, exóticamente atractiva.

Facundo le había mostrado en su teléfono el video promocional del nuevo reality show y luego un correo de la empresa donde se mencionaba la millonaria inversión y se repetía la idea matriz del nuevo emprendimiento: ...los concursantes, además de ganar notoriedad nacional, competirían por diferentes becas en las universidades más importantes del país. Emory, Harvard, Princeton, MIT, Florida, Chicago, Berkeley. Para ello, deberían convencer a la audiencia y al jurado no sólo de sus capacidades intelectuales y personales, sino de la importancia de sus proyectos a futuro. Es decir, nada diferente de lo que cualquier solicitante pone en sus cover letters, en sus cartas de presentación. No obstante, por su naturaleza mediática, los concursantes deben tener buena presencia física. El productor de Elis Presley había dicho mucho antes de descubrirlo: "haré un millón el día que encuentre a un blanco con una voz de negro". Siguiendo la lógica de este genio de los negocios, me atrevo a decir que la empresa hará un billón el día que encuentre a una Marilyn Monroe con la inteligencia de Stephen Hawking. En archivo adjunto se detallan las características físicas deseables en los concursantes...

Una idea genial, sin duda, del gordo Gasper, que si algo odiaba era a los titulados de cualquier tipo. Ése iba a ser un impacto, un programa de televisión que iba a quedar enquistado en la mente de los estadounidenses, donde, según demostraban todos los estudios, tanto los ricos como los pobres admiran tanto como odian a los universitarios, que son casi los únicos reductos de intelectuales en el país de los dólares y la cerveza barata.

—Pues —había dicho Susan—, no veo que el público de allá vote a una mexicana.

—Pero el jurado sí —había insistido Facundo—. Cuando uno da la cara, siempre es políticamente correcto.

—De todas formas —había dicho Susan— no le veo mucho sentido que una joven deba ser bonita para ganarse una beca en una universidad de Estados Unidos.

—¿Por qué no? —había contestado Facundo—. ¿No has visto las porristas en los partidos de fútbol, quiero decir, de fútbol americano? No las ponen allí por feas.

—Ni por inteligentes.

—Supongo. No sé tanto, pero son todas estudiantes universitarias. Algunas de ellas tienen becas.

—Las habrán ganado por algún mérito académico.

—Tampoco sé tanto. Lo que sí sé es que los jugadores de fútbol americano no son admitidos en las universidades por sus altas notas sino por sus habilidades deportivas. Lo mismo esos muchachos que tocan el techo con sus manos, esos que juegan básquetbol o cualquier otra disciplina deportiva. No tienen ni idea de…

Susan se había quedado pensativa. Odiaba que un hombre la hiciera cambiar de opinión. Lo mismo había hecho Ángel, cuando le dijo que ella debía acompañarlo en sus reuniones de negocios. Ella se había resistido, justo cuando comenzaba a sospechar que sus clientes no eran de confiar. Justo cuando don José se enfermó y ella terminó abandonando sus estudios.

—Algunas de esas porristas terminan haciendo brillantes carreras profesionales —dijo Facundo, sacándola de sus pensamientos, seguro de que Susan estaba por caer, como habían caído tantas otras, porque la naturaleza humana es más previsible de lo que queremos creer, porque somos más materia orgánica de lo que podemos aceptar.

—Lo mismo los futbolistas —continuó—. ¿O crees que la mayoría salen campeones y son transferidos a las ligas profesionales? Por supuesto que no. Conocí muchos futbolistas que entraron en las universidades para jugar fútbol o básquetbol y antes del tercer año ya se habían dado cuenta que el éxito deportivo no era su destino y terminaron graduándose de abogados, de músicos, o terminaron siendo comentaristas deportivos o exitosos hombres de negocios. Esa es la idea. Todos lo saben, menos ellos.

Susan había fruncido el ceño y la boca, signo inequívoco de duda que comenzaba a inclinarse hacia una respuesta positiva.

—Además —insistió Facundo, bebiendo el resto de su café mañanero, como quitándole importancia al asunto, como el torero que se apronta a clavar su última banderilla—, un casting es algo muy imprevisible.

Quitarle importancia al asunto. Este era, según su propio manual, el siguiente paso a toda conquista. La insistencia produce una resistencia natural, sobre todo si se trata de una mujer. Una vez inoculado el virus de un deseo, era necesario dejar planteada la duda de que la víctima o el cliente (de alguna forma, la misma cosa) podría estar perdiéndose una gran oportunidad. Más, en este caso: la oportunidad de su vida. O aceptaba una vida plena, de insospechadas puertas abiertas, o se lamentaba el resto de su vida malviviendo como empleada de algún pequeño negocio sin horizontes, vendiendo Jarritos con David o cocinando para María en el restaurante, echándole sal, pimienta y sudor a los tacos de los clientes que ya nunca se interesarían por ella, ni por bien ni por mal. Nada diferente a lo que fue, ¿o no? la suerte que corrió la misma María, la hermosa y talentosa jovencita que confundió viejos principio con tonterías contemporáneas y terminó humedeciendo las canas sobre el eterno fuego de la cocina del Cola de Pez.

—Un casting es un casting —dijo Facundo—. Lo normal es no pasarlo, no ser elegida. Pero si eres una de las elegidas, aun así tendrás la posibilidad de decir que no. Decir que no a una oportunidad es siempre fácil; lo difícil es tener la oportunidad y poder decir que sí. Incluso si eres elegida y terminas rechazando la oferta, al menos sabrás hasta dónde pudiste llegar. Es como un pequeño desafío. No te constará ni un solo peso, más allá de una hora de grabación. De hecho, te recomiendo, si decides hacerlo, que no pongas muchas expectativas, porque sólo un dos por ciento de las pruebas resultan exitosas. Los audios y videos son analizados por un grupo de expertos que, en realidad, no te conocen personalmente. Yo podría darles un feedback positivo, pero aun así ellos tomarán una decisión sin nunca haber interactuado en persona contigo.

—Mejor —había dicho Susan, con timidez—. Si así fuera, me moriría del miedo.

—Bueno, eso en caso de que sigan el método tradicional —dijo Facundo—. La empresa ha puesto en práctica, porque ya ha pasado la etapa experimental, un sistema de evaluación AI.

—¿Qué viene siendo eso?

—Es algo complejo. AI significa Inteligencia Artificial. Son programas que procesan miles de audios, videos, textos, y toman una decisión sobre qué candidata tiene más posibilidades de éxito en el mercado.

—¿En el mercado?

—Es una forma de decir. Generalmente lo usan empresas con propósitos de actuar en el mercado. En este caso "mercado" —dijo Facundo, marcando las comillas en el aire con sus dedos— se refiere al negocio de las solicitudes académicas.

—¿Negocio?

—Sí, entiendo. Creo que estoy pensando en inglés. Ese idioma está lleno de palabras referidas a los negocios, al dinero, lo cual no significa que uno está hablando de negocios. ¿Has oído hablar de "It's not my busines"?

—Sí, el tío David lo dice a veces.

—Lo dice, como todo, en tono irónico. David debería ser argentino, no mexicano. En español decimos "no me importa", o "no es mi asunto", pero en inglés se usan esas palabras que luego nos caen mal a los que no pertenecemos a esa cultura.

—¿Usted no pertenece a esa cultura?

—Buena pregunta. Eres una chica lista. A decir verdad, lo he intentado. Eso de asimilarse. Tal vez ni siquiera llegué al más digno nivel de integración. He hecho lo que pude. Sin éxito. Pero uno es lo que es y por más que se disfrace no cambia la realidad, aunque se lo crea, con pitos y fueguitos artificiales los cuatro de julio.

Susan lo miraba con creciente atención. Facundo lo advirtió.

—En fin —dijo—. Cuando digo mercado quiero decir los intereses académicos de las universidades allá. A ellos le importa el dinero, claro, porque cada estudiante les significa treinta o cincuenta mil dólares por año. Pero cuando ellos tienen que pagar, es decir, cuando dan becas, lo que les interesa es invertir bien, lo que quiere decir gastar dinero en candidatos que le aportarán valor académico, visibilidad.

—Pero a CollegeNow! No le importa el valor académico...

—Es una combinación. Sí, de acuerdo. Ese reality show, como todos, es un negocio. Pero el público votará por aquellos candidatos más interesantes, jóvenes que tengan algo nuevo para aportar. En tu caso, eres una mexicana que cualquiera tomaría por una japonesa o por una coreana, es decir, rompes todos los estereotipos. Pese a tu corta edad, tienes una experiencia que no tiene ninguna chica del otro lado.

Esa vez, la conversación fue interrumpida (como siempre, pensó Facundo) por el mozo Cuauhtémoc. Ella no quiso acompañarlo con un café y él terminó el suyo apenas ella se levantaba para irse.

Como indicaba su manual, Susan había respondido positivamente veinticuatro horas después. Lo hizo con la única condición de que nadie se enterase del intento, sobre todo María. Susan le había dicho que, en realidad, le preocupaba la idea de dejar a su padre, a María y a todos los demás abandonados, como habían hecho muchos otros que se fueron para el otro lado.

Facundo sólo respondió entiendo y reservó la sala de conferencias del hotel Tijuana Marriott para esa misma semana. La entrevista fue un viernes por la tarde y duró más de lo previsto. Durante tres horas, casi sin interrupciones, Susan había contado casi toda su vida, todos sus proyectos a futuro y había sugerido, entrelíneas, sus actuales problemas, los problemas de su ciudad, del país, del mundo. Susan era, sin lugar a dudas, una joven más madura y más lúcida de lo que cualquier podría sospechar al verla por primera vez y sin tomarla en serio por al menos treinta minutos.

La última pregunta (¿Qué piensa usted del rol de la política en la vida de los ciudadanos?) era una de esas típicas preguntas zancadilla que se hacen en los concursos de Miss. Las pobres muchachas comienzan a dudar y a hablar sin saber, haciendo las delicias de los machos que se creen más inteligentes y que las desean sin poder tenerlas. Hasta un viejo profesor tendría alguna dificultad para articular una respuesta breve, simple y satisfactoria. Mucho más una joven, demasiado joven, como es siempre el caso de estos picaderos de carne, alguien que ni siquiera se dedica a dar respuestas inteligentes a los problemas del mundo y que, por si fuese poco, se encuentra expuesta a millones de miradas, semidesnuda y haciendo equilibrio sobre unos tacones alineados uno tras del otro, como si estuviese caminando por una cornisa. Habría que verlo al mismo Einstein en una situación semejante, en calzoncillos y tratando de responder una pregunta inesperada sobre la mejor estrategia para erotizar a una mujer sin esconder la panza.

Probablemente porque Susan estaba cansada a esa altura, o porque realmente pensaba así, la respuesta fue algo radical. De una crítica ácida a los políticos mexicanos pasó a una aún más corrosiva a los gobiernos de Estados Unidos y sus instituciones cómplices, como las iglesias, a las que calificó de organizaciones hipócritas.

—Los fanáticos, que allá se llaman Conservadores Moderados y Responsables, no te venden un buzón… ni el obelisco el Lincoln Memorial —se despachó, de repente—. Te venden el cielo y te aseguran contra el infierno, nada más ni nada menos. Lo cual es lógico en una cultura de paranoicos arrogantes. No, ya sé, no te parece. Claro que hay excepciones, unos cuantitos millones de buenos americanos, lo suficientemente pocos o pobres como para no poder evitar que vivamos de guerra en guerra, como aquí con los malditos narcos. ¿Qué hay más arrogante que un americano que se cree protector de la Paz, la Democracia y la Libertad del mundo?

Facundo respondió con un silencio sin atenuantes. Susan continuó:

—Yo no sé si esa arrogancia procede de la cultura americana o de la cultura de los ricos en general, de la Internacional Capitalista, o algo así. No tengo tanta preparación para contestar esa pregunta. Pero siempre me he preguntado, ¿cómo se puede ser tan arrogante, ¿cómo se puede dormir tan tranquilo sabiendo que para preservar el way of life hay que mantener el mundo en un estado permanente de guerras, matanzas y hambrunas cuando lo que sobra en este mundo son los recursos?

—¿Tienes la respuesta a ese Problema Histórico? —preguntó Facundo, entre didáctico y paternal.

—Pienso que sí —dijo ella, desabrochándose el micrófono—, y no es tan complicada ni tan imposible de entender, como parece con ese título. Es una ilusión pensar que el dinero lo es todo. No. No... Claro que no. Para poder ejercer ese poder primero es necesario convencer a quienes no lo tienen que quienes lo poseen lo poseen de forma justa y necesaria. Y quienes poseen el dinero, necesitan, no por una razón de poder sino como un bien más, pensar, creer, imaginarse que todo eso es verdad, que no se trata de un simple y artero robo legalizado y legitimidado. De esa forma el dinero no solo compra poder sino también ¿cómo llaman ustedes a los seguros? Peace of mind, paz de conciencia.

Al terminar, Susan bebió el resto de su vaso de agua y dijo:

—Puedes eliminar esto último, si quieres.

—No es necesario —dijo Facundo—. Aunque no estoy de acuerdo, nuestro país todavía es una democracia y podemos aceptar opiniones que no nos agradan.

—Claro —dijo Susan—. Una democracia sin crítica no es democracia. Las críticas siempre son bienvenidas por las democracias, siempre y cuando no sean tan peligrosas como para comprometer algún interés especial de quienes mandan de verdad. Entonces, no te meten en la cárcel. Sólo pierdes tu trabajo, o no te dan alguna beca. Esas cosas mínimas que siempre son más efectivas que mandar a alguien a la cárcel.

—Yo soy optimista con tus posibilidades —dijo Facundo—. Ya veremos qué pasa.

Un ataque de compasión, pensó

FACUNDO SE SINTIÓ ALGO MOLESTO por las últimas opiniones de Susan. O quiso sentirse molesto, como si fuese una forma de justificar la incomodidad que le había causado tanta seguridad de parte de aquella joven, como si le hubiese molestado la sola idea de haberla subestimado al inicio de la entrevista, dándole consejos como un maestro se los da a un niño en edad escolar para que luego ella lo dejase con la boca cerrada, por no decir abierta, con un disimulado dejo de humillación.

Sí, tal vez fue eso. Quiso sentirse molesto, como para aliviar su conciencia, ya que, sabía, junto con aquella beca de CollegeNow! iba la seria posibilidad de que RealPerson usara el material biométrico que había quedado registrado en las tres horas de filmaciones. Y como todavía se debatía en enviar o no ese material a Seúl para que usaran a Susan, necesitaba definir, confirmar su decisión, cuestionable, rodeándose de excusas y de otras anestesias morales tan comunes en sociedades tan exitosas e hipócritas. El secreto de un buen negocio no es sólo convencer al comprador de algo sino convencerse a sí mismo de que lo que uno está vendiendo, sean cigarrillos o Coca-Cola, es algo bueno, necesario, o por lo menos no tan malo.

El lunes por la tarde fue la última vez que vio a Susan ese año. Fue a una cuadra del restaurante de María. Él volvía caminando en busca de un taxi y ella iba hacia el restaurante, apurada y cabizbaja.

Ella había fingido no verlo, pero él la tomó de un brazo.

—Susan —le dijo—. ¿Vas a lo de tu tía?

Ella agachó la cabeza y respondió que sí. Otra vez volvía a ser la joven tímida, vulnerable, como si la Susan de la entrevista fuese otra persona, una hermana mayor con mucha más experiencia que la Susan que en ese momento evitaba mirarlo a los ojos.

—Me voy esta tarde —dijo Facundo.

—Ah —dijo ella—. Que tenga un buen viaje.

Facundo puso su mano en el mentón de ella para que levantase la mirada. Del otro lado de la frontera, nunca se hubiese animado a ese gesto tan común en las viejas películas de Hollywood. Lo habrían demandado por acoso.

—¿Pasa algo? —preguntó él, al tiempo que le pareció distinguir una marca en su mejilla izquierda, disimulada por el maquillaje.

Nunca la había visto con maquillaje antes. De alguna forma, le desagradaron las dos cosas.

—Dime, con confianza, qué pasa —dijo él.

—Nada —dijo ella—. ¿Por qué habría de pasar algo...? Bueno, que tenga un buen viaje.

Facundo no dijo nada, pero cuando ella se marchaba corrió unos pasos y le dijo que esperase. Ella tardó, pero se dio vuelta. Tenía los ojos húmedos, pero las lágrimas no habían alcanzado a desbordar.

Entonces, Facundo la abrazó. Después de un segundo de duda, sintió que ella ponía una mano en su espalda y lo apretaba fuerte.

—Bueno —repitió ella—. Que tenga un buen viaje. Me tengo que ir.

—Sólo espera un momento —dijo Facundo, mientras sacaba su billetera y le daba una de sus tarjetas de débito.

Ella negó con la cabeza y con las manos.

—¿Sabe qué, Luis? —dijo—. Estoy muy cansada de que mi vida dependa siempre de algún hombre.

—Un día no será así —dijo Facundo—. Pero antes de liberarte de toda la sociedad, de todos los hombres, debes liberarte de Ángel.

Susan lo miró a los ojos, pero no dijo nada.

—Mira —dijo Facundo—. Esta tarjeta no tiene mucho efectivo disponible. La uso en mis viajes, por si me roban o por si la pierdo. No podrás sacar más de mil dólares por mes y en menos de un año la voy a cancelar. De hecho, podría cancelarla mañana mismo, cuando quiera.

Susan dudó y Facundo le puso la tarjeta en una mano y le cerró los dedos como si fuese una muñeca.

—El PIN es 2001, no lo vas a olvidar —dijo Facundo.

Susan cerró los ojos, frunció el ceño y todo su rostro como si fuese a llorar.

Facundo la abrazó con fuerza y se fue detrás de un taxi que se había parado en un semáforo en rojo.

You can check out any time you like

EN EL VUELO DE GUADALAJARA A ATLANTA, no pudo no pensar en Susan. Tal vez el whisky de la primera clase y la obligación de permanecer quieto durante cinco horas lo obligaron a pensar en la tarde que dejaba atrás. También pensó, como quien repasa con cuidado el recuerdo de un hecho importante, en la sesión anterior en el Tijuana Marriott.

En la secuencia de las tres cámaras de video, de las cámaras de biometría, de los múltiples micrófonos, había quedado guardada una muestra significativa y suficiente de Susan, la que iba a ser procesada en los laboratorios de RealPerson. ¿Los sistemas de inteligencia artificial serían suficientemente inteligentes como para capturar a las dos, a las múltiples Susan? ¿O sólo serían capaces de ver y amplificar la Susan del Tijuana Marriott?

Entre las nubes del Golfo de México y de su segundo whisky, reparó en el relevante detalle de que Susan no se había intimidado por el lujo del hotel, ni por las cámaras que la grababan, ni se había dejado llevar por el estrés que en cualquiera supone jugarse una gran oportunidad en una entrevista, y que, por el contrario, era una joven tímida cuando caminaba por su barrio, por la calle del Cola de Pez, por el jardín de la casa de su padre enfermo, postrado en una silla de ruedas. ¿Actuaba? ¿Había aprendido a actuar y a fingir fragilidad como paradójico mecanismo de defensa?

Como sea, bastaba una simple decisión de su parte para que Susan, o una de las Susan que convivían en un mismo cuerpo, se convirtieran en una especie de Eva, de madre de un extenso e imprevisible pueblo no sólo de robots inteligentes sino de humanos. Tal vez algún día los humanos reales no sean necesarios para alimentar las bases de datos, pero si eso ocurre será porque antes una generación inició el trabajo fundacional con el material que más les importa a los seres humanos: los otros seres humanos, para amarlos o para destruirlos.

Su narcisismo no era suficientemente importante, como el de un doctor holandés llamado Jan Karbaat, si mal no recordaba, que inseminó a cientos de mujeres con su propio esperma por el bien de la humanidad, según había dicho. No, él no tenía ninguna intención de usar su propia persona para iniciar esta generación fundacional de los androides inteligentes. Pero sentía una poderosa atracción para reproducir y hacer proselitismo de sus propios deseos, de sus propias fantasías, como un alcohólico insiste en hablar del alcohol y hace bromas de bebidas e insiste en que otros beban con él. Como un aficionado al cine que necesita que otros vean la misma película. Como un fanático religioso. Años atrás, recordó de repente, solía recomendar las películas de Nicole Kidman hasta que descubrió cierta obsesión por la actriz, aunque nada que no curasen los años y la madurez.

Quizás (pensó más tarde, ya sobrevolando Alabama o Georgia) eso también explique por qué le gustaría que se usara los datos biométricos de Susan en la producción de las primeras RealPerson. De alguna forma, por alguna razón que no alcanzaba a desentrañar, sentía algo por aquella joven. ¿O era que, en el fondo (todavía de una forma muy reprimida, y pese a todos sus propios discursos sobre lo admirable que era la cultura americana, por su invencible capacidad para los negocios y la libertad del individuo), muy en el fondo, no se creía sus propios discursos, sus apasionadas defensas del mundo organizado por las finanzas y el consumo, sino que lo detestaba, casi tanto como Ernesto? Pero él, como cualquiera, debía representar un rol, un papel, creerse su propia mentira como un náufrago bebe su propia orina para calmar la sed. Como cualquiera, debía actuar, pensar y creer acorde a las necesidades de sobrevivencia. Si uno administra un bar, debe creer en que el alcohol es una parte importante de la cultura de este país y que sin él no habría identidad, ni felicidad, ni progreso. Si uno tiene una veterinaria de mascotas y es aficionado a la carne de cerdo, buscará la forma de explicar por qué los chinos son unos bárbaros come perros. Si uno es un soldado, debe creer en toda esa mierda sagrada de la Defensa de la Patria, del Sacrificio y del Sentido de Servicio, de la Altruista Protección de la Libertad Ajena, aunque ese soldado esté en el medio de una guerra criminal, lanzada en base a mentiras, como la de Irak, como la de Vietnam, como la de casi todas las otras guerras. Y así todo, como si el hábito hiciera siempre al monje, al menos al monje dócil, funcional, al buen monje. Porque también estaban los traidores como Ernesto, capaces de vender cigarrillos mientras aclaran que su producto produce cáncer.

En el fondo, todo había sido una mentira que se había repetido a sí mismo y había repetido a los demás, para no sentirse solo, para no sentirse lo que de verdad era o quiso ser. En el fondo, pensaba y sentía como Susan y, más que seguir haciendo dinero y heroicos negocios, lo que él quería era que las Susan rebeldes se reprodujeran, que fueran reproducidas por esos mismos enfermos que mientras amasaban infinitas sumas de dinero, como él mismo, se vestían con esa estúpida arrogancia de creerse el pueblo elegido por Dios y por la naturaleza.

A pocos minutos de aterrizar en el Hartsfield-Jackson, cuando el capitán comenzaba el repetitivo, mecánico

Welcome to... y sus inútiles datos sobre la temperatura a nivel de tierra, quiso sentirse molesto con Susan, quiso despreciarla de alguna forma. Casi lo logró. Durante la espera en tránsito para Orlando, tratado de aliviar el hambre o el aburrimiento en otro restaurante deliberadamente oscuro, fingidamente lujoso por sus precios inflados para que los pobres no se acercaran, casi olvidó toda esta serie inútil de sentimientos y decidió que iba a enviar el material a Seúl.

El día anterior, la tarde en que se había encontrado con Susan por última vez en aquella calle excesivamente soleada de Tijuana, parecía tan lejana como uno de aquellos veranos en la casa del tío Alberto en Uruguay. Ahora, todo a su alrededor le recordaba, de repente, a su presente, a sus necesidades y a sus deseos de volver a la batalla, de cerrar un buen negocio de una buena vez por todas y de decir, otra vez, el mundo no es para los maricones.

Miró el reloj y calculó que su vuelo salía en cuarenta minutos. No supo si era de día o de noche, si afuera estaba nublado o había sol, si había refrescado o hacía calor. Por largos segundos, como cuando se despertaba por la noche sin saber dónde estaba ni hacia dónde estaba la ventana, no supo definir si estaba en el aeropuerto de Malasia, en el de París o en el de Guadalajara. Sólo sabía que su vuelo salía en cuarenta minutos. Leyó con dificultad el boarding pass y supo que se dirigía a Orlando.

Revisó su correo. De repente se le ocurrió buscar el nombre Susan en su Gmail. Como siempre, la búsqueda le arrojó cientos de mensajes que no tenían ninguna relación con lo que buscaba. Excepto uno que él mismo se había enviado el 16 de noviembre del año pasado, a las 11:35 PM: "recordar tip para la próxima reunión de planificación y reporte de actividades: el input de susan (voz, ideas rebeldes, corte perfecto de cara, acento de las expresiones con leve movimiento de cabeza, ojos sonrientes entre japón y suecia) será decisivo para la concreción del producto líder, pero también protegerá a la empresa de cualquier posible demanda. ¿qué pobre chica en México se le ocurría demandar a una empresa en corea del sur por el parecido de uno de sus productos?".

En ese correo, susan debía ser Susan. En otras palabras, en la entrevista en el hotel de Tijuana la chica había servido para alimentar con sus datos personales la futura generación de androides AR21 de RealPerson algo que, obviamente, era ilegal en Estados Unidos y se pagaba con años de cárcel. De cualquier forma, nada diferente a los experimentos que el gobierno de su país hizo en Guatemala, inyectando sífilis a mil indios, pensó.

¿Por eso le había dado la tarjeta de crédito, para lavar su mala conciencia? ¿O había sido por compasión, por verdadera compasión? ¿Verdadera compasión, como la de uno de esos elegidos de Dios que, al salir de sus iglesias millonarias, les tiran unos dolarcitos a los mendigos?

Antes de tomar el vuelo para Orlando despertó de sus pensamientos. Eran las diez de la noche y el aire fresco del mar entraba por la ventana del hotel. A duras penas pudo levantarse del sillón. Sintió el olor a mar con más intensidad, pero no pudo verlo en la oscuridad. Era un olor antiguo.

Pensó en ir caminando al Cola de Pez, pero a esa hora no la encontraría allí.

You can check out any time you like
But you can never leave!

La otra Susan

EL VIERNES POR LA TARDE, DOS DÍAS ANTES de tomar el vuelo a Buenos Aires, Facundo salió a caminar y se encontró con David en la Avenida de los Insurgentes. David detuvo la marcha del viejo Buick y le gritó:

—¡Maestro! ¿Anda de paseo o va para alguna parte? ¿Necesita un ride?

Facundo dudó un instante y enseguida entró en el auto.

—Ni una cosa ni la otra —dijo Facundo—. Andaba pensando.

—Nada mejor que caminar para pensar positivo. A mí me gusta caminar por la playa. El mar relaja.

Sin buscar una excusa para que no sonara extraño, Facundo le tiró con la pregunta que se había estado haciendo él mismo. Sabía que al día siguiente, en el avión, se arrepentiría de no hacer las preguntas necesarias, aunque sea el momento menos adecuado.

—Estaba pensando en Susan —dijo Facundo—, y me preguntaba...

—¿Susan? ¿La niña de don José?

—Sí, pero no te preocupes —se adelantó Facundo—. No soy un Silvio Berlusconi…

—No dije eso, maestro. Además, la niña Susan no es ninguna niña. Ya tiene sus veinticuatro bien cumplidos y, aunque no lo parece, es una mujer hecha y derecha… Pero qué hijo de la chingada. ¡No ves que tienes un PARE grandotote! Estos hijos de la… Sí, bueno, la niña Susan… Ojalá yo hubiese estado para aconsejarla cuando tomó sus malas decisiones, como dicen ustedes allá, siempre tan asépticos y neutrales. Los yanquis son higiénicos y neutrales hasta para tirarte una bomba… ¡Pero qué pendejo! Si hay algo que hacen bien allá es conducir. Aquí son somos todos desprolijos. Nadie respeta una señalización… Probablemente sea más madura de lo que éramos nosotros a esa edad. Susan. La niña. Nosotros nos creíamos muy machotes, o queríamos hacer creer que éramos muy machotes, con experiencia, y mentíamos más que político en campaña. Igualito que nosotros exagerábamos para arriba, como los cruzados exageraban cuántos moros habían matado, las mujeres siempre exageran para abajo. Ellas presumen de vírgenes y nosotros de mujeriegos, cuando ni unos ni otros son lo que dicen ser. Pues sí, la cultura y todo eso, pero si ellas son víctimas de la cultura machista nosotros también. Susan parece una jovencita, pero ya es una mujer. Hace rato que es una mujer. Lo que pasa es que las mujeres asiáticas parecen siempre más jóvenes de lo que son, por lo menos a esa edad. Yo la quiero mucho a Susan, sobre todo porque ya empezó perdiendo cuando nació. Unos nacen con estrella y otros estrellados. Pero llega un momento en que tenemos que hacernos responsables de lo que hacemos, y la niña ya no es una niña.

—Como sea. Creo que me debe algunas explicaciones —dijo Facundo.

David continuó la marcha, como si no entendiese a qué se refería Facundo. No dijo nada.

—¿No me vas a preguntar a qué me refiero? —preguntó Facundo.

—No sé, maestro. Susan no es mi hija.

—Ni es la hija de don José.

—Sí, es su hija. No era la hija biológica de su esposa, pero ¿qué importancia tiene ese detalle?

—Sí, claro. Ese detalle no tiene importancia.

Se hizo otro largo silencio de palabras entre el ruido del Buick y las bocinas de los otros autos. El sudor corría por la amplia frente morena de David, que parecía ir pensando en algo lejano en el tiempo.

—David —dijo Facundo—. ¿Vos sabés que mi empresa le ofreció a Susan una beca para estudiar en Arizona State University? No era para Princeton ni para Dartmouth College, allá en el otro extremo. No, era para una universidad a pocas horas de vuelo de aquí. Nunca contestó y yo creo que se conformó con una miseria que le di antes de irme.

David no dijo nada. Respiró hondo y murmuró:

—Algo supe…

—¿Algo? ¿Cómo qué?

—Es que usted no sabe algunas cosas y se hace una idea falsa de Susan.

—Seguro que sí. Por eso te lo pregunto. Me gustaría sacarme algunas dudas antes de irme mañana.

—La Susan que usted entrevistó en el Marriott, el año pasado, no era Susan.

David debió frenar de golpe en una luz roja.

—Híjole, a ver si nos reventamos por andar distraídos —dijo.

David trató de pensar mientras se secaba el sudor y bebía agua de una botella.

—Susan no era Susan —dijo Facundo, con una ironía fingida—, y yo no era yo.

—Mire, don Facundo… —dijo David—.

—¿Cómo sabes que me llamo Facundo? —lo interrumpió Facundo.

David dudó:

—¿Usted se llama Luis Facundo?

—No. Facundo Luis. Prefiero que me llamen Luis. Pero no hay problema con el otro nombre, sólo que me pareció que nunca usé ese nombre antes…

—Debe ser que me confundí con un amigo argentino que tuve allá del otro lado en la universidad. Una vez le dije Samuel a un amigo que en realidad se llamaba Joseph, sólo porque era judío. Esa vez no sabía cómo arreglarla. ¿Por qué hay tantos argentinos que se llaman Facundo? Facundo, Funes, Juan Domingo… Es por el libro, ¿cómo se llamaba al autor?

—Sarmiento.

—Sí, aquel hijo de la chingada que llegó a presidente, como casi todos los hijos de la chingada. Sin ofender al país. Noooo, todo lo contrario. A mí me hubiese gustado conocer Buenos Aires. Yo me crie escuchando los tangos de Gardel. Mi viejo era fanático de Libertad Lamarque. No le gustaban los boleros ni los corridos. Era moreno, el Sarmiento, digo. Era morenito como yo y sólo quería inmigrantes rubios. Dicen que Hitler era judío o tenía un pariente…

—David… —lo interrumpió Facundo.

—Ah, sí, disculpe. A los mexicanos nos gustan irnos por las ramas. Mire, don Luis, esa, la de Susan, es una historia muy larga y es mejor que usted no se meta en los detalles. Por su seguridad, le digo. Pero ya que quiere saber y anda dándole vuelta al asunto, le voy a contar algo, aunque yo no sé todo ni debo hablar de más… Mire, si tiene tiempo, mejor vamos para lo de un cliente que tengo en la costa. Tengo que dejarle una mercancía, y en el camino le voy contando.

—Tengo tiempo —dijo Facundo.

—Suena muy bien —se rio David.

—Me escucho y no puedo creerlo, pero sí. Tengo tiempo.

—Una semana más aquí y ya se olvida usted que es americano.

—Yanqui, querrás decir.

—Adoptado.

—Sí, yanqui adoptado y argentino renegado.

—Así es, mi amigo, y sin ofender —dijo David—. Bueno, la historia de la pobre Susan es un poco complicada.

Su madre, la japonesa, había tenido una aventura con don José.

—Me lo dijo María.

—Una aventura para él y, vaya a saber si no, una fantasía romántica para ella. ¿Vio que los hombres somos unos animales depredadores? A ellas les interesa toda la historia previa y a nosotros el final del cuento. Al menos a cierta edad. Luego vamos perdiendo vitalidad, interés, o no sé qué es, pero ya no vemos a todas las mujeres como posibles amantes. Si no todos fuimos así, como don José de joven, es porque Diosito no nos ha premiado a todos con la pinta de Luis Miguel. Dicen que don José era un Jorge Negrete, aunque de negro no tenía ni debajo de las uñas. Güero hasta que el pelo se le puso todo blanco antes de ser viejo. Bueno, parece que de ese amor de primavera, que tal vez ni amor había sido sino un capricho de hombre ya maduro (y cerca de podrirse, como mal dice un compa de Cuernavaca), el capricho o la calentura pasajera de un hombre con un matrimonio establecido, feliz, pero sin hijos, tuvo sus naturales consecuencias. Su esposa, doña Romina, después del dolor de la noticia de su infidelidad, adoptó a la niña, la cual fue, desde el primer día, su devoción. Pero nunca nadie supo que la japonesa, hasta hoy desaparecida y hasta hoy sin nombre conocido, había tenido gemelas y había entregado una niña a dos familias diferentes. Una, a la de su amante, don José. Otra, a una familia con un buen pasar en Tijuana. ¿Por qué esa familia? Nadie lo sabe y segurito nunca nadie lo sabrá. Se especuló que la japonesa había estado encamada con el señor Betancourt, y que no sabía si las hijas eran de uno o del otro. Pero después de vivir cierto tiempo, y no me pregunte por qué, yo no creo en esta posibilidad. Yo más bien me imagino a una pobre mujer, perdida en un país desconocido, enamorada y abandonada por las falsas promesas de un hombre. ¿Escuchó alguna vez eso de que un hombre promete y promete hasta que la mete? No digo que don José hubiese sido un mal hombre, pero era un hombre, y un hombre de su época. Por entonces, si uno no tenía esas experiencias era maricón y no podía vivir en paz de sólo pensarlo. También podía ser que la madre supiera que las dos niñas iban a ser una carga muy pesada para don José, por entonces un albañil más bien modesto, y hubiese decidido dejarle la otra niña a algún conocido o, más probablemente, había elegido una casa suntuosa al azar, una justo en la colonia Chapultepec, imaginando que el dinero de los padres y el futuro de los hijos se corresponden más o menos. A veces me imagino a la pobre japonesa, recién parida, subiendo aquellas calles empinadas para dejar a la segunda hija en una de esas casotas que en invierno huelen a leña y en primavera a jazmines. Por entonces, la japonesa no podía saber que, en realidad, las mellizas eran gemelas. Y nadie lo supo hasta recientemente, cuando las chicas se encontraron en un salón de clase de la Universidad Autónoma de Baja California y un profesor de estadísticas, que las empezó a confundir desde el primer día, preguntó si eran primas o parientes. La otra niña, Sandra Betancourt, sabía que era adoptada, pero Susan no. O nunca quiso saber, acostumbrada como estaba por la mentira y por las burlas de sus compañeritas de escuela. Como dijo el

Maestro, no hay peor ciego que el que no quiere ver. Así que después de conocerse por un tiempo las dos decidieron hacerse, a escondidas, una prueba de ADN, la que confirmó que eran hermanas gemelas. Alguien dijo que Susan le había pedido hacer la misma prueba a su padre y que éste se negó, aunque también escuché, de boca de la misma Susan, que no quería hacer esa prueba porque le daba miedo descubrir que José no era su padre. ¿Va entendiendo?

Facundo hizo un gesto de desaprobación con la boca, pero no respondió.

—En fin —dijo David—, y para hacerla corta, cuando usted le ofreció a Susan la entrevista, Susan, tímida como es, se asustó. Había decidido no ir, pero Sandra la convenció para ir ella en su nombre. Sandra era mucho más desenvuelta. La habían acostumbrado a sentirse una reina y su autoconfianza era muy superior a la de Susan, maltratada por el bullying. Sin mencionar que el padre, el Betancourt que la adoptó, es un abogado muy conocido por sus ideas republicanas e izquierdosas, que le vienen de la familia que fue expulsada por Franco después que los republicanos perdieron la guerra allá en España. Así que, con toda su plata y toda su educación, de conservador no tenía mucho y la hija mucho menos. Acostumbrada a contestar y replicarlo todo, tenía una personalidad extremadamente fuerte, de esas que me gustan en una mujer, siempre segura de sí misma.

—¿Por qué tenía?

—Porque murió. Porque la mataron. La mató el narco.

El Buick corría por la Federal 1. Facundo pensó que la realidad exterior es siempre indiferente, nunca se detiene. Sandra habría conocido muy bien aquella avenida, aquellas casas, y ahora ninguna de esas imágenes le pertenecían ya. Creemos ser dueños de algo, pero la única verdad es que no les importamos al mundo. Ni un carajo.

Después de casi un kilómetro de silencio, Facundo preguntó:

—¿Estaba metida con esa gente?

—No, no —dijo David—. No creo. La chica era demasiado derecha, de una sola pieza. Así como éramos nosotros cuando jóvenes. Unos idealistas de mierda. ¿A que usted no era igual?

—Tal vez. No sé si más idealista o más mierda...

David se desvió por un camino de tierra. Alguien le golpeó un vidrio con la mano, desconforme con la maniobra abrupta. David lo insultó y enseguida se rio.

—Pendejo —dijo.

—Si la chica no estaba metida —insistió Facundo—, ¿entonces?

—A partir de ahí no sé, che. Hay muchas especulaciones y todavía no se ha aclarado quién la mató. Me late que nunca se va a saber, como ya pasó con un compa mío, en Sinaloa. Esto no lo arregla ni Dios.

—Especulaciones... ¿Como cuáles?

—Unos dicen que Sandrita se enfrentó con la hija de un capo por un tema relacionado con su padre. Otros, que fue una vendetta, porque su padre, el padre de Sandra, había sido responsable de que uno de esos capos, no uno de los grandes, claro, hubiese terminado en la cárcel. Por poco tiempo, pero una afrenta no se olvida. Hasta escuché por ahí que el padre de Sandrita también debía estar metido con el cartel, porque no se explicaba que estuviese vivo o viviese en la misma casa después de haber metido preso al capito ese. Otros dicen que fue por Susan... Mira, estamos llegando. Me bajo unos minutos y vuelvo. Me acompañas si quieres.

David se detuvo cerca de un almacén rodeado de una amplia explanada de tierra reseca. Se bajó, sacó los cartones de cigarrillos Marlboro del baúl y los llevó por un camino polvoriento hasta el almacén que, con letras pintadas hacía años, anunciaba: BIENVENIDO 1969.

Facundo se puso el sombrero de paja que tenía David en el asiento de atrás, se bajó y esperó lo esperó al sol, recostado en el auto. Le tomó un rato acostumbrar sus ojos a tanta luz. Debajo de un toldo largo, que alguna vez fue rojo, parroquianos y camioneros se aliviaban del calor. En una mesa, dos hombres reían con ganas. En otra, una mujer saludó a David con un abrazo. Estuvieron un rato hablando hasta que él se perdió dentro del almacén, como si lo tragase un agujero negro.

Aunque no se veía el mar desde allí, se podía sentir el olor a sal y a tacos al pastor. Un niño pasó corriendo y detrás una mujer que volvió con él, arrastrándolo de una mano. Una joven que venía en dirección contraria los desvió y miró a Facundo a los ojos, por un tiempo excesivo, pensó Facundo, y continuó camino hacia la parada del autobús. En unos años, que para aquella joven serían siglos, estaría corriendo detrás de su hijo, tal vez en aquel mismo lugar, o en cualquier otro, que en realidad es el mismo lugar. La joven llevaba un vestido blanco con pequeñas rosas sobre el borde inferior. Con el tiempo, tendría muchos otros vestidos, mucho mejores, más caros, pero ella recordaría ese, ese mismo que paseaba por el barrio pobre para delicia de todos los hombres que no se animaban ni siquiera a dirigirle la palabra.

Había olvidado esos gestos. Irresponsables, tan humanos. ¿A qué mujer se le ocurre mirar así a un desconocido? Facundo había arruinado ese momento mágico bajando los ojos, casi con desprecio, como se supone que se debe hacer allá del otro lado, donde hasta una mirada puede ser considerada acoso. Por una tontería como esa, cualquiera podía perder en unos días el fruto de años de trabajo inhumano, de trabajo chino, de trabajar como negro, como negro esclavo, como blanco sin vida, cadavérico. Como esclavo, pero desde arriba, esclavo con privilegios: por una tontería como esa, por mirar o decirle algo bonito a una joven como aquella, se podía arruinar una reputación, una abultada cuenta de banco, una vida tranquila, segura. Tranquila y aburrida como la muerte. Una vida con sentimientos artificiales, como la vida de las Silvanna.

Miró a la joven alejándose hacia la parada. Tenía esa cintura agradable que tienen las mujeres en sus veinte, esas piernas perfectas sobre zapatos baratos. Esa osadía que sólo tienen las mujeres de este lado. Del otro lado, pensó

Facundo, no hay machismo. Sólo violaciones. Violaciones de machos con dinero.

Cuando la joven llegó a la sombra de la parada del autobús, se dio vuelta y lo miró una vez más. Él, Facundo, se obligó a sonreírle. Ella le contestó con otra sonrisa y se dio vuelta para subir al autobús que acababa de detenerse en ese momento.

David volvió bañado en sudor y con dos botellas de Jarrito.

—Esto —dijo David, agitado—, es lo que tengo que hacer para completar el sueldo de profe en la secundaria. Por las noches les digo a mis estudiantes que los yanquis cada vez toman menos Coca Cola y que por eso nosotros tomamos más, para compensar el negocio. Lo mismo pasa con el tabaco. Como ustedes cada vez fuman menos, nosotros tenemos que fumar más para mantener a la Philips Morris. Mis estudiantes creen que les hablo en chiste, pero ya ve usted, don Luis, que si no participo yo mismo en el negocio, yo tampoco sobrevivo.

Facundo se sintió obligado a justificarlo:

—Pero lo de la Philip Morris es cosa de unos millones de más o de menos. En tu caso, es para sobrevivir.

—Sí, es lo que a veces me digo, como para consolarme y no sentirme un hipócrita. Pero… híjole… no funciona. Cada vez que como un sándwich pienso que es gracias a que alguien se está muriendo de cáncer y se me va el hambre. Pero siempre vuelvo a la calle y aquí la voz de la conciencia no se escucha…

—Demasiado ruido.

Se hizo un silencio. David maneó la cabeza y volvió al auto.

—Debe ser eso, el ruido. ¿Vio que la voz de la conciencia es más clara cuando está amaneciendo y uno tiene que levantarse? Y te levantas, vas al baño, te duchas, te afeitas, y la vocecita sigue ahí, pegada, porque no se va con el agua ni con el jabón... Ella sigue ahí, como queriendo amargarte el resto del día. Entonces, todo lo que hiciste mal y hasta lo que hiciste bien es motivo suficiente para que te sientas culpable por algo. Yo le llamo a esos quince primeros minutos del día La Culpa Moment. Lo llamo así, en Californio, porque lo descubrí del otro lado, una mañana, medio groggy, mientras intentaba orinar y no podía porque estaba pensando en mis viejos, y pensaba tanto que no me daba cuenta de que ni los esfínteres se me relajaban y entonces estaba cinco minutos mirando la pared del baño como si fuese un cuadro de Picasso. Que el día anterior le hablaste muy fuete a tu hijo, que le dijiste algo inapropiado a tu mujer, que hace diez años no fuiste a visitar a tu viejo cuando lo necesitaba, que hiciste un buen negocio vendiendo todos los paquetes de cigarrillos en un solo día, que en la clase asististe demasiado en los ejemplos sobre la corrupción de este país y aquellos pobres chamaquitos que no tiene la culpa de nada se fueron todos medio deprimidos, con el patriotismo desangrado, que esto y que aquello... Entonces me digo, Ya va a pasar. Siempre pasa. Es el organismo que empieza a ponerse en marcha y no quiere, porque lo sacaste de su reino antes de tiempo. Pero, por suerte o por desgracia, sale el sol, las cosas empiezan a moverse y el ruido de la cafetera, de la heladera que se cierra, las llaves que despiertan al resto de la familia, ya no te deja escuchar la vocecita.

Otro silencio. Facundo pensó que tal vez su momento de culpa era a las siete de la tarde, cuando dejaba la oficina y se dirigía a la casa donde las niñas ya habían terminado la tarea de la escuela. Ese momento había perdurado aun cuando ya no iba a la oficina ni las niñas lo esperaban para hacer las tareas. Pero por entonces había empezado a ahogar todo eso con dos o tres whiskies. Cada vez necesitaba más alcohol para silenciar ese momento que David llamaba La Culpa Moment.

—Siempre me digo que voy a dejar esto —dijo David—. Y no hay caso... Sigo en lo mismo. Bueno, ya basta. María dice que hablo demasiado y pienso poco. ¿A qué hora sale su vuelo mañana?

—A las 17:30, creo.

—¿No está seguro? Eso sólo le pasa a la gente que está aburrida de viajar.

Un accidente con suerte

EN EL CAMINO DE VUELTA a Tijuana, Facundo recordó el poco tiempo que le quedaba para aclarar algunas cosas. Lo del robo de identidad parecía claro. Pero, como tantas otras veces, el objetivo principal de su viaje, como cuando cumplía con sus negocios en Singapur o en Corea, no era más que una nueva distracción.

—He estado pensado en la relación que tienen Susan y Ángel… —se atrevió a decir.

—Ya no piense más en eso —dijo David—. En unas horas usted ya no estará en México… Si yo tuviese una chamba segura en Argentina me iba con usted. O tal vez no, porque estoy demasiado viejo y hay mucha gente que me necesita aquí y yo los necesito a ellos… Pero usted no tiene problema con eso. Tendrá sus propios líos allá del otro lado, pero no con eso. Así que no se sume un problema más. En unas horas ya habrá puesto diez mil kilómetros de distancia entre usted y estos locos…

—Yo no le hago mucho caso a las distancias. Las distancias mienten mucho.

David se rio.

—Es verdad —dijo—. Déjeme que me lo grabe. Las distancias mienten mucho.

David continuó conduciendo, con la mirada fija en el camino y en las palabras de Facundo, las que repetía, casi con una sonrisa: Las distancias mienten mucho…

—¿Quién es ese tal Ángel del que nadie quiere hablar? Porque…

—Ese es una basura —lo interrumpió David—. Un mal parido. Nadie se explica cómo una niña como Susan se pudo meter con un degenerado como ese que, por si fuera poco, se llama Ángel. Es que la pobre madre no podía saber el producto que había parido. El ángel caído, ha de ser. Una basura de verdad. Pero ese no es el capo de la mafia. Él cree que es y tal vez un día llegue a serlo, pero por ahora esos pajaritos sólo vuelan dentro de su cabeza. Como buen hombre de negocios, primero miente y miente hasta que la realidad se adapta a sus propias mentiras. Él le quiere hacer pensar a todo el mundo que es un personaje importante, pero si realmente lo fuera no andaría en esa moto de mierda. Andaría en un Lamborghini. Con todo, le da para presumir de su abultada billetera por donde va. Por ahora tiene más dinero que poder. Por ahora, porque eso se va revirtiendo a medida que el mafioso aprende, como esos grandes hombres de negocios que deben más de lo que tienen y por eso pueden poner y sacar senadores, presidentes. El Ángel casi nunca entra en el Cola de Pez porque tiene miedo de que María lo envenene, cosa del todo deseable pero imposible, pero cuando el güey se pasa por el restaurante se pide lo más caro que haya. El mejor whisky, el mejor plato. No pregunta precios ni pregunta qué es lo que está pidiendo porque el chico ni siquiera sabe que el caviar no es un lubricante de motor y el jamón serrano no es relleno de tacos. Sólo mira el menú y pide lo más caro. Para impresionar. A su edad yo era un poco como él, así estúpido. Pero no tenía tanta plata, no tenía nada, y mis viejos me podaron esas malezas que me iban saliendo de la cabecita, como un peluquero le rapa la cabeza a un escuincle para ahorrar dinero. El Ángel, en cambio, aunque tiene madre es como si no la tuviese. Dicen que la pobre vieja vive en una choza que se llueve. Hasta a mí me dan ganas de ir un día y repararle el techo, pero no lo hago para no meterme en líos. Mi mayor miedo es que un tipo así siempre termina haciendo cualquier cosa para confirmar sus propias mentiras. Alguien así es capaz de matar para que lo respeten.

—¿Nunca lo han denunciado...?

David se rio, cansado, como si buscase la respuesta.

—¿Bajo qué acusaciones? Esos son como los políticos. Roban y matan, pero con arte. Aun teniendo alguna prueba de sus negocios sucios, ¿a quién se lo podría denunciar? La policía está tan infiltrada que pronto se sabría quién lo denunció. Vaya Dios a saber cómo Susan se metió con ese engendro malnacido. Un día, María me dijo que, para ella, a la pobre Sandra la mataron los sucios del Ángel, porque Sandra había hecho demasiada amistad con su hermana y le había cambiado la cabeza. Fue entonces que Cuauhtémoc, el mozo, metió su cuchara para enunciar su propia teoría y dijo que la niña Susan le había dicho a Ángel que se iba para el otro lado, que estaba aplicando para una beca y que seguro se la daban y, por esa mismita razón, el Ángel había querido impedirlo. Pues, resulta que, en el supuesto robo y tiroteo de la taquería, había confundido a Sandra con Susan. En fin, ya ve que...

Fue en ese momento en que otro camión se pasó la luz roja y chocó al Buick del lado derecho. El golpe pudo haber sido peor de no ser porque David logró girar hacia la izquierda a tiempo, lo suficiente para evitar que el camión impactara justo en la puerta de Facundo, pero no pudo evitar que el Buick quedase destrozado de ese lado en la parte trasera.

David insultó mientras pudo, hasta que el conductor del camión se bajó. El camionero, un hombre alto y fornido, no dijo nada. Se limitó a observar con cara de piedra a los dos ocupantes del automóvil y se volvió para hacer una llamada.

Facundo pudo salir del auto por la puerta del conductor, aunque no estaba seguro si tenía alguna fractura. No le dolía nada, más bien todo, como consecuencia del impacto.

—Este pinche ni seguro tiene —dijo David, de vuelta de su intento de hablar con el conductor.

Se acercó al Buick y se agarró la cabeza. Facundo le dijo que no se preocupase, que él le daría para comprarse otro auto, que lo mejor era irse de allí.

—Se agradece, compa —dijo David—, pero yo no quiero un auto nuevo y no voy a dejar al viejo Buick solito aquí.

—Los fierros se arreglan —dijo Facundo—. Lo importante es que nadie salió lastimado.

—Sí, claro, gracias a Dios nadie se rompió ningún hueso —dijo David.

—Fierros son fierros —insistió Facundo.

—No, compa —dijo David—. No son sólo fierros. Es un pedazote grande de mi vida.

—Lo vamos a arreglar —insistió Facundo, al tiempo que recordaba, con cierta confusión, lo que alguien le había dicho en Japón. Allá la gente era más propensa a enamorarse de un robot porque desde siempre han visto hasta las cosas más inertes como si estuviesen llenas de vida. Entonces, no sabía hasta qué punto aquel amor ridículo por los androides era producto de una deshumanización o más deshumanizado estábamos en Occidente, usando y desechándolo todo, desde cosas hasta seres humanos de bajos recursos, desde homeless e inmigrantes ilegales hasta trabajadores que no se quejan y consumidores depositarios de toda la basura del mundo. Lo mismo ocurría en las culturas prehispánicas (le pareció escuchar la voz de Ernesto) hasta que llegaron los europeos con el mensaje de que el Cosmos estaba muerto y lo único que se podía hacer con él era explotarlo y convertirlo en dinero. Sí, en un momento recordó que había discutido esto mismo con Ernesto, pero no recordaba ni cuándo ni dónde. Sólo había sido una conversación más que se hubiese hundido definitivamente en el olvido de no ser por la serie de hechos que lo condujeron hasta aquel accidente y hasta aquel rostro compungido de David evaluando los daños en el Buick.

—Ojalá sea solo la chapa —dijo David—. Seguro que es sólo la chapa. El chasis de estos autos es muy fuerte. Ya no se fabrican autos así.

Cuando llegó la policía, David se apresuró a dar su versión de los hechos. Justo en esa esquina no había cámaras. El conductor del camión no lo desmintió. No dijo nada. Intercambiaron teléfonos, pero era claro que el camionero no iba a pagar el arreglo del Buick. Luego que el guinche se llevó el Buick, Facundo llamó al taxi que había estado usando los últimos días.

—Va a demorar unos quince minutos —dijo Facundo.

—Con suerte —dijo David, acomodando los paquetes de cigarrillos en una bolsa—. Cuando dicen quince, es media hora. Luego dicen que el tránsito estaba que esto y que lo otro.

Entraron en una taquería que estaba en esa misma esquina.

—¿Cuánto crees que puede costar el arreglo del auto? —preguntó Facundo.

—¿Dos mil, tres mil dólares? Quién sabe. El pobre Buick no vale ni eso, pero cualquier mecánico me va a cobrar una fortuna si tiene que cambiar el costado de atrás. Conozco un amigo que tiene un deshuesadero de autos viejos. Hace menos de dos semanas pasé por aquel cementerio y por casualidad me fijé en un Buick igualito al mío, sin ruedas y listo para empezar a oxidarse. Sólo Diosito sabe si fue por casualidad.

—Si yo tuviese un Buick del 84 también le hubiese echado una mirada —dijo Facundo mientras escribía un cheque por tres mil dólares.

—Lo puedes cambiar en cualquier casa de cambio —dijo.

David tomó el cheque y se quedó mirándolo.

—Pero, Maestro, si usted no tuvo ninguna culpa en el accidente…

—Eso nunca se sabrá —dijo Facundo—. Pero al menos voy a silenciar un poco La Culpa Moment con muy poco…

—Si tres mil dólares es muy poco para usted, entonces es cierto lo que dice Cuauhtémoc….

—¿El mozo de María?

—Ese. Le ha contado a todo el mundo que usted le ha dejado propinas exorbitantes.

Facundo se rio.

—Pensé que estaba siendo discreto —dijo—. En fin, deja eso. Lo importante es que nadie salió lastimado.

Se hizo un silencio. David bebió su Jarrito y agregó:

—Tal vez el que debió ser más discreto fue Cuauhtémoc...

—Sólo espero que haya sido un accidente de verdad —dijo Facundo.

David lo miró con curiosidad.

—¿Por qué lo dice?

—Porque en el camino de ida casi tuvimos un incidente parecido. Alguien cruzó con la luz en rojo...

—Ahora que lo dice... Aunque aquí no es raro. Si algo tienen de bueno allá en el norte es que saben conducir, y si no saben al menos son más ordenados. Aquí las señales de tránsito y las líneas de los carriles son decoraciones.

David se quedó mirando la esquina donde había ocurrido el accidente.

—Hijos de la chingada. ¿Será que me han puesto el ojo?

—O andaban detrás de mí —dijo Facundo—. Las dos veces aparecieron por la derecha. En fin, puras especulaciones. Como todo, nunca sabremos la verdad.

—Como casi todo —dijo David—. Como sea, ya tiene otra razón para irse de este pinche país.

Identidad robada

DE VUELTA A TIJUANA, EL TAXI dejó a Facundo en el Cola de Pez.

Cuauhtémoc había pedido para irse antes. Quedaban pocos clientes y María se las arreglaba para atenderlos y servirles de cena lo poco que quedaba de ese día. Casi todos eran hombres, decía ella, más interesados por beber una copa que por comer algo. Facundo comió el sándwich que quedaba en la vitrina. Iba a decirle lo del accidente y, por alguna razón, lo fue dejando para más tarde.

A las 11:00 volvió a sentarse frente al piano viejo, y otra vez volvió a tocar Nocturno de Chopin. María se quedó mirándolo.

—Me duele mucho esta pierna —dijo Facundo, tocando su pierna derecha, sobre uno de los pedales del piano. Pensó que, a esa altura, debía tener un moretón en esa parte de la pierna.

—¿Puedo hacerte una pregunta? —dijo María.

Facundo se encogió de hombros.

—¿Por qué mientes tanto, Luis?

—No sé a qué te refieres. Todos mienten, de una forma o de otra.

—Pero tú te mientes a ti mismo, lo cual, si bien no es lo peor, sí es mucho más difícil de curar. Es por eso que la gente te cree cada mentira.

—¿Por ejemplo?

—Antes de tocar tan bonito siempre dices que no sabes tocar el piano, que nunca estudiaste música y todo eso. No es que lo digas por modestia, porque cuando pones las manos sobre el teclado pareces tan torpe como cualquiera. Empiezas tocando esas notas horribles antes de tocar en serio, que es cuando vas por la segunda cerveza.

Facundo no contestó.

—Le mentiste a Susan.

—¿Yo? ¿Cómo?

—Le dijiste que la entrevista en el hotel era para una beca en una universidad.

—¿Y no era? Lo del modelado era una actividad extracurricular. Allá los deportistas pueden estudiar gracias a sus habilidades con una pelota. En su caso, ni siquiera tenía que desfilar con alguna frecuencia. Lo más probable era que hubiese trabajado por un tiempo para las revistas de moda. Nada indecente. La eligieron y ella nunca respondió. Ella también me mintió, porque la que fue a la entrevista no era, precisamente ella sino su hermana gemela…

—Es verdad —dijo María, cansada y levantándose—. Sí, es verdad. Varias noches me pasé yo sin dormir cuando lo supe. Hay muchas cosas que no sabes de ella, pero yo sé que mintió por necesidad.

—Claro, porque todos mentimos por necesidad…

María fue a la cocina del restaurante y volvió con dos cervezas. Las puso sobre el piano, las abrió y llenó los vasos hasta que desbordaron.

—Ésta —dijo María, riéndose—, es para que toques mejor. Esta otra es para que me digas la verdad. Están sudadas, como te gusta a ti.

—Se va a estropear la madera —dijo Facundo y ella se rio.

—No es lo mismo la necesidad de comer que la necesidad de hacerse rico y poderoso —dijo ella—. Hay una diferencia, no sé si te has dado cuenta. Para ti, ella era un negocio más. Pero no creas que te lo reprocho, porque si tú hubieses aparecido un año antes tal vez ahora ella estaría estudiando en alguna universidad de allá y su hermana no estaría muerta… ¿Sabes que mataron a su hermana?

—Sí.

—Hay mentiras que matan y otras que la pudieron salvar, como tus mentiras…

—No sé por qué insistes con eso. Todo lo que he hecho en mi vida ha sido siempre legal y, hasta donde mi conciencia alcanza, ha sido siempre según ciertas reglas éticas.

—Estoy segura de eso, Luis —dijo María—. Si seguir las leyes fuese suficiente para considerarse una buena persona, no habría tantos abogados ni habría tantos millonarios. Las leyes no las escriben los pobres.

—Tengo un amigo profesor que habla así.

—Tal vez no sólo habla así. Tal vez piensa así y tal vez hasta tiene razón…

Después de un largo silencio, María continuó:

—¿Sabes qué, Luis? Yo no soy psicóloga, pero quería ser doctora de niños. Te imaginas que también mi vida, como la de muchos, por ahí como la de todos, está hecha de grandes frustraciones y de pequeños logros. Tal vez si hubiese logrado recibirme de doctora no hubiese sido más feliz ni menos desgraciada, por decirlo de alguna forma, pero eso nunca lo sabré, así que tengo que resignarme a pensar que lo único concreto es que quería ser pediatra y nunca lo logré. Si nunca hubiese tenido aspiraciones tan altas hoy no me torturaría con esa maldita idea, pero en la vida hay que tomar algunos riesgos. Tuve que abandonar en el primer año de la carrera de medicina para trabajar. No creas que es una excusa. Yo siempre fui una buena estudiante y tenía facilidad para las ciencias, aunque había un profesor que decía que las chicas bonitas íbamos a la universidad para conseguir marido, algún candidato acomodado. Al fin y al cabo, como leí alguna vez en un anuncio de un diario en Los Ángeles, Lo que una hace para terminar enamorándose de un pobre y lo que hace para enamorarse de un rico es lo mismo. La diferencia está en el lugar donde uno se encuentre cuando se es joven y está en edad de merecer… Cuando Susan entró en la UBAC, me dio algo así como rabia. O iba a conocer a un muchacho de la high o iba a terminar recibiéndose de médica. Pobre niña. Sentí celos, algo así como Este mundo no es justo y no deja de recordármelo. Pero al poco me recuperé de ese veneno y empecé a ver sus logros como si fuesen míos. La ayudé desde el primer año y hasta nos hicimos amigas, como no habíamos sido antes. La ayudé con dinero y con los mejores consejos que tenía para que no aflojara, pero la pobre terminó involucrada con una basura que ni trabaja ni estudia y a esta altura no sé si algún día va a terminar sus estudios. Pero bueno... ¿Cuáles eran tus sueños, Luis?

Facundo volvió a encogerse de hombros.

—Esa es otra mentira —dijo ella.

—¿Cuál?

—Cada vez que encojes los hombros, como si algo no te importase. Sí te importa, pero no quieres pensar en ello.

Facundo evitó volver a encogerse de hombros. Levantó las cejas.

—¿Cuáles eran tus sueños cuando tenías diecisiete o dieciocho años?

—No sé, creo que quería ser poeta o alguna de esas boludeces...

—Ya ves, traicionaste tus sueños y ahora los insultas.

—No voy a llorar. Además, ¿por qué los sueños de la juventud habrían de ser más importantes o más verdaderos que los sueños que uno tiene a los cuarenta años?

—Esa es una buena pregunta. No sé la respuesta, pero sospecho que a los cuarenta uno ya se ha corrompido lo suficiente como para poder sobrevivir. Como Susan con Ángel. ¿Crees que Susan soñó alguna vez con ser la prisionera de un mafioso que la extorsiona, a tal punto que ella misma nos miente a todos? Tarde o temprano, terminará por mentirse a ella misma y querrá ser la Reina de la coca o alguna inmundicia por el estilo. Le tengo pena y al mismo tiempo me hace rabiar a tal punto que a veces digo, Bueno, que sea lo que ella quiera. Está demasiado crecidita como para que uno le explique la diferencia entre el Bien y el Mal.

Facundo bebió su cerveza con una violencia que le era desconocida. María hizo lo mismo, como si lo imitara, y luego se rio.

—Sí, es una buena pregunta —insistió María—. Muy retórica, pero buena. Claro que, cuando se piensa un poco con el corazón, la respuesta es menos Que sí y que no, Que puede ser, Que tal vez. Todos nos corrompemos en algún grado para sobrevivir. Yo renuncié a mi sueño de ser pediatra y vivir rodeada de niños. Ni el Señor ni la Virgen quisieron darme siquiera un hijo para consolarme. Tal vez fue un castigo por haberme hecho un aborto cuando tenía la edad de Susan. El muchachito de la high se asustó cuando supo que yo estaba embarazada y desapareció. Yo no me asusté menos y terminé en una clínica clandestina que vaya Dios a saber qué me hicieron que ya no pude tener hijos. Así terminó para mí el maravilloso consejo de Los Angeles Times y la predicción del profesor de la UBAC. Como perdí muchas clases, terminé perdiendo aquel año, y como no era una chica como las amiguitas de mi amante inexperiente e improvisado, tuve que salir a trabajar. Conseguí trabajo fácil, porque cuando una no tiene muchas pretensiones, pero una tiene veintipocos años, siempre es bonita y, en mi caso, los viejos babosos decían que yo era especialmente bonita, ventaja que tenía que aprovechar antes de que la flor se marchitara. Así que tuve que hacer lo posible para mentirme y convencerme que me gustaba servir en el restaurante. Muchos venían para verme de atrás y más de una vez quisieron pasarme una mano, pero no con mucha suerte. Cuando me puse más vieja o, digamos que ya no era la manzanita fresca que todos querían morder, me mandaron a la cocina. Pero yo me vengué de todos y en lugar de trabajar seis horas por día trabajaba ocho y hasta diez hasta que ahorré lo suficiente como para comprar el restaurante, justo en la crisis del 94. Yo había cambiado todos mis ahorros a dólares y seguí ahorrando en dólares por consejo de un colombiano que había pasado por aquí en el 87 o en el 88, un señor muy guapo, por entonces de tu misma edad, que no me convenció para irme con él a Medellín. Me llevó una noche a un hotel de por aquí cerca pero no me embaracé y ya no lo seguí intentando. Al menos su consejo, de convertir todo a dólares, me sirvió. Cuando Zedillo devaluó, mis ahorros aumentaron tanto como las propiedades se hundían, así que me compré este restaurante y una casita en Rosarito. Ese fue mi mayor logro profesional en la vida. Dejé a más de un machote bocabajo. Disfruté mucho ese verano y casi me creí una Carlos Slim. ¿Era ese el sueño de mi vida? No, sólo el sueñito realista, más bien la siesta de una mujer fracasada.

—No seas cruel contigo misma. Esa fue una jugada maestra.

—No, no es crueldad ni es ninguna jugada maestra. Así es la vida. Si tuviese nietos, les estaría repitiendo cada domingo esta misma historia de cómo me hice con el restaurante y la casita. A una le llegan unas cartas, a veces tiene mala suerte, pero siempre se puede hacer una buena jugada con lo que le toca, ¿no te parece?

—Es lo que digo siempre.

—Sí, esas cosas que debes decir siempre, sobre todo después de cerrar un buen negocio.

Facundo se rio.

—María —dijo— Trae otras dos Corona y ya me voy. Se ha hecho muy tarde.

María volvió con las dos cervezas y dijo:

—Antes de la Gran Corrupción que te llevó a ser un hombre rico…

—¿De dónde sacas que soy un hombre rico? —la interrumpió Facundo.

—Rico y pobre al mismo tiempo.

—Deja la poesía por un momento.

—Susan me contó que le diste una tarjeta para que la use a gusto.

—No a gusto. Tenía un límite…

—Un límite de mil dólares mensuales. Poca cosa para un hombre sin problemas… Bueno, ya ves que uno se miente a cada rato. Una cree que alguien con dinero debe ser alguien sin problemas. En fin. Quiero decir que eres un hombre a quien no le duele que una desconocida le gaste mil dólares mensuales. Al menos que tuvieras algún interés con la chica, más allá de la compasión y esas pendejadas que dicen allá en el norte… Como hija no creo. Como amante, tal vez… ¿O no era así, Sr. Facundo L. Walsh?

—No tenía ni tengo ningún interés especial.

De repente, María cambió de humor y casi le gritó:

—Por algo no te importó dejarle tanto dinero a su disposición, algo que la niña, según tengo informado, apenas usó, sino que además le dejaste tu nombre completo en esa tarjeta. Me pregunto por qué un hombre que viene y se hace pasar por un tal Luis, de repente se abre así y le deja su dinero y su identidad a una joven que apenas conoce.

—Cálmese, María.

De un manotazo, María tiró los vasos de cerveza, los que se rompieron en el piso.

—Ya no me tuteas... Pero no respondes a ninguna de mis preguntas. ¿Cómo le entregas tu nombre y tanto dinero a una chica luego de mentirnos a todos nosotros?

—Esa es una pregunta que me he estado haciendo muchas veces en los últimos tiempos.

—¿En los últimos tiempos? —preguntó María.

—Hay cosas que no sabes de mí y no pienso decírtelas —dijo Facundo, categórico.

—Está bien, lo respeto —dijo ella, tratando de calmarse—. Pero el misterio no se resuelve de esa forma.

—Si es que tiene solución.

Facundo se agachó para recoger los trozos de vidrio en medio de un charco de cerveza.

—Tal vez soy demasiado escéptica, pero yo no creo en los misterios. Para mí todo se explica con los vicios más básicos.

Facundo se rio.

—Estoy acostumbrada a que me subestimen.

—Está bien. No era mi intención. ¿A qué te refieres con eso de los vicios elementales?

—Dije viciosos básicos, pero elementales podría ser una mejor forma de llamarlos. No sé… Esos pequeños demonios que nunca pasan de moda.

Se quedaron un momento mirándose a los ojos hasta que Facundo dijo que debía marcharse, que eran las 12: 35 de la noche, que habían tomado demasiada cerveza y que ya estaba siendo víctima del sueño.

—Sospecho que el verdadero Luis es el que se agachó para levantar los vasos rotos —dijo ella.

Facundo no dijo nada. María agregó:

—…el que toca el piano después de dos cervezas.

—Pedime un taxi, por favor —dijo él—. El que uso, don Roberto, no trabaja de noche.

María sacó su teléfono de su cartera que colgaba de un perchero a lado de la puerta. marcó de memoria un número.

—Ya está dijo. En cinco minutos pasan por ti.

Facundo le dio las gracias y, antes que se dirigieran a la sala vacía del comedor, María le preguntó, casi con descuido:

—¿Así que querías ser poeta?

—Sí, poeta—dijo Facundo, riéndose—, y músico, y, sobre todo, quería ser periodista de un pasquín de mala muerte de Buenos Aires llamado El Industrial.

—¿Y cuándo perdiste tu identidad, Luis?

Facundo se detuvo y la miró a los ojos otra vez. María era muy bonita, pensó, y seguramente había sido terriblemente bonita en su juventud. Hubo uno de esos momentos que duran fracciones de segundo, cuando las miradas de dos personas se cruzan como dos imanes que no se tocan.

Poco después se detuvo el taxi en la puerta de entrada del Cola de Pez. Tocó bocina, como si tuviese apuro. Facundo abrazó a María con una fuerza que significaba algo que ninguno de los dos supo exactamente qué, pero que se parecía a una despedida.

Antes de abrir la puerta del Cola de Pez, María le dijo, con un acento fingido:

—Cuidate, che.

—Vos también, María.

Facundo la miró a los ojos un instante. No dijo nada, pero ella sí:

—Como sé que no volveremos a vernos, te puedo decir que si te hubieses quedado un poco más, tal vez me habría enamorado de ti.

Facundo sonrió.

—Los científicos dicen —dijo Facundo—, que basta con encerrar a dos personas por un determinado período de tiempo para que se enamoren. Si responden veinte preguntas mientras se miran los ojos el efecto es casi inmediato.

—Vete al demonio —dijo ella.

Facundo puso una mano discreta sobre su mejilla izquierda.

—Yo también —dijo—. Yo también, sin necesidad de responder ninguna pregunta.

—Eso no es verdad —dijo ella—. Tú ya no sabes lo que es eso. Estás demasiado ocupado con cosas más importantes. Hay gente que nace sin poder sentir emociones por otras personas y los llaman psicópatas. Otros pierden esa capacidad en su camino al éxito.

—Pareces muy segura de lo que dices… —dijo él, como si se tratase de un viejo reflejo de defensa.

—Ya deja tanta corrección, Luis —dijo María—. A ti te mataron allá del otro lado, vaya a saber cuándo, y ahora crees que persigues algo y, en realidad, huyes de tu propio cadáver. Eres un fugitivo que se cree el detective Columbo…

Facundo no dijo nada. Le dio un breve beso en la boca y se fue.

De verdad no la quería, pensó. El beso había sido como una obligación, como esa propina generosa que le dejaba a las meseras que se esmeraban en servirlo, casi de rodillas. Habría sido un gesto de compasión, pero él no había sentido nada. Un intento más bien, porque María nunca iba a creer en algo así tampoco.

En cambio, no pudo olvidar sus últimas palabras. Mientras el taxi volaba por calles oscuras, iluminadas cada tanto por algún bar desbordando de gente que reía a carcajadas (al menos por un segundo, quizás por una fracción de segundo, supo que esa rabia y ese desprecio que se le cruzó por delante era, en realidad, envidia, frustración), volvió a escucharla: A ti te mataron allá del otro lado, vaya a saber cuándo, y ahora crees que persigues algo y, en realidad, huyes de algo. Eres un pobre fugitivo que se cree el detective Columbo.

Trece mil millones de años

EN LA RECEPCIÓN, OTRA JOVEN ocupaba el puesto de Elysa. Se parecía mucho a ella; no quiso saber su nombre. Facundo dijo checking out y le pidió que llamase un taxi para el aeropuerto. La recepcionista dudó. No estaba segura con qué servicio de taxi trabajaba el hotel. Buscó en una pila de cuadernos, luego en su computadora.

—Disculpe la demora —se excusó, con una sonrisa nerviosa—. Soy nueva.

—Seguramente no va a olvidar la fecha —comentó Facundo.

—¡13 de julio! —dijo ella—. Me da un poco de cosa que sea un viernes 13, pero la empleada anterior no avisó que se marchaba y me llamaron de urgencia ayer de noche. Todavía no me cae el veinte... Hace seis meses que andaba sin chamba.

Hablaba y miraba como Elysa. El mismo pelo, casi los mismos labios. Tenía los labios un poco más gruesos, los pómulos un poco más prominentes y los senos definitivamente más pequeños. Debía ser dos o tres años menor que Elysa, lo que, para esa edad, al menos en materia de tetas, es una diferencia considerable. Luego de dos minutos de discreta observación, resultaba que la mirada y la sonrisa también eran diferentes. Parecía más tímida, tal vez porque era su primer día. Tal vez la mirada y la sonrisa y los senos de Elysa era así también, nueve meses atrás. Pronto se iría pareciendo más y más a Elysa, como una hija termina por parecerse a su madre cuando ésta ya no está.

Sobre la barra de recepción había una piedra oscura, apoyada orgullosamente en una base de madera. Abajo, un cartelito explicaba que se trataba de un trozo de meteorito.

—Un meteorito —confirmó la recepcionista.

Facundo le sonrió. Miró ese pedazo de roca, compacto y suave como si fuese un trozo de metal, un trozo de materia ciega, inerte, que había estado viajando por millones de millones de kilómetros a través de la Vía Láctea, por millones, tal vez por miles de millones de años, hasta llegar a sus manos. Millones de años de una existencia muerta, insensible, ciega, sorda, muda, sin conciencia, que seguiría estando allí o en alguna otra parte cuando él haya dejado de sentir este mundo, cuando todo ese mundo sea apenas una superficie de polvo cubriendo un planeta muerto como Marte, revelándose en ese momento a la sensibilidad de un ser de un día, como si fuese una interrogante muda que lo cubría todo. ¿Qué será del Universo cuando él, Facundo Walsh Ocampo, ya no esté para verlo, para pensarlo? ¿Será la conciencia apenas una anomalía irrelevante y pasajera como una pompa de jabón, como una de esas chispas que saltan de la estufa cuando se enciende el fuego en invierno, como la existencia un de crustáceo dentro de su concha que al morir deja, en una nueva roca, su huella ósea por otros millones de años? ¿Despertará a una conciencia superior o se dormirá a la inconsciencia? De esto último, de estar dormido, tenía alguna idea, pero tampoco podía imaginarlo. La conciencia, esa anomalía del universo, es muy tirana; no acepta ni tolera ningún otro estado, menos su ausencia. Con todo, es mucho más misteriosa que el inconsciente.

—Listo —dijo la recepcionista, eufórica—. El taxi estará aquí en cinco minutos.

Facundo salió al porche y esperó. Por primera vez desde que había llegado a Tijuana, sintió ese olor a país extranjero que tanto le agradaba, o lo conmovía como si se tratase de la inexplicable percepción de un sexto sentido capaz de sentir el tiempo más allá del presente. Esa extraña experiencia había sido algo bastante común en su juventud, pero la había olvidado o había dejado de reparar en ella a fuerza de tantos viajes importantes, donde cada minuto debía ser invertido en algo, incluido el apurado whisky en el bar del hotel... Había olvidado por muchos años, demasiados, esa sensación de dulce vértigo por el simple hecho de estar vivo en un año anterior a su nacimiento, en un país lejano. Vio un auto viejo que pasaba (¿un Buick como el de David, pero mejor conservado?) e hizo un esfuerzo por volver, como quien se despierta en la noche, en un hotel, en una casa desconocida, e intenta aclarar dónde está.

Una mujer de sombrero blanco pasó y lo miró a los ojos. Inmediatamente pensó en Silvanna. ¿Por qué? No se parecía a Silvanna. Era más joven, tenía los ojos oscuros y el pelo negro. Concluyó que estaba algo estresado y era por las inesperadas consecuencias de las Silvannas, por decirlo de una manera menos dramática.

Enseguida recordó (¿fue en Key West?) una conversación con Ernesto. Recordó (sí, habían ido de viaje con Elena, Alexa y alguien más) que había tratado de defender cosas en las que ya no creía, como un sacerdote da misa cuando ya no cree en la misa y duda de Dios, pero teme reconocerlo.

—Esa es una típica paranoia de intelectuales —le había dicho, con una sonrisa, por las dudas, para atenuar los efectos de su afirmación—. No hay por qué tenerle miedo a la tecnología.

—No es a la tecnología a lo que le tengo miedo —había dicho Ernesto, haciendo dibujos en el sudor de su vaso de cerveza—, sino a la cultura que crea todo eso. A esa misma que pronto, en apenas unas décadas más, nos dejará sin estas playas. Tal vez nosotros no lo veamos en su peor momento, pero Alexita y su amiga sí.

—Como sea, la cultura se adaptará, no al revés. De hecho, estoy en un proyecto muy interesante en Asia, algo relacionado con eso mismo, aunque no puedo dar detalles.

—No te pongas misterioso. ¿Vas a trabajar para la CIA?

—No, nada de misterios. Es sólo discreción. Cosa de negocios que aún no se cerraron. Sí puedo decirte —(en el porche del hotel, Facundo maneó la cabeza; esas palabritas habían sido estúpidamente arrogantes)— que la inteligencia artificial será como cualquier otro invento del pasado. Cambiará muchas cosas y resultará en un beneficio para la humanidad. Hará muchas cosas que hacemos hoy los humanos...

—Como pensar —había contestado Ernesto—. Pero, bueno que la gente cada vez más se parece a robots, no sería para preocuparse tanto, ¿no? Ya no jodo más con eso del consumismo aquí en este país. Sólo mira esos pobres niños en Shanghái, en Corea del Sur... Duermen cinco horas porque el resto están estudiando. Escuela, tutores, práctica extra, revisión y vuelta a casa cuando son las diez de la noche y el padre ya se ha acostado porque a las cinco sale de la casa a la oficina, donde está su familia verdadera que ellos llaman colegas. Cada día de cada año se preparan para ser los mejores, para que cuando sean jóvenes puedan entrar a las mejores universidades y de esa forma puedan lograr un trabajito de siete de la mañana a siete de la noche, con algunas horas extras cuando la producción no alcanza las expectativas y todo el mundo anda nervioso y estresado por la inevitable crisis, el inevitable fracaso. Si esos niños, esos jóvenes no logran entrar a las mejores universidades, son automáticamente y por default un fracaso. Algunos se suicidan. Digo, se suicidan de forma tradicional, porque el resto ya está muerto.

—¡Vaya, qué trágico! ¿No te parece que exageras un poco?

—No. Yo no —había dicho Ernesto, mirándolo a los ojos como si Facundo se tratase de un detector de mentiras—. No exagero. Es la realidad la que exagera, y no un poco. Los que lo logran el éxito, lo hacen al precio de haberse convertidos en máquinas, en piezas de una gran maquinaria productiva, altamente efectiva. Si uno reemplaza esos cyborgs por robots con inteligencia artificial, no habrá mucha diferencia. Para entonces, los humanos ya se habrán deshumanizaron mucho antes de ser reemplazados por máquinas más perfectas. Es decir, por ellos mismos en versión mejorada.

—El miedo a que los robots inteligentes se den vuelta contra los humanos y nos conviertan en esclavos o, simplemente nos exterminen es un miedo propio de los seres humanos…

—¿Y por qué las máquinas con inteligencia artificial, alimentadas con nuestros hábitos intelectuales, cosas de seres humanos, habrían de ser éticamente superiores a nosotros? ¿O no hemos sido, desde siempre, una especie altamente destructiva, una especie letal? Además, aunque los robots inteligentes sean el súmmum de la bondad, todavía queda la opción más probable: no serán ellos que nos destruyan; seremos nosotros mismos, cuando nos convirtamos en seres irrelevantes, perfectamente inútiles para sobrevivir sin la inteligencia artificial. Física y mentalmente perezosos. No necesitamos que los robots no persigan para destruirnos, como en The Terminator; basta con que nos resuelvan todos los problemas. Con eso basta para convertirnos en apéndices, para tener una existencia de gusanos. Claro que si nos convertimos en gusanos nunca llegaremos a darnos cuenta. Nos sentiremos orgullosos de ser gusanos y hasta le pediremos a los robots que escriban libros y hagan películas y diseñen ideologías y religiones alabando nuestra admirable condición de gusano.

El insecto

A LOS POCOS MINUTOS APARECIÓ una minivan negra de Frontera Cab Ride. El taxista, un hombre calvo, de una sonrisa muy grande y blanca, lo saludó (José Funes, para servirlo, dijo) y puso su maleta atrás, mientras Facundo se sentaba contra la ventana izquierda.

Poco antes, una fracción de segundo antes que se cerrase la puerta automática, sintió que entraba un insecto. Uno de esos insectos tropicales que había observado antes en la cabina de la playa, pero enseguida lo perdió de vista.

José, el taxista, confirmó que el pasajero iba al aeropuerto General Abelardo Rodríguez. Luego puso la radio y, al tiempo que la minivan se sumergía en el vertiginoso caos del tráfico, Yuri volvió a cantar Maldita primavera desde algún rincón del año 1981.

...pasa ligera
la maldita primavera
me hace daño solo a mí

No quiso ver en su teléfono los otros videos donde podía aparecer Yuri con setenta años. Quería quedarse con la Yuri de 1981, más precisamente con la Yuri de ese instante, eterno, fugaz como todo lo que es humano y todo lo que realmente importa de este universo. Quería ver y sentir esas mejillas risueñas, esas mejillas eternas de Nefertiti.

En otro rincón de 1981, en ese mismo momento, Facundo tiene veintidós años y está sentado en un salón de la facultad de economía. O está orinando en un baño maloliente antes de volver a la clase de Macroeconomía, donde el profesor contaba una anécdota sobre John Stuart Mill.

Déjame amarte, como si el amor viviera

y aunque no quiera, sin quererlo piensa en mi

Por un momento volvió a sentir, como alguna vez en Buenos Aires, treinta años atrás cuando, en su humilde, oscura y solitaria habitación de pensión de la calle Estados Unidos, interrumpió un cálculo de probabilidades para escucharla en la radio. Se imaginó que Yuri le cantaba a él. Por el timbre, por la textura de su voz podía ver su sonrisa.

que importa si… para enamorarme bas-ta unahora

pasa ligera, la maldita primavera

pasa ligera… para ti y para mi

—¿Qué aerolínea me dijo? —lo despertó el taxista.

—Creo que… —dudó Facundo—. American Airlines, si no me equivoco…

A los pocos minutos de andar, sintió una picadura en el cuello. Pensó en el insecto y dio un manotazo para aplastarlo. Pero no vio nada hasta que se miró el respaldo del asiento del acompañante. El insecto estaba allí, reposando, como si lo observara con cuidado. Facundo se acercó lentamente para aplastarlo con el diario, golpeó con fuerza, pero falló. Como todos los insectos, tenía una sensibilidad especial para reconocer las intenciones del depredador y sus propias estrategias para dejarse llevar por la masa de aire que produce el objeto que pretende aplastarlo.

—¿Mosquito? —preguntó el taxista, apagando la radio y mirando por el espejo retrovisor— No es la hora de los mosquitos.

—No —contestó Facundo—. Una cucaracha…

—¿Cucaracha? —dijo el taxista, incrédulo—. No puede ser.

—O chicharra…

—¿Chicharra?

—Cigarra, una maldita cigarra.

—Cigarra tampoco… Bueno, no sé. Todo es posible. ¿Vio que con el calentamiento global los insectos son cada vez más grandes?

Sin poder detener la marcha, el taxista le pasó un pequeño aerosol de Raid.

—Si la ve le tira un poquito de esto —dijo—. No mucho porque nos vamos a envenenar nosotros también.

Facundo sacó su teléfono y revisó los mensajes. Calculó que había resistido 26 horas sin echar mano al parásito, como lo llamaba Ernesto. Todo un récord, pero seguro que tenía varios mensajes acumulados.

Pasó el dedo pulgar sobre la pantalla de plástico y los mensajes pasaron por el abdomen rectangular del insecto a una velocidad vertiginosa, hasta que la rueda se detuvo en uno que le pareció enviado por el gerente de Malasia RealPerson. Más abajo leyó el nombre de Elena y de otros cuatro, que fueron los únicos, los últimos mensajes que leyó:

De Elena: Alexa te estara esperando en el YMCA, a las 4:00 pm. Necesito q te encargues de la nina por un dia. Te recuerdo que tengo un compromiso manana.

De Silvanna: El producto es de tal calidad que en este momento lucho por no enamorarme de la Silvanna que me han enviado gratis.

De Jeff: Te arrepentiras de haber nacido…

De David: Mataron a María. En el depósito del piano. Ayer por la noche o madrugada.

Volvió a ver el insecto. No le tiró el producto que le había dado el taxista. Se acercó, con cuidado, en la medida que le permitía el cinturón de seguridad, y lo observó detenidamente. Temió que se pudiera tratar de alguna especie peligrosa, alguno de esos insectos que abundan en las regiones subtropicales. En realidad, Tijuana no estaba más al sur ni era más tropical que Florida, pero uno siempre se imagina diferentes cosas, más por los nombres y las palabras que por la realidad.

El taxista abrió las ventanas y el insecto voló hacia la autopista.

—Mejor que se vaya —dijo el taxista—. Si le tira veneno en marcha nos va a hacer mal a nosotros, y usted de viaje se va a acordar de mí por muchas horas.

Facundo había alcanzado a ver con cierta claridad que el insecto era una máquina en miniatura, con alas, ojos y dos aspas telescópicas.

Mientras pensaba que había sido envenenado con un micro drone, comenzó a sentirse mareado. Podía ser por la impresión de una idea absurda pero temeraria. Podía ser por el calor. Por las dos cosas. Iba a decirle a conductor que se detuviese, pero no pudo articular ni una sola palabra. Tampoco el taxi se podía detener en medio de una autopista repleta de autos que a esa hora corrían a gran velocidad hacia algún lugar desconocido.

No había caso. Estaba vencido. Por un momento se imaginó los correos de la empresa lamentando la pérdida de un excepcional miembro de…, Jeff dándole las condolencias a Elena. Elena exagerando su dolor. Jeff fingiendo maldecir ese país del sur, lleno de narcotraficantes y de políticos corruptos. José, el taxista, condenado a pudrirse en la cárcel, sin que él pudiese hacer nada.

Lo cierto es que recostó la cabeza sobre el vidrio de la ventana y ya no despertó.

II. Del otro otro lado

www.ingramcontent.com/pod-product-compliance
Lightning Source LLC
Chambersburg PA
CBHW022243020726
47496CB00004B/1038

* 9 7 8 1 9 5 6 7 6 0 1 5 6 *